EDEN BRADLEY

Ketten der Lust

Buch

Für die Universitätsdozentin Mia Rose Curry ist alles, worüber sie in ihrem Seminar »Außergewöhnlicher Sex« spricht, reine Theorie – bis sie ihren Studenten Jagger kennenlernt. Sie weiß, er sollte eigentlich tabu für sie sein. Aber er ist so unglaublich anziehend, sinnlich und begehrenswert. Gefangen in den Ketten der Lust, geben sie sich ihrer Leidenschaft hin …

Autorin

Eden Bradley schreibt, seit sie einen Stift halten kann. Wenn sie nicht gerade schreibt, läuft sie durch Museen, kocht, isst, kauft ein und liest alles, was ihr in die Hände fällt. Sie lebt in Kalifornien mit zahlreichen Tieren und der Liebe ihres Lebens.

Weitere Informationen unter: www.edenbradley.com

Die erotischen Romane von Eden Bradley im Blanvalet Verlag:

Salon der Lust (37055)
Haus der Lust (37056)
Fesselnde Lust (37034)
Ketten der Lust (37723)

Eden Bradley

Ketten der Lust

Erotischer Roman

Ins Deutsche übertragen
von Claudia Müller

blanvalet

Die amerikanische Originalausgabe erschien unter dem Titel
»Forbidden Fruit« bei Delta, New York.

MIX
Papier aus verantwortungsvollen Quellen
FSC® C014496
FSC
www.fsc.org

Verlagsgruppe Random House FSC-DEU-0100
Das FSC®-zertifizierte Papier *Holmen Book Cream*
für dieses Buch liefert Holmen Paper, Hallstavik, Schweden.

1. Auflage
Deutsche Erstveröffentlichung August 2011 bei Blanvalet,
einem Unternehmen der Verlagsgruppe
Random House GmbH, München.

Umschlaggestaltung: HildenDesign, München
Umschlagmotiv © Günter Hagedorn/
www.hagedorn-photography.com
Redaktion: Thomas Paffen
HK · Herstellung: sam
Satz: DTP Service Apel, Hannover
Druck und Einband: GGP Media GmbH, Pößneck
Printed in Germany
ISBN: 978-3-442-37723-7

www.blanvalet.de

1

Mia Rose Curry blickte auf den überfüllten Hörsaal, die Stuhlreihen voller erwartungsvoller Gesichter, die Studenten, die sich in der Tür drängten.

»Dieser Kurs ist voll«, verkündete sie. »Wenn Sie nicht bereits eingeschrieben sind und sich für die Warteliste bewerben möchten, gehen Sie bitte zur Anmeldung.«

»Dieser Kurs ist immer voll«, murrte jemand in der Nähe der Tür.

Mia lächelte. Es stimmte. Der Kurs für »Außergewöhnlichen Sex«, den sie an der San Francisco State gab, war jedes Semester aufs Neue höchst begehrt. Hauptsächlich kamen die Studenten wegen des reizvollen Themas und der Aussicht auf einen leichten Schein, aber sie ließ sie dafür hart arbeiten. Sie mussten recherchieren, Aufsätze schreiben. Sie versuchte, ihnen etwas über die soziologischen Effekte der Sexualkultur beizubringen. Und ein paar von ihnen lernten sogar etwas. Und sie lernte von ihnen, indem sie sie beobachtete. Sie beobachtete, wie sie auf das reagierten, was sie ihnen im Unterricht beibrachte, auf die Filme, die sie ihnen zeigte. Sie war eben Soziologie-Professorin und fand Menschen unendlich faszinierend. Ihr ganzes Leben lang hatte sie schon Menschen studiert und versucht, sie zu verstehen.

Jetzt blickte sie sich im Klassenzimmer um und musterte jeden neuen Schüler. Für gewöhnlich konnte sie schon im Vorhinein sagen, wer eifrig teilnehmen und sich an den Diskussionen beteiligen würde. Wer sich hinten im Hörsaal verstecken und vor sich hin grinsen würde. Und wer aufstehen und gehen würde, wenn kontroverse Themen zur Sprache kamen.

Sie betrachtete die Gesichter in der ersten Reihe, und auf einmal hielt sie inne.

Gott, war dieser junge Mann schön. Ihr Student, rief sie sich rasch ins Gedächtnis. Vielleicht ein bisschen älter als die meisten, aber trotzdem …

Haut in der Farbe von Milchkaffee, dunkle, gelockte Haare mit goldenen Spitzen, als wäre er in der Sonne gewesen. Ein kurz gestutztes Bärtchen umrahmte üppige, sinnliche Lippen. Und wunderschöne Augen von einem klaren Kristallgrau, das einen erstaunlichem Kontrast zur braunen Haut bildete. O ja, wunderschön. Und er blickte sie direkt an mit seinen klaren grauen Augen. Sie erschauerte.

Dein Student.

Sie wandte den Blick ab, sah aber noch sein Lächeln. Und das war ebenso schön wie der gesamte Rest.

Sie holte tief Luft und konzentrierte sich auf ihren Job: Sie musterte ihre Schüler und machte sich Notizen. Sie musste sich regelrecht zwingen, ihn nicht anzusehen, aber allein zu wissen, dass er da war, brachte sie zum Schwitzen, obwohl es draußen winterlich kühl war.

Sie trank einen Schluck aus ihrer Wasserflasche und begann. »Ich begrüße Sie herzlich zu unserem Kurs Alternative Sexualität. Wir wollen die verschiedenen Wege von Sexualität erkunden, die viele von Ihnen als ›von der Norm abweichend‹ ansehen mögen. Nicht allen wird das Material, das wir uns anschauen werden, gefallen, und wir werden auch kontroverse Themen behandeln.«

Sie trat vor ihren Schreibtisch und lehnte sich dagegen. »Wir werden zahlreiche perverse und alternative Praktiken diskutieren, zum Beispiel Fuß-Fetische, Cross-Dressing, Bondage und Mumifizierung, Domination und Unterwerfung, das Spiel mit Schmerz, Leder-, Gummi- und Latex-Fetische, Fetische, die verschiedene Arten von Flüssigkeiten beinhalten, und noch viele mehr.«

Hinten aus dem Vorlesungssaal drang das übliche Kichern. Das kannte sie bereits, und es machte ihr nichts aus.

»Für viele von Ihnen sind die Personen, die diese Formen der Sexualität praktizieren, Freaks, und selbst ich muss zugeben, dass ich einige dieser Praktiken widerwärtig oder sogar schädlich finde, und auch darüber werden wir sprechen. Aber ich bitte Sie trotzdem, offen an diese Dinge heranzugehen und sie möglichst aus einer objektiven, wissenschaftlichen Perspektive zu betrachten. Häufig sind sie die Reaktion eines Menschen auf seine Umwelt.«

Sie legte ihren Notizblock beiseite und suchte den Blickkontakt mit einigen Studenten. »Das ist das Thema, auf das wir uns hauptsächlich konzentrieren werden. Was veranlasst Menschen dazu? Sind Fetische eine gesunde Reaktion auf bestimmte Stimuli? Oder stellen sie einen psychischen Defekt dar?«

»Was glauben Sie denn, Professor Curry?«

Ah. Gott, das war er. Der Schöne. Und schon wieder beobachtete er sie so aufmerksam. Oder bildete sie sich das nur ein? Sie holte tief Luft. Die Frage, warum gerade er eine solche Wirkung auf sie hatte, musste sie auf später verschieben.

»Ich glaube … wie ist Ihr Name?«

»Jagger. Jagger James.«

»Ich glaube, Jagger, dass es von der jeweiligen Person abhängt, welchen Fetisch sie wählt. Wir werden noch ausführlich darüber sprechen, aber ich kann Ihnen jetzt schon verraten, dass Fetische oft durch ein fast unschuldiges Ereignis entstehen, einen winzigen Moment, in dem ein Objekt sexualisiert wird. Strumpfhosen sind zum Beispiel ein häufiger Fetisch für Männer. Oft kommt es dazu, weil ein Junge in der sexuellen Prägungsphase, von acht bis zwölf, die Strumpfhose seiner Mutter im Badezimmer hängen sieht, nachdem sie sie gewaschen hat. Der Junge ist neugierig, also probiert er sie an oder berührt sie auch einfach nur und bekommt spontan eine Erektion. Danach berührt er sie vielleicht nie wieder. Oder aber auch jede Woche. Das ist unterschiedlich. Aber für den Jungen ist diese Strumpfhose jetzt ein Objekt, das mit sexueller Erregung verbunden ist. Und daraus kann später im Leben eine Art Fetisch entstehen, so dass er in bestimmten Situationen eine Strumpfhose tragen möchte. Vielleicht aber möchte er sie auch nur an einer Partnerin sehen und fühlen. Oder er geht in ein Kaufhaus und schaut sich in der Strumpfabteilung um.

Ich habe zum Beispiel für meine Master-Arbeit einen Mann interviewt, einen ganz gewöhnlichen Typen. Groß, maskulin. Er liebte Fußball und Camping. Aber er liebte auch Blumen. Ihr Duft, ihr Anblick, eine Frau in einem Kleid oder Unterwäsche mit Blumenmuster war für ihn unglaublich erregend. So habe ich begonnen, mich für das Thema zu interessieren.«

Sie bewegte sich im Saal und beobachtete die Reaktionen ihrer Studenten. Nur einen blickte sie nicht an. Es war wohl besser, seinen Blick zu meiden.

»Er nahm ein Bad, als er elf war. Normalerweise benutzte er ein Kinderschaumbad, aber die Flasche war leer, deshalb versuchte er es mit dem Lavendelbadesalz seiner Schwester, ohne jedoch zu wissen, dass es nicht schäumte. Während des Badens masturbierte er in dem starken Lavendelduft bis zum Orgasmus. In diesem speziellen Fall tat er es immer wieder und entwickelte so einen ausgeprägten Fetisch, den er bis ins Erwachsenenalter beibehielt. Genau die gleiche Situation hätte vielleicht auf einen anderen Jungen gar keine Wirkung gehabt. Nur wenige Forscher verstehen wirklich die Zusammenhänge. Aber wir wissen auf jeden Fall, dass jede Situation vor einem individuellen Hintergrund bewertet werden muss.«

Jagger sagte: »Dann halten Sie also Fetische nicht zwangsläufig für neurotische oder psychosoziale Tendenzen?«

»Nicht zwangsläufig, nein.«

Er lächelte, und ihr wurden die Knie weich. Sie schmolzen wie Schokolade. Milchschokolade. Wie der Ton seiner Haut.

Hör auf damit!

Sie schob sich eine Strähne ihres dunklen Haars hinter das Ohr. »Genau diese Vorstellung sollen Sie fallen lassen, bis wir das Thema detailliert erforscht haben. Wir werden uns nicht mit den üblichen Vorurteilen befassen, sondern uns anschauen, was wirklich im Kopf einer Person vorgeht.« Sie mied immer noch seinen Blick, aber ein kleiner Schauer lief ihr über den Rücken, als sie an ihm vorbeiging. »Wir werden recherchieren, Daten erheben, an bestimmten Ereignissen hier im Hörsaal teilnehmen, und über andere werden wir sprechen. Und wir werden die Gelegenheit haben, mit einigen Personen zu sprechen, die diese Praktiken im täglichen Leben anwenden. Schauen Sie sich jetzt bitte auf dem Lehrplan die geplanten Veranstaltungen an, damit Sie entscheiden können, ob Sie dabei sein möchten. Ich möchte Sie jedoch alle bitten, sich ein wenig anzustrengen. Informieren Sie sich über diese Dinge, sprechen Sie darüber, und versuchen Sie, Ihre Grenzen weiter zu ziehen. Machen Sie sich selbst zum Subjekt Ihrer eigenen soziologischen Studien.«

»Tun Sie das auch, Professor Curry?«

Schon wieder dieser Jagger. Dieses Mal blickte sie ihm direkt in die Augen. »Jeden Tag meines Lebens.«

Es war die Wahrheit. Schade, dass ihr keine schlagfertige Antwort eingefallen war.

»Karalee, hier drüben.« Mia winkte ihrer Freundin von ihrem üblichen Tisch in der Fakultätslounge aus zu. Sie blickte Karalee, die anmutig und geschmeidig auf sie zukam, entgegen. Mia hatte ihre gertenschlanke Gestalt und ihre Haltung schon immer bewundert.

»Hi. Entschuldigung, ich habe mich verspätet. Ein Student hatte nach der Vorlesung noch Fragen.« Karalee ließ sich auf den Stuhl nieder und öffnete eine braune Papiertüte. »Schon wieder Thunfisch. Man sollte meinen, meine Mutter hätte mir mein Pausenbrot eingepackt.«

»Wie war deine Vorlesung?«, fragte Mia und spießte ein Salatblatt auf.

Karalee setzte ihre Brille ab und blickte sie aus ihren blauen, mandelförmigen Augen an. Bei ihrer Größe, ihrer feinen Knochenstruktur und diesen exotischen Augen wäre sie besser Model geworden als Englischdozentin, dachte Mia.

»Es war in Ordnung. Gut. Ich glaube, ein paar Studenten sind dieses Semester sogar ernsthaft an Literatur interessiert. Die Abendkurse gefallen mir sowieso viel besser. Die Studenten sind älter, und sie wollen wirklich etwas lernen.« Karalee schwieg, nahm eine Spange aus ihrer Aktentasche und drehte ihre schulterlangen, goldbraunen Haare schnell zu einem Knoten zusammen. »In deinem Kurs hast du diese Probleme nicht, oder?«

»Bei den normalen Soziologie-Vorlesungen schon. Bei dem alternativen Kurs natürlich nicht. Nie.«

Karalee biss in ihr Sandwich und kaute einen Moment lang. »Und? Gute Gruppe dieses Semester?«

»Äh … ja. Sind ganz in Ordnung.«

»Was war das?«

»Was?« Mia kaute auf einem Salatblatt. Ihr Gesicht war plötzlich ganz heiß.

»Bist du gerade etwa rot geworden?«

Mia zuckte mit den Schultern. »Ach was.«

»Da ist doch was, Mia Rose. Erzähl es mir.«

»Okay. Okay. Es ist nur ... da ist so ein Typ in meinem Kurs ... Gott, ich höre mich an wie in der High School. Aber er ist natürlich kein Kind. Er ist schon älter.«

»Wie alt?«

»Mitte bis Ende zwanzig.« Sie trank einen Schluck aus ihrer Wasserflasche und schüttelte den Kopf. »Du glaubst es kaum, wie schön dieser Mann ist. Er hat eine fantastische Haut, und seine Augen ... wie er mich ansieht ...«

Karalee legte ihr Sandwich beiseite und ergriff Mias Hand. »Mia, du redest von einem Studenten.«

»Ich weiß. Glaubst du, das wüsste ich nicht?« Sie schwieg, dann fuhr sie zerknirscht fort: »Tut mir leid, Karalee. Ich wollte dich nicht anfahren.«

»Ist schon okay. Es ist nur ... du fühlst dich anscheinend wirklich zu dem Kerl hingezogen. Und wenn ich das merke, dann könnte jemand anderer auch aufmerksam werden. Pass bloß auf.«

»Ja, natürlich. Ich lasse mich natürlich nicht auf ihn ein. Ich bin nur seine Lehrerin.«

»Ja, aber eine junge, gut aussehende Lehrerin. Du bist ja schließlich auch erst dreiunddreißig. Er wäre sicher nicht der erste Student, der dich attraktiv findet. Da sind schon seltsamere Dinge passiert, Mia.«

»Nun, es wird gar nichts passieren. Er ist mein Student, ich bin seine Lehrerin, und damit basta.«

Aber ihre Gedanken waren keineswegs unschuldig. Plötzlich sah sie seinen Mund vor sich, seine Hände glitten über ihren Körper ...

Sie musste wirklich damit aufhören. Das war doch Wahnsinn. Jagger James war für sie tabu.

Allerdings hatte sie das dumme Gefühl, dass sie sich dies bis zum Ende des Semesters jeden Tag aufs Neue in Erinnerung rufen würde rufen müssen. Aber dann konnte sie wenigstens endlich in die Sommerferien gehen und brauchte ihn nicht mehr zu sehen.

Wenn sie nur wüsste, wie sie die nächste Zeit überstehen sollte.

An diesem Abend konnte sie an nichts anderes denken. Sie hatte ihren Abendkurs gegeben und war anschließend mit ein paar Kollegen etwas essen gegangen. Nebel war aufgezogen, als sie vor ihrem gemütlichen kleinen Haus gegenüber vom Stern Grove im Golden Gate Park hielt, ihre Aktentasche und ihren Laptop ergriff und hineinging.

Sie hatte dieses Haus ihrer Großmutter immer geliebt. Vor zwei Jahren hatte sie es geerbt und war sofort eingezogen. Ihre Wohnung in Richmond hatte sie leichten Herzens verlassen. Es war klein, aber sehr gepflegt, mit den alten Stuckwänden, wie sie in den Häusern aus den zwanziger Jahren in dieser Gegend üblich waren. Und es verfügte über einen funktionierenden Kamin mit prachtvollen Kacheln, den ihr

Großvater noch vor ihrer Geburt eingebaut hatte. Der winzige Garten mit Rasen, eingerahmt von Großmutters Rosenbeeten, machte kaum Arbeit, und sie konnte ihn bei schönem Wetter genießen.

Jetzt war es Januar, und wundersamerweise blühten immer noch einige Rosen. Darin lag die Magie von Großmutters Garten. Und wie ihre Großmutter liebte Mia diese Jahreszeit. Im Winter konnte sie den würzigen Duft des nahen Ozeans besser riechen.

Sie warf ihre Aktenmappe und ihre Tasche auf das helle Stoffsofa und schaltete die Heizung ein, als sie den Flur durchquerte und in ihr Schlafzimmer ging. Rasch schlüpfte sie in einen Satinpyjama und einen dazu passenden pfirsichfarbenen Morgenmantel, in dem sie sich immer vorkam wie ein Filmstar aus den vierziger Jahren. Die Seide lag glatt auf ihrer Haut, beinahe wie flüssiger Honig.

O Gott, denk jetzt bloß nicht an so etwas.

Aber ihr Körper war schon den ganzen Tag über in Aufruhr gewesen. Ständig sah sie Jagger James vor sich, und wenn sie sich gestattete, an ihn zu denken, wurde ihr heiß.

Sie ging in die weiß gehaltene Küche mit den schlichten, weiß gestrichenen Schränken und der weißen Fliesentheke. Diesen Raum hatte sie im letzten Jahr renoviert und mit neuen Geräten eingerichtet, um ihrer Kochleidenschaft frönen zu können.

Leidenschaft war das richtige Wort, dachte sie.

Wenn es ums Essen ging, war sie tatsächlich leidenschaftlich. Leider hatte sie seit den frühen Erkundungen mit Ben nie mehr einen Partner gefunden, mit dem sie dieses Interesse hätte teilen können.

Sie schob den Gedanken beiseite, bevor sie ernsthaft darüber nachzudenken begann, öffnete den Kühlschrank und nahm eine gekühlte Flasche Chardonnay heraus. Sie schenkte sich ein Glas ein und ging damit ins Schlafzimmer. Ihr großes antikes Messingbett wirkte nur allzu einladend mit der weißen Überdecke und Bergen von Kissen. Rasch schlüpfte sie aus ihrem Morgenmantel und legte sich aufs Bett, um zu lesen. Sie schaute sich den kleinen Stapel Bücher auf ihrem Nachttisch an, aber heute Abend erregte nichts ihr Interesse. Also schaltete sie den Fernseher ein, auf der Suche nach etwas Ruhigem, Entspannendem. Bei einer Kochsendung blieb sie hängen. Sie drehte den Ton leiser und sah zu, wie ein Mann Gemüse sautierte. Seine Hände sahen stark aus, als er sie umrührte, Kräuter schnitt und dazugab. Nett. Noch besser wirkte er, als er begann, die Sauce zuzubereiten. Ihr Körper wurde warm, während sie den Bewegungen seiner Hände zuschaute und sich vorstellte, es wären Jaggers Hände.

Ihr Geschlecht zog sich zusammen.

Warum dachte sie nur an ihn? Andererseits, warum nicht? Sie war ja jetzt nicht im Hörsaal. Da schadete es doch niemandem, wenn sie sich sein Gesicht vorstellte, seinen Mund …

Ja, seinen Mund, diese vollen Lippen. Wie mochten sie sich auf ihrer Haut anfühlen?

Sie fuhr mit den Händen über ihre Brüste. Das reichte nicht. Sie knöpfte ihr Pyjamaoberteil auf und ließ die Hände über ihre nackte Haut gleiten. Ihre Nippel wurden hart, als sie sich vorstellte, wie er sie saugte und leckte.

Ja.

Verlangen überfiel sie. Ihre Haut wurde heiß, ihr Geschlecht zuckte. Sie brauchte mehr.

Sie holte ihren Vibrator aus der Nachttischschublade und schaltete ihn ein. Der rosafarbene Phallus summte, als sie ihre Pyjamahose herunterzog und ihn sanft an ihrer feuchten Spalte entlangführte.

O ja.

Sie stellte sich Jaggers Gesicht vor und drückte ein wenig fester. Mit den Fingern der anderen Hand zupfte sie an ihrem Nippel.

Nicht genug, nicht genug …

Erneut richtete sie den Blick auf die starken Hände auf dem Fernsehschirm, die die Sauce rührten und sie über ein Gericht gossen.

Ja. Besser.

Lust stieg in ihr auf, und sie stellte sich vor, dass Jaggers Hände die Sauce auf ihrem Körper verteilten. Dass er sie von ihrer Haut ableckte.

Ja!

Ihre Brüste schmerzten, ihr Geschlecht schmerzte.

Mit beiden Händen fuhr sie sich zwischen die Beine, spreizte ihre Schamlippen und ließ den Vibrator um ihre Klitoris kreisen. Und dann schob sie ihn hinein. Ihre Lust baute sich immer stärker auf. Sie schloss die Augen und sah Jaggers Gesicht vor sich. In ihrer Vorstellung waren es seine Hände, die diese schönen Dinge mit ihr machten, und es war sein Mund, der die Sauce von ihrer Haut ableckte.

Es war Jagger, nicht Ben.

Ihre Fantasien hatten sich sonst immer um Ben gedreht. Nie um jemand anderen. Nie um einen anderen Mann, bis heute.

Sie verdrängte alle Gedanken an Ben. Zwar fühlte sie sich ein bisschen schuldig dabei, aber jetzt brauchte ihr Körper Jagger.

Sie brauchte ihn. Jagger.

Hart presste sie den Vibrator an ihre Klitoris, und dann überwältigte sie der Orgasmus.

Sie schrie auf, als sie kam. Um sie herum waren Hände und Münder, die rieben, saugten und leckten. Es roch nach Salz und Schweiß und purem Sex. Und es war nur Jagger.

Und es fühlte sich so gut an, dass es ihr egal war.

Nach dem Anfängerkurs Soziologie, der immer am Freitagabend stattfand, stopfte Mia ihre Notizen in ihre braune Lederaktenmappe. Sie freute sich auf das Wochenende. Jeder Semesteranfang war immer wie ein kleiner Schock für ihren Organismus, und sie würde das Wochenende brauchen, um sich richtig darauf einzustellen. Außerdem wollte sie auch daran arbeiten, wie sehr sie sich zu Jagger James hingezogen fühlte.

Sie musste endlich aufhören, an ihn zu denken. Sie hatte sich vor dem Kurs heute gefürchtet, weil sie nicht wusste, wie sie ihm überhaupt in die Augen blicken sollte, nachdem er in der vergangenen Nacht in ihrer lustvollen Fantasie die Hauptrolle gespielt und sie zu einem so heftigen Orgasmus gebracht hatte, dass sie hinterher ganz schwach gewesen war. Aber er war gar nicht da gewesen.

Bei dem Gedanken an die letzte Nacht wurde ihr schon wieder heiß. Ihre Nippel richteten sich auf und drangen durch die dünne Spitze ihres Büstenhalters.

Ja, zu Hause legst du dich wieder ins Bett und tust es noch einmal.

»Hi.«

Mia drehte sich um. »Oh, hi.«

Sie fasste es nicht, dass er tatsächlich vor ihr stand.

»Jagger. Äh … was kann ich für Sie tun?«

»Ich konnte heute leider nicht am Kurs teilnehmen und wollte fragen, ob ich etwas lesen muss.«

»Alles, was Sie brauchen, steht auf dem Lehrplan.« Eigentlich wollte sie nicht so kalt und abweisend klingen, aber wahrscheinlich war es ein Schutzmechanismus. Innerlich brannte sie vor Verlegenheit, weil sie sich schon wieder vorzustellen begann, was für Dinge er mit ihrem Körper anstellte.

Himmel, Mia, reiß dich zusammen.

»Ah ja. Ja, sicher.« Er hatte eine tiefe Stimme, tief und heiser. Wie Holzrauch und Honig. »Aber ich wollte gerne mit Ihnen sprechen.«

»Worüber?«

Ihr Geschlecht wurde feucht, weil er so dicht vor ihr stand. Aus der Nähe sah er sogar noch besser aus. Seine Haut war wirklich so glatt wie Milchschokolade.

»Ich wollte Sie fragen, ob wir vielleicht mal einen Kaffee zusammen trinken können?«

Ihr stockte der Atem. »Kaffee?«

»Kaffee.« Er zuckte mit den Schultern. »Und reden natürlich.«

»Jagger, ich … Sie sind mein Student. Das ist keine gute Idee. Wenn Sie Fragen zum Kurs haben, können Sie in meine Sprechstunde am Dienstagabend kommen.«

»Ich habe schon Fragen, aber sie sind eher … persönlich.« Er lächelte sie an und zeigte dabei strahlend weiße Zähne. Mia umklammerte den Griff ihrer Aktentasche fester.

»Persönliche Gespräche sind nicht angebracht.«

Er lehnte sich lässig gegen den Türrahmen. »Der Meinung bin ich nicht. Sollten wir es nicht einfach mal versuchen?«

»Sie sind sehr selbstbewusst, was?«

»Ich dachte immer, das sei ein positiver Charakterzug.«

»Das ist es auch. Nur …«

Sie konnte sich nicht einmal normal mit ihm unterhalten. Was war nur los mit ihr?

Er legte ihr die Fingerspitzen auf den Unterarm. »Denken Sie darüber nach. Ich werde Sie wieder fragen.«

Hitze stieg in ihr auf, und sie konnte nicht mehr klar denken. Sie schüttelte den Kopf.

»Das geht nicht. Ich bin Ihre Lehrerin.«

»Ja, ich weiß.« Er beugte sich vor, bis er nur noch Zentimeter von ihr entfernt war. Ihr war klar, dass sie besser zurückweichen würde, aber sie konnte es nicht. »Aber wir sind beide erwachsen«, fuhr er fort. »Denken Sie darüber nach, Professor Curry. Mia Rose.«

Es gefiel ihr, wie weich er ihren Namen aussprach. Erneut schüttelte sie den Kopf.

»Sie sollten jetzt gehen.«

»Na gut. Aber ich komme wieder.«

Er lächelte sie an, drehte sich um und ging. Ihr war schwindlig vor Verwirrung. Er würde zurückkommen, so viel hatte sie verstanden. Aber sie wusste nicht, ob sie das wirklich wollte.

Er war zu glatt, zu charmant. Und so schön, dass sie ihn am liebsten berührt hätte.

Gott.

Sie machte es nur noch schlimmer, wenn sie sich solche Gedanken erlaubte. Aber sie konnte nicht anders. Sie war völlig außer Kontrolle.

Gefährlich.

Warum ließ diese Vorstellung sie erbeben?

Als sie an diesem Abend zu Bett ging, befahl sie sich zu schlafen. Aber mitten in der Nacht wachte sie auf, und die Bilder ihres Traums standen ihr deutlich vor Augen. Ihre Hand lag zwischen ihren Beinen. Sie rieb ihre nasse Spalte und schob sich zwei Finger tief hinein. Und erneut sah sie Jaggers Gesicht vor sich, als sie kam, und rief seinen Namen in die Dunkelheit.

Jagger ging in seiner Wohnung auf und ab. Er kam einfach nicht zur Ruhe, und dabei war es schon weit nach Mitternacht. Er blieb an einem seiner riesigen Fenster stehen und starrte hinaus über die Stadt. Der Mission District in San Francisco hatte lange Zeit Drogendealer, Spielhallen und Prostituierte beherbergt, aber mittlerweile wurden die Gebäude verkauft und saniert, und alte Lagerhallen wurden in großzügige Lofts verwandelt.

Er hatte Glück gehabt, diese Wohnung zu finden. Sie war groß, und man hatte einen fantastischen Blick. Er hatte seine gesamten Ersparnisse für die Wohnung im obersten Stock und den Umbau der Küche ausgegeben. Damals war es ihm ungeheuer wichtig vorgekommen, die Traumküche zu besitzen, auch wenn er über seine viel zu lange währende Tätigkeit in der Restaurantbranche die Lust am Kochen verloren hatte. Zu viele Stunden hatte er in der Hitze und dem Dampf gestanden und in so rasendem Tempo gekocht, dass er kaum zum Nachdenken gekommen war. Er hatte funktioniert wie ein Roboter. Und am Ende der Nacht war nichts übrig geblieben als der Geruch von Öl und Knoblauch in seiner Kleidung. Keine wirkliche Befriedigung. Und trotzdem hatte er die Küche eines Chefkochs haben wollen.

Mittlerweile ignorierte er die Küche meistens und zog es vor, in Restaurants oder bei seinen Nachbarinnen Jean und Leilani zu essen. Leilani war eine großartige Köchin. Von dem anderen Vorzug seiner Wohnung jedoch, der Aussicht von jedem Fenster aus, bekam er nie genug. Er liebte es, auf die Lichter der Stadt zu blicken. Das war für ihn wie Magie, wenn die Stimmung und die Energie der Stadt in vielfarbigen Lichtern eingefangen waren.

Heute jedoch brachte ihm der Anblick keinen Frieden. Ständig musste er an Mia Rose Currys Gesicht denken. An ihre Stimme, ihren Duft.

Als er heute Abend im Hörsaal so dicht vor ihr gestanden hatte, hatte er beinahe die Nerven verloren. Ihr Duft hatte ihn wie ein Schlag in die Magengrube getroffen. Vanille mit einem Hauch von einem exotischen Gewürz. Zum Anbeißen lecker.

Er begehrte sie. Er musste sie einfach haben. Natürlich verstand er ihre Bedenken, aber er wollte ohnehin keine Beziehung. Nicht mehr nach den letzten Katastrophen.

Nach Dana hatte er sich noch erholt. Er war gerade auf dem College gewesen, als er sich in sie verliebt hatte. Liebe mit achtzehn war quälend. Und dann war sie nach einem Jahr auf eine andere Schule am anderen Ende des Landes gegangen. Und das Schlimmste: Sie schien gar nicht mal so traurig gewesen zu sein, ihn verlassen zu müssen.

Nach Elena war es ihm schon schwerer gefallen. Sie war wütend gewesen, als er beschlossen hatte, seinen Beruf aufzugeben. Schließlich hatten sie Pläne gehabt. Dass er wieder die Universität besuchen und seinen Master machen wollte, hatte nicht dazugehört. Letztendlich hatte sich herausgestellt, dass sie nur nicht warten wollte. Und er war auf dem Ring in der kleinen Samtschachtel sitzen geblieben.

Nein, er brauchte wirklich eine Pause. Aber das bedeutete ja nicht, dass er ganz ohne weibliche Gesellschaft auskommen musste, oder?

Eine, vielleicht zwei Nächte, ein paar gemeinsame Wochen. Das konnten sie doch bestimmt geheim halten. Und die Energie, die sie ausstrahlten, sagte ihm, dass sie es ebenso sehr wollte wie er.

Er musste einfach ihre Haut unter seinen Händen spüren, musste ihre sinnlichen roten Lippen küssen.

Rot wie reife Kirschen, ohne einen Hauch von Lippenstift. Und diese schwarzen Locken und die grünen Augen, ihre Haut, die so blass war wie bei einer irischen Rose.

Wie mochte sich ihre Haut unter seinen Händen anfühlen? Wie mochte es sein, diesen Panzer zu durchbrechen, mit dem sie sich umgab?

Das Klingeln seines Handys schreckte ihn auf, und kopfschüttelnd klappte er es auf.

»Ja?«

»Hey, Jagger, ich bin es, Jean.« Jean und Leilani lebten in einer der Parterrewohnungen. Sie waren schon seit Jahren zusammen. Und seitdem er vor über einem Jahr, direkt nach der Trennung von Elena, hier eingezogen war, waren sie seine besten Freunde.

»Bist du noch da, Jagger?«

»Was? Ja, ich bin hier. Was gibt es?«

»Leilani macht heute Abend ihren berühmten hawaiianischen Schweinebraten. Komm doch zum Essen herunter. Wir haben ein paar Gäste.«

»Ich weiß nicht, Jean. Ich glaube, ich bleibe heute Abend lieber zu Hause.«

»Aber es ist Freitag.«

»Ja. Ich habe ein bisschen was zu tun. Ich mache mir lieber einen ruhigen Abend.«

»Ist alles okay? Du klingst niedergeschlagen.«

Er fuhr sich mit der Hand übers Kinn. War alles okay? Er war sich nicht sicher. »Ja, mir geht es gut.«

»Okay. Vielleicht kommst du ja dann morgen zum Resteessen?«

»Ja, klar, das mache ich vielleicht.«

»Gut. Dann kannst du uns auch erzählen, was los ist. Ich merke nämlich, dass irgendwas ist.«

»Ach, komm, Jean. Es ist alles in Ordnung.«

Sie legten auf, und er warf sein Handy auf die Couch. Es erschreckte ihn ein wenig, dass Jean ihm etwas angemerkt hatte. Anscheinend machte ihm die Sache mit Mia Rose doch mehr zu schaffen, als er geglaubt hatte. So viel, dass er sich in seiner Wohnung verstecken wollte. Dass er über seine früheren Beziehungen nachdachte.

Was zum Teufel war bloß los mit ihm?

Ruhelos ging er auf und ab, blieb stehen, um die Stereoanlage einzuschalten. Die seelenvollen Klänge von Miles Davis erfüllten den Raum, der alte Jazz, den er in New Orleans schätzen gelernt hatte. Sein Vater war Musiker gewesen, und in den Sommern, die er mit ihm verbracht hatte, war es nur um Musik gegangen. Um Musik und Essen.

Eine Weile lauschte er den Klängen, dann ging er ins Badezimmer, den einzigen abgetrennten Raum der Wohnung. Er hatte die Fliesenarbeiten selbst übernommen, hatte graue Schieferplatten auf dem Boden verlegt und Keramikfliesen in der Dusche und auf den Ablagen. Es wirkte alles sehr natürlich, zugleich jedoch auch urban. Ausgewogen.

Er zog sich aus und trat in die Dusche. Heiß ließ er das Wasser auf sich herunterprasseln, aber die Wärme entspannte ihn nicht. Im Gegenteil, sie verstärkte noch sein brennendes Verlangen. Und er konnte an nichts anderes denken, als sie hier bei sich zu haben, ihre nackte, helle Haut an seiner zu spüren.

Sein Schwanz wurde hart, und unwillkürlich umfasste er seinen Schaft mit der Hand.

Er lehnte sich an die Wand, ließ das Wasser über sich laufen. Die Dusche war schon immer ein sinnlicher Ort für ihn gewesen. Er liebte es, mit einer Frau zu duschen, und es war für ihn das Größte, wenn sie am ganzen Körper nass war.

Hol Mia Rose hierher. Hol sie dir nackt und nass.

Er begann sich zu streicheln, dann drehte er sich so, dass der harte Strahl des Duschkopfs direkt auf ihn gerichtet war.

Oh ja.

Er rieb schneller, und sein ganzer Körper vibrierte vor Lust und vor Verlangen. Vor seinem geistigen Auge sah er Mia Rose und stellte sich vor, wie das Wasser über ihre nackten Brüste lief. Er würde vor ihr auf die Knie sinken, ihren Körper streicheln und ihr die Beine spreizen …

Er stöhnte, und sein Schwanz wurde noch härter.

Wie mochte sie wohl schmecken?

Er pumpte mit den Hüften und rieb seinen Schwanz schnell und fest.

Er musste sie haben, musste sie haben …

Und er *würde* sie haben.

Der Orgasmus kam schnell und heftig, und er zitterte am ganzen Körper. Wellen der Lust liefen durch ihn hindurch. Und er sah nur *sie.*

Mia Rose.

Ja, er würde sie haben. Er musste einfach eine Möglichkeit finden, denn er war bereits besessen von dieser Frau, die er erst ein paar Mal gesehen hatte.

Er würde sie besitzen, und dann würde er sie wieder vergessen. Er lehnte sich an die kühlen Fliesen und ließ seinen Samen vom Wasser wegwaschen. Um sie aus dem Kopf zu bekommen, reichte es nicht, in der Dusche zu masturbieren. Das war ihm klar. Er musste einen Weg finden, ihre kühle Zurückhaltung zu durchbrechen.

Er würde sich etwas überlegen. Verdammt, es blieb ihm gar nichts anderes übrig.

Denn wenn er es nicht tat, würde er den Verstand verlieren.

2

Es war Montagnachmittag, und in Mias Hörsaal war es stickig. Es war einer dieser seltenen warmen Tage in San Francisco, die immer zu den merkwürdigsten Zeiten kamen, und wer auch immer vor ihr den Hörsaal benutzt hatte, hatte die Klimaanlage ausgeschaltet. Sie schaltete den Thermostat ein und trat nach vorne ans Pult. Sie zog ihren leichten Pullover aus und legte ihn über die Rückenlehne des Stuhls. Dann nahm sie Unterlagen aus ihrer Aktentasche und legte sie auf das Pult.

Der Montag war viel zu schnell gekommen. Das Wochenende hatte sie so verbracht wie immer: ein bisschen im Garten gearbeitet und an den Stundenplänen für die kommende Woche gefeilt. Am Sonntagmorgen war sie auf den Bauernmarkt gegangen, hatte dort wie immer einen dampfenden Milchkaffee am Espressowagen getrunken und die Vielfalt der Produkte bewundert. Sonntagabend hatte sie sich eine fantastische Ratatouille gekocht und es sich mit einem Buch im Bett gemütlich gemacht. Als die Kochsendung im Fernsehen kam, hatte sie es rasch beiseitegelegt und sich mehrmals hintereinander zum Orgasmus gebracht. Mit ihrem rosa Vibrator, mit ihren Händen, angetrieben vom Duft ihres Abendessens, der noch in der Luft lag.

Dabei hatte sie ständig Jagger James' Gesicht vor sich gesehen.

Der erste Tag einer neuen Woche. Er war nur langsam vergangen, weil sie sich davor gefürchtet hatte, ihn im Unterricht zu sehen. Gott, sie benahm sich wie eine Zwölfjährige.

Allerdings musste sie zugeben, dass Jagger der erste Mann seit Langem war, bei dem es richtig gefunkt hatte. Mia war zwar stolz darauf, wie abgeklärt sie mit dem Thema Sexualität umgehen konnte – sie unterrichtete es ja und hatte auch schon einiges am eigenen Leib ausprobiert –, aber immerhin war es schon ein halbes Jahr her, dass sie Sex gehabt hatte. Ihr kleiner rosa Vibrator war ihr bester Freund geworden, und bis jetzt hatte ihr das nichts ausgemacht.

Bis jetzt.

Sie wollte ihn. Wollte ihn so sehr, dass ihr schon der Atem stockte, wenn sie sich nur sein Gesicht vorstellte. Diese wunderschönen Augen, wie klarer grauer Quarz, und seine glatte milchkaffeebraune Haut. Für einen Mann war er beinahe zu schön, zu exotisch. Allerdings war er groß und ausgesprochen männlich, mit selbstbewusstem Auftreten.

Die Studenten strömten herein und nahmen ihre

Plätze ein. Mia tat so, als läse sie in ihren Unterlagen, aber in Wirklichkeit hatte sie keine Ahnung, was da stand. Verstohlen hielt sie Ausschau nach Jagger, und das Herz schlug ihr bis zum Hals.

Hör auf!

Aber das war unmöglich. Sie musste ihn unbedingt sehen.

Es war wirklich schrecklich heiß im Saal.

Und es wurde noch heißer, als Jagger hereinkam. Locker und entspannt kam er den Gang herunter und setzte sich in die erste Reihe, wenige Meter von ihr entfernt.

Lust schoss durch ihren Körper.

Gott.

Wie sollte sie den Unterricht nur überstehen? Dieses Semester? Es war die reinste Folter.

Sie begann mit ihrer Vorlesung, wobei sie sich bemühte, nicht zu oft zu ihm zu blicken. Schließlich fand sie ihren vertrauten Rhythmus, allerdings nur so lange, wie sie ihn nicht ansah.

»Freud sagt uns, das Unterbewusstsein ist die Quelle unserer Motivationen, hier entstehen unser Verlangen nach Sex oder Essen und die Inspiration eines Künstlers oder Wissenschaftlers. Aus seiner Sicht ist unser Verlangen natürlich und liegt außerhalb unserer Kontrolle. Sie können lediglich wählen, wie – oder ob – Sie Ihre Bedürfnisse ausleben. Freud benutzte dafür das Wort ›Trieb‹ oder auch ›Wünsche‹.«

Jagger hob die Hand, und sie nickte ihm zu. Ihre Wangen wurden schon heiß, noch bevor er etwas sagte.

»Ich habe gelesen, wenn man diese Bedürfnisse ignoriert, werden sie noch stärker. Freud sagt, der Wunsch bricht sich Bahn ins Bewusstsein. Bedeutet das also, dass es ungesund ist, diese Bedürfnisse zu unterdrücken, Professor Curry?«

Ihr Puls raste. Einen kurzen Augenblick lang dachte sie daran, wie lange sie selbst schon ihre geheimen »Wünsche« ignorierte.

»Das hängt von den Trieben ab. Wenn Sie sich zum Beispiel sexuell zu kleinen Kindern hingezogen fühlen, würde ich sagen, dass die Triebunterdrückung in diesem Fall absolut gesund ist.«

»Und wenn der Trieb weniger … pervers ist?«

Sie musste diesem Gespräch eine andere Wendung geben. »Ah, vielleicht sollten wir über die Definition von ›pervers‹ sprechen. Wer möchte dazu etwas sagen?«

Eine Studentin, eine attraktive junge Frau, erklärte: »Perverses Verhalten ist widerlich und verabscheuungswürdig.«

Jagger drehte sich zu ihr um. »Du scheinst dir ja ziemlich sicher zu sein, Lora.«

Sie zuckte mit den Schultern. »Du hast das Wort gebraucht, Jagger. Und die Professorin hat uns gebeten, es zu definieren. Das habe ich getan.«

Mia ignorierte den eifersüchtigen Stich, weil Jagger die junge Frau offensichtlich kannte und sie mit Namen anredete. »Verabscheuungswürdig ist ein starker Ausdruck.«

Das Mädchen zuckte erneut mit den Schultern. »So denke ich eben über perverses Verhalten.«

Jagger wandte sich wieder zu Mia. »Ich glaube, es gibt auch positivere Konnotationen.«

Mia nickte. »Sagen Sie uns doch, was Sie meinen.«

»Sie müssen zugeben, dass perverses Verhalten von einem gewissen Geheimnis umgeben ist. Und damit meine ich nicht Pädophilie, sondern einvernehmlichen Sex unter Erwachsenen. Was für die eine Person schon pervers ist, mag für eine andere gesunde sexuelle Erforschung sein. Stimmen Sie mir zu, Professor Curry?«

Mia spürte, dass sie rot wurde. Sie konnte nichts dagegen tun. »Ich denke, Sie wissen alle die Antwort darauf. Es ist alles nur eine Frage der Perspektive, meistens jedenfalls, abgesehen von bestimmten Formen der Sexualität wie zum Beispiel Pädophilie.«

»Wo würden Sie denn dann die Grenze ziehen?«

Warum kam es ihr nur so vor, als ob sie ein Privatgespräch führten? Kaum war ihr dieser Gedanke durch den Kopf gegangen, als sie sich auf einmal der anderen Studenten deutlich bewusst wurde, die sie beobachteten und aufmerksam zuhörten.

»Die Grenze liegt für mich beim Einvernehmen.

Kinder und Tiere können nicht für sich sprechen. Und es gibt andere Praktiken, die ich persönlich unappetitlich finde, wie das Spiel mit Kot oder Blut.«

Jagger nickte. »Aber ansonsten finden Sie alles in Ordnung?«

»Vom intellektuellen Standpunkt aus, ja.«

Jagger lächelte sie an, als hätte er gewonnen. Vielleicht hatte er das ja auch.

»Wir sollten jetzt lieber weitermachen und über das diskutieren, was Sie in Kapitel acht gelesen haben.«

Der Unterricht schien heute ewig zu dauern, obwohl es nur die üblichen zwei Stunden waren. Ihr kam es viel zu lang vor. Das nächste Mal würde sie einen Film zeigen.

Ja, dann wäre sie mit ihm in einem abgedunkelten Raum, auf der Wand würde der Film flackern …

Sie stopfte ihre Papiere in ihre Aktentasche, ergriff ihren Pullover und wollte gerade ihren Studenten folgen, als er auf sie zukam. Gott, er roch so gut. Eine Mischung aus Patschuli und irgendetwas Dunklem, Rauchigem. Genauso exotisch wie er. Unwillkürlich zog sie seinen Duft tief ein.

»Das war heute eine interessante Vorlesung, Professor Curry.«

»Danke.«

»Aber darüber wollte ich nicht mit Ihnen reden.«

»Nein?« Sie blickte ihn an. Aus der Nähe war er wirklich beeindruckend. Sie erschauerte und musste sich zwingen, ruhig stehen zu bleiben, damit sie nicht etwas Dummes tat und seinen Kopf zu sich herunterzog, um ihn zu küssen.

»Nein.« Er trat noch einen Schritt näher. »Ich wollte Sie fragen, ob Sie einen Kaffee mit mir trinken.«

»Da muss ich leider schon wieder nein sagen.«

»Müssen Sie wirklich?«

Sie starrte ihn an. »Ja, ich muss. Es ist einfach … unpassend.«

»Ein Kaffee ist unpassend?«

»Nicht der Kaffee, sondern die Tatsache, dass ich außerhalb der Universität Zeit mit einem Studenten verbringe.«

Ganz gleich, wie gerne du das möchtest.

Plötzlich hatte sie die Vision, dass er sie auf den Schreibtisch niederdrücken, ihr den Rock hochziehen und mit einem heftigen Stoß in sie eindringen würde …

Hör auf!

»Auch wenn wir über den Unterricht sprechen?«, fragte er sie.

»Sie geben auch nicht so leicht auf, was?« Mia ergriff ihre Aktentasche und schlang sich den Riemen über die Schulter.

»Ich gebe nie auf.« Er lächelte sie an. So ein liebes Lächeln auf dem Gesicht eines Mannes, mit dem sie so viele schmutzige Dinge tun wollte.

Er trat noch näher, und wieder roch sie seinen Duft,

dunkel und sexy. Ihr wurden die Knie weich, und ihr Bauch zog sich zusammen.

»Kommen Sie, Mia Rose. Überall trinken die Leute Kaffee. Es ist doch nur Kaffee. Oder vielleicht noch ein kleines Dessert. Mögen Sie gerne Süßes?«

Sie nickte und schluckte.

»Es gibt ein kleines Lokal ein paar Blocks von hier. Sie machen eine köstliche Obsttorte.« Er senkte die Stimme und beugte sich leicht vor. »Ich weiß zwar, dass Frauen normalerweise auf Schokolade stehen, aber diese Torte müssen Sie unbedingt probieren.«

Warum musste er vom Essen reden? Sie versuchte abzulehnen, aber sie brachte es nicht über sich.

»Kommen Sie mit mir, Mia Rose.«

Konnte es wirklich etwas schaden? Sie würden sich unterhalten, einen Kaffee trinken, Kuchen essen. Und außerdem befanden sie sich an einem öffentlichen Ort, mit einem Tisch zwischen sich.

Tu es nicht, Mia.

»Na gut. Ich komme mit. Aber nur … nur für ein Stück Torte.«

»Großartig. Wir können mit meinem Auto fahren, oder wir können zu Fuß gehen.«

»Lassen Sie uns laufen.«

Mit ihm alleine in einem Auto, das war nicht sicher. Zu dunkel, zu nahe. Das roch zu sehr nach High-School-Kindern, die zu einem abgelegenen Park fuhren.

Gott, wie kam sie denn darauf? Sie musste sich wirklich in den Griff bekommen. Aber immerhin ging sie mit ihm.

Lächelnd wartete er, bis sie das Licht ausgeschaltet und den Saal abgeschlossen hatte.

Sie gingen über den dunklen Campus, vorbei an anderen Studenten und Dozenten. Mia sah zu, dass sie einen sicheren Abstand zu ihnen einhielt.

»Und, Mia Rose, wie lange unterrichten Sie schon an der San Francisco State?«

Smalltalk. Damit konnte sie umgehen. Auch wenn die Tatsache, dass er sie ständig mit beiden Vornamen anredete, ihr aus einem unerklärlichen Grund die Knie weich werden ließ. »Schon seit meinem Examen. Es gefällt mir hier. Ich möchte eigentlich nicht aus San Francisco wegziehen.«

»Ah, Sie sind also in dieser Stadt zu Hause?«

»Ja. Ich habe noch nie woanders gelebt. Und Sie?«

»Mittlerweile ist es mein Zuhause. Ich besitze ein umgebautes Loft downtown. Ich bin in Berkeley und New Orleans aufgewachsen.«

»New Orleans?«

»Mein Dad lebt da. Er ist Jazz-Musiker. Unter anderem spielt er hervorragend Saxophon.«

Sie verließen das Universitätsgelände und traten auf den Bürgersteig. Vom Meer her wehte eine erfrischende Brise.

Mia schob sich die Haare aus dem Gesicht. »Nach New Orleans wollte ich immer schon mal.«

»Sie sollten hinfahren. Es ist ganz anders als andere Städte. Tolle Musik. Und man kann dort hervorragend essen, wenn Ihnen das Spaß macht.«

Wenn er wüsste …

Laut sagte sie nur: »Ich liebe gutes Essen.«

»Jetzt auch?«

Sie wandte sich zu ihm. Im Schein der Straßenlaternen wirkte er noch schöner. »Ja. Ich betrachte mich als Gourmet. Ich kann zwar nicht so besonders gut kochen, aber ich schätze es sehr, wenn jemand es kann. Warum?«

»Ich war Koch, bevor ich beschlossen habe, wieder zur Uni zu gehen. Ich könnte ja mal für Sie kochen.«

Er ist einfach zu perfekt.

Aber er war für sie absolut tabu.

»Ich weiß nicht, ob …«

»Aber darüber können wir ein anderes Mal reden. Sehen Sie, da ist das Lokal.«

Er legte ihr seine warme Hand auf den Rücken und führte sie durch die Tür eines Cafés, an dem sie schon einmal vorbeigegangen war, ohne es aber je aufgesucht zu haben. Es hieß Java. Drinnen hing Kaffeeduft in der Luft, und es war ein wenig warm und eng. Eingerichtet war der Raum in gedämpften Farben mit bequemen Polstermöbeln, und es gab keine Tische als sichere Barriere zwischen ihnen. Aber es war zu spät, um umzudrehen.

»Ich bestelle die Torte. Was möchten Sie gerne trinken, Mia Rose?«

»Oh, das kann ich mir schon holen.« Schon wieder wurde sie rot.

»Aber nein, ich bringe es Ihnen selbstverständlich.«

Er hatte altmodisch gute Manieren, dieser Mann. Etwas, was sie insgeheim liebte. Und schließlich ging es ja nur um Kaffee. »Na gut, danke. Ich nehme immer einen Milchkaffee.«

»Kommt sofort. Suchen Sie uns einen Platz?«

Mia blickte sich um und musste feststellen, dass die Sofas die einzigen freien Plätze boten. Sie entdeckte ein leeres und setzte sich. Ihre Tasche und die Aktenmappe legte sie auf den Boden. Jagger stand an der Theke und bestellte. Er wirkte lässig und selbstbewusst, und seine Ausstrahlung war äußerst sexy. Ihre Handflächen wurden feucht, und sie wischte sie an ihrer Hose ab.

Er kam mit zwei übergroßen Keramikbechern zurück, stellte sie auf den langen Tisch vor der Couch und setzte sich neben sie. Viel zu dicht, wie sie fand.

»Er bringt die Torte sofort.«

»Danke. Für den Kaffee.«

»Gerne.«

Ein junger schlaksiger Kellner kam hinter der Theke hervor und stellte einen Teller mit einem Stück Obsttorte vor sie auf den Tisch. Erdbeeren, Blaubeeren und Kiwi lagen unter glänzendem Zuckerguss auf einer Cremeschicht und einem Mürbeteig. Mia lief das Wasser im Mund zusammen. Dass sie diese leckere Torte nur ansah und Jagger neben ihr saß, reichte schon.

Du befindest dich auf gefährlichem Terrain.

Ja, aber sie wollte im Moment auch nirgendwo anders sein.

»Du musst unbedingt probieren.« Jagger ergriff eine Gabel, und erst jetzt fiel ihr auf, wie groß seine Hände waren, wie glatt die braune Haut auf dem Handrücken war. Er hatte lange Finger. Die Hände eines Musikers, wie sein Vater. Aber er war Koch gewesen. Zu gut, um wahr zu sein.

Er nahm ein Stück und führte die Gabel an ihre Lippen. Es machte sie verlegen, dass er sie füttern wollte. Sie blickte ihn an. In seinen grauen Augen stand Humor. Und das Verlangen nach Sex.

Mia zitterte am ganzen Leib. Und bevor sie einen klaren Gedanken fassen konnte, flüsterte er: »Komm, Mia Rose, probier ihn.« Gehorsam öffnete sie den Mund und ließ sich von ihm füttern.

Die Torte war süß und knusprig auf ihrer Zunge, und sie seufzte leise vor Lust.

»Ich wusste, dass sie dir schmecken würde. Iss noch einen Bissen.«

Er gab ihr noch ein Stück, dann nahm er selbst eins, mit derselben Gabel. Irgendwie kam ihr diese Geste sehr intim vor. Und die Tatsache, dass die Gabel erst in seinem Mund und dann in ihrem gewesen war, erregte sie.

Er trank einen Schluck Kaffee, und Mia wurde klar, dass sie rettungslos verloren war. Sie richtete sich auf, um ebenfalls einen Schluck Kaffee zu trinken. Sie benahm sich völlig lächerlich.

»Und … äh … Jagger …, dann haben Sie also einige Zeit in New Orleans verbracht?«

»Ja, als Jugendlicher jeden Sommer, manchmal auch in den Osterferien. Oder an Weihnachten. Ich fahre gerne dorthin. Mein Dad spielt immer noch an den meisten Wochenenden in diesem Club im French Quarter, und demnächst geht er auf Tour mit ein paar von den großen Namen. Ich bin gerne da. Es ist mein zweites Zuhause.«

Er schwieg und steckte sich eine Blaubeere in den Mund. Seine Lippen wirkten durch das schwarze Bärtchen noch üppiger. Mia beobachtete fasziniert, wie er seinen Daumen und seinen Zeigefinger ableckte. Sie erschauerte und bekam Gänsehaut.

»Die restliche Zeit habe ich mit meiner Mutter in Berkeley verbracht«, fuhr er fort. »Sie ist Künstlerin, Malerin, und sie ist mit mir nach Paris gefahren, als ich zehn war. Ich glaube, sie hat gehofft, dass ich wie sie einmal Künstler werden würde. Und mein Dad wollte immer, dass ich ein Instrument lerne. Zu meinem dreizehnten Geburtstag hat er mir ein Schlagzeug geschenkt.« Er schwieg und grinste. »Mom war nicht gerade begeistert. Aber ich hatte es vermutlich einfach nicht in mir. Meine Kunst war das Essen.«

Erneut überlief Mia ein Schauer. Wenn er wüsste, was seine Worte bei ihr anrichteten …

»Was ist mit dir?«, fuhr er fort? »Wo bist du aufgewachsen?«

»Oh, ich …« Sie wusste nie, was sie sagen sollte, wenn Leute sie so etwas fragten. Noch nicht einmal Karalee, ihre beste Freundin, kannte die ganze Geschichte. Aber sie hatte auch noch nie jemandem so nahe gestanden. »Nun, meine Mom und ich, wir sind häufig umgezogen, bis ich dreizehn war. Und dann kam ich nach San Francisco zu meiner Großmutter.«

»Steht sie dir nahe? Deine Großmutter?«

»Ja, wir waren uns sehr nahe.« Es tat immer noch weh. »Sie ist vor zwei Jahren gestorben.«

»Oh, das tut mir leid.«

Sie blickte ihn an. Seine Miene war aufrichtig. Er legte seine Hand auf ihr Handgelenk. Hitze schoss durch sie hindurch wie ein Stromstoß. Sie erschauerte. »Jagger …« Sie blickte auf ihre Hand, dann wieder in sein Gesicht.

»Oh, Entschuldigung.« Er zog seine Hand zurück. »Ich benehme mich unpassend, was?« Aber er lächelte sie an.

Sie trank einen Schluck Kaffee und stellte den Becher wieder auf den Tisch. »Wenn du Koch bist, Jagger, warum bist du dann jetzt auf der Universität?«

»Gute Frage.« Er ergriff seine Tasse und drehte sie in den Fingern. Dann stellte er sie wieder ab und lehnte sich entspannt zurück. Vielleicht hatte sie sich nur eingebildet, dass er einen Moment lang angespannt gewirkt hatte? »Seit meinem fünfzehnten Lebensjahr habe ich in der Küche gearbeitet. Ich machte eine Ausbildung als Koch und habe in einigen wirklich großartigen Restaurants gearbeitet. Aber nach einer Weile hatte ich keine Freude mehr daran, jeden Tag kochen zu *müssen*. Die Arbeit in einer professionellen Küche ist unglaublich schnell. Es macht mir zwar nichts aus, hart zu arbeiten, aber ich hatte nicht eine Minute am Tag, um einmal innezuhalten und wirklich etwas zu schmecken, weißt du? Deshalb habe ich vor einem Jahr beschlossen, wieder zur Uni zu gehen. Zuerst habe ich nur ein paar Vorlesungen belegt, aber dann habe ich ganz aufgehört zu kochen und zu studieren begonnen.

»Und was machst du?«

»Psychologie. Das ist mein letztes Semester an der State, und dann gehe ich nach Berkeley, um meinen Master zu machen. Ich habe dieses Semester nur noch dein Seminar und noch eins am Donnerstagmorgen.«

»Ich verstehe nicht, wieso du alt genug bist, um eine Laufbahn schon hinter dir zu haben.«

Er rutschte ein wenig näher. »Ich kann dir versichern, Mia Rose, ich bin alt genug. Für alles.«

Seine Stimme war die reine Verführung, und ihr wurde ganz warm. Und sie musste einfach fragen. »Wie alt bist du, Jagger?«

»Sechsundzwanzig.« Er schwieg einen Moment lang, dann fügte er ruhig hinzu: »Ich bin nicht mehr achtzehn, wenn du das wissen wolltest.«

Es spielt sowieso keine Rolle.

»Okay. Ich meine, dass du keine achtzehn bist, war mir klar«, stammelte sie.

Verdammt nochmal, es spielte doch eine Rolle.

Sie war eine Idiotin.

»Es ist ja nur Kaffee, oder, Mia Rose? Nichts Unpassendes. Obwohl ich nichts dagegen hätte ...«

»Jagger ...«

»Ich will nicht lügen. Ich finde dich wunderschön. Klug dazu. Ich bewundere dich und fühle mich sehr zu dir hingezogen.«

»Jagger, ich bin sieben Jahre älter als du. Und ich bin deine Dozentin. Wir sollten dieses Gespräch nicht führen.«

Ihr Inneres schmolz. Sie brauchte alle ihre Kraft, um sein Bild aus ihrem Kopf zu bekommen.

Er beugte sich vor und ergriff ihre Hand. »Was wir hier machen, ist völlig unschuldig. Aber ich würde lügen, wenn ich behaupten würde, nicht mehr zu wollen.«

Sie entriss ihm ihre Hand, stand auf und ergriff ihre Handtasche und die Aktenmappe. »Ich muss gehen.«

Er erhob sich ebenfalls. »Bitte nicht. Ich wollte dich nicht erschrecken. Ich wollte nur aufrichtig mit dir sein …«

»Ich muss jetzt gehen«, wiederholte sie.

Sie drehte sich um und ging hinaus. Draußen war es ein wenig kühler geworden, aber ihre Wangen brannten. Sie hätte nie mit hierherkommen dürfen, das war ihr klar. Ihr Körper stand in Flammen.

Sie begehrte ihn, das konnte sie nicht leugnen. Und je länger sie neben ihm gesessen und mit ihm geredet hatte, desto intensiver war ihr Verlangen geworden.

Du kannst ihn aber nicht haben, deshalb schlag es dir aus dem Kopf.

Aber wie sollte das gehen, wenn sie ihn an drei Abenden in der Woche in ihrem Kurs sah? Drei Abende, an denen sie anschließend alleine nach Hause gehen musste, sein Gesicht vor Augen? Und wenn sie sich danach in der Dunkelheit berührte, war es sein Gesicht, das sie verführte und quälte, bis ihr Körper um Erlösung bettelte.

So wie jetzt.

Nein.

Das war verrückt, und es musste aufhören.

Das Ganze war Wahnsinn, und es musste aufhören. Aber sie war sich nicht sicher, ob sie widerstehen könnte, wenn er sie noch einmal einlud.

Jagger James war unwiderstehlich. Da war sie sich absolut sicher.

Er fühlte sich schlecht. Er hatte sie nicht verjagen wollen.

Jagger ergriff seinen Becher und trank den letzten Schluck Kaffee. Dann hob er die Gabel an die Lippen und leckte den kleinen Rest Creme ab, der noch daran klebte. Kurz zuvor war sie mit ihrem Mund daran gewesen. Bei dem Gedanken daran stieg Lust in ihm auf. Ihre roten, sinnlichen Lippen in diesem unschuldigen Gesicht.

Sie war wütend gewesen; er hatte es am Blitzen ihrer grünen Augen gesehen. Er konnte es ihr nicht verdenken, er war ein wenig aufdringlich gewesen. Aber Spielchen lagen ihm nicht. Und er begehrte sie wie verrückt. Wie oft war er in seine Hand gekommen, wenn er sich, ihr Bild vor Augen, gestreichelt hatte. Bei dem Gedanken daran wurde sein Schwanz schon wieder hart.

Mist, ich muss hier heraus. Ich muss nach Hause, um es mir wieder zu machen.

Es würde nichts nützen, das wusste er. Er war sechsundzwanzig Jahre alt, du liebe Güte. Er hatte eine Erektion nach der anderen. Das Problem war Mia Rose.

Sie war seine Dozentin, und er konnte sie nur meiden, wenn er nicht mehr in den Kurs ging. Aber er konnte doch nicht jetzt, so kurz vor dem Examen, alles hinschmeißen, nur weil er scharf auf seine Dozentin war.

Scharf war nicht der richtige Ausdruck. Er war besessen von ihr, das wusste er. Er wusste nur nicht, warum.

Diese Frau hatte Geheimnisse. Er hatte es an ihrer Anspannung bemerkt, als er sie nach ihrer Familie gefragt hatte. Faszinierend. Menschen faszinierten ihn, deswegen hatte er auch Psychologie studiert. Ihre Geheimnisse machten sie für ihn nur noch verführerischer.

Eigentlich war sie nicht die Frau, die er im Moment in seinem Leben brauchen konnte. Er verliebte sich viel zu leicht, und dabei hatte er sich doch etwas geschworen, nachdem Elena ihn verlassen hatte.

Aber er hatte sich doch gar nicht in Mia Rose verliebt.

Nein, er wollte nur mit ihr schlafen. Ein bisschen Zeit mit ihr verbringen. Mehr nicht. Keine Erwartungen. Er wollte sich ihr nicht öffnen, damit er nicht wieder enttäuscht werden konnte. Das war vorbei. So hatte er das vergangene Jahr gut überstanden. Sein Vater wäre stolz auf ihn. Nur Jagger selbst war es nicht wirklich.

Nach Elena hatte er seine Lektion gelernt. Es hatte ein ganzes Jahr gedauert, aber dann hatte er gelernt, wie er sich schützen musste. So schnell würde er sich nicht wieder in eine Frau verlieben. Und definitiv nicht in eine Frau wie Mia Rose. Eine Frau mit Geheimnissen.

Ja, er würde von ihr bekommen, was er brauchte, *brauchte*, verdammt, und dann würde er gehen. Er wusste, was er zu tun hatte.

Warum bloß wurde er dann das Gefühl nicht los, Mia Rose Curry nicht so einfach wieder verlassen zu können?

3

Karalee umklammerte das Rohr über ihrem Kopf und hielt sich daran fest, während sie Gideon ritt, die Beine um seine Taille geschlungen. Seine Hände lagen auf ihren Hüften, damit er sie besser dirigieren konnte.

»Gott, Gideon, fester!«

Mit jedem Stoß wurde sie von einer Lustwelle überflutet. Die Glühbirne, die von der Decke hing, warf ein schwaches Licht auf sein Gesicht. Lust zeichnete sich auch auf seinen Zügen ab, sein Mund war weich, die braunen Augen intensiv.

»Oh, Scheiße, Karalee, ich komme gleich.«

Keuchend drückte er sie fester gegen die Wand. Er schob seine Hand zwischen ihre Körper und rieb ihre Klitoris.

»Ja, genau so, Gideon …«

Ihre Klitoris pulsierte vor Verlangen. Und immer wieder trieb er seinen starken Schwanz in sie hinein. Die Spannung baute sich stetig auf, und dann überflutete der Orgasmus sie. Rasch legte Gideon die Hand auf ihren Mund, als sie aufschrie. Sie liebte es.

»Himmel, Karalee, am Ende hört dich noch jemand.«

Aber das war ihr egal.

Und dann begann auch er zu zittern und keuchte ihren Namen, als er in ihr kam. Ach du lieber Himmel, sie hatten gar kein Kondom benutzt. Was war sie, ein nachlässiger Teenager?

Aber sie hatte jede einzelne Minute genossen. Sie waren im Flur aneinander vorbeigegangen, stehen geblieben, um sich zu unterhalten, und schon nach den ersten Sätzen hatte er sie in die Abstellkammer gedrängt, sie leidenschaftlich geküsst, ihr das Höschen heruntergezogen und war in sie eingedrungen.

Nur langsam kam sie wieder zu Atem, während Gideons Schwanz in ihr schlaff wurde.

»Himmel, Gideon.«

»Ja.«

Er keuchte immer noch, sein Atem kam stoßweise. Und er stand noch aufrecht da. Mit einer Hand hatte er sich an der Wand abgestützt, mit der anderen hielt er ihren Hintern. Er blickte sie an. Seine Augen waren von einem rauchigen, sexy Braun, das ihre Aufmerksamkeit erregt hatte, als sie ihn auf der ersten Personalsitzung des Semesters vor zwei Wochen zum ersten Mal gesehen hatte. Der neue Dekan der historischen Fakultät. Seine große, schlanke Gestalt, das kantige, männliche Gesicht und die grauen Schläfen, die sich von seinen ansonsten pechschwarzen Haaren scharf abhoben, hatten ihr sofort gefallen. Sie fand, er sah aus wie ein klassischer Filmstar. Aber am meisten hatten es ihr seine Augen angetan: dunkel, verhangen, sexy.

Er blickte sie an und strich ihr mit dem Daumen über die Wange, eine erstaunlich zärtliche Geste. Ihr Herz zog sich zusammen.

Na komm, Karalee. Das war doch nur heißer, spontaner Sex.

Gefährlicher Sex, was es nur noch besser machte. Das Verbotene daran, die Tatsache, dass jeden Moment jemand die Tür öffnen und sie sehen konnte, machte es nur noch besser. Zusätzlich erregte es sie, dass sie vorher kaum mehr als ein Dutzend Sätze, ein paar flirtende Blicke miteinander gewechselt hatten. Auf geheimnisvolle Art und Weise hatte er gewusst, dass sie das hier wollte, dass sie ihn wollte, als sie sich im Gang getroffen hatten.

Er hob sie hoch und schlüpfte aus ihr heraus. Dann stellte er sie hin und schloss seinen Reißverschluss. Ihre Beine gaben ein wenig nach, und sie musste erst einmal tief Luft holen, als sie ihren Rock herunterzog. Er reichte ihr das Höschen, sie zog es an. Sie wünschte, er würde etwas sagen.

Gideon strich sich mit einer Hand durch die dunklen Haare. Erst da fiel ihr sein leichter Bartschatten am Kinn auf. Sexy. Wie alles an ihm.

»Also dann. Wir sehen uns auf dem Campus, Karalee.«

Er lächelte sie an, öffnete die Tür und ging.

Ach, du lieber Himmel! War das alles, was ihm zum Abschied einfiel?

Das Herz klopfte ihr bis zum Hals, ihr Körper summte noch vom Orgasmus. Sie wünschte, sie hätte ihre Tasche dabei. Jetzt würde sie aus der Abstellkammer herauskommen müssen, ohne zu wissen, wie sie aussah.

Was hatte sie gerade bloß gemacht?

Aber sie lächelte, als sie kopfschüttelnd ihren Rock glatt strich und tief Luft holte. Das war lächerlich. Gefährlich. Und das Aufregendste, was ihr seit Langem passiert war.

Sie wollte es am liebsten gleich noch einmal erleben. Aber da er sie einfach so hatte stehen lassen, wusste sie nicht, ob überhaupt noch einmal etwas passieren würde. Das war ganz schön frustrierend. Und doch erregte sie auch diese Ungewissheit, so wie sie alles an dieser Erfahrung erregend fand.

Karalee öffnete die Tür einen Spalt weit und spähte auf den Gang hinaus. Gott sei Dank war er leer. Rasch lief sie zur Damentoilette, um sich ein bisschen herzurichten. Das stellte sich jedoch als Herausforderung heraus, denn der Sex mit Gideon hatte in ihrem Kopf ebenso viel Chaos hinterlassen wie in ihrem Körper.

Mia fuhr auf den Universitätsparkplatz. Innerlich fluchte sie. Wenn sie nicht früh genug aufbrach, endete sie immer hier, auf dem Parkplatz, der am weitesten von ihrem Hörsaal entfernt lag.

Sie nahm ihre Handtasche und ihre Aktenmappe vom Rücksitz und ergriff ihre Thermoskanne. Der Kaffee war dunkel und stark, mit viel Milch und drei Stück Zucker. Wenn sie nervös war, brauchte sie das süße Getränk zur Stärkung. Das war schon früher bei ihrer Mutter so gewesen. Der viele Zucker hatte bei ihrer Mutter natürlich etwas mit ihrer Sucht zu tun; Heroinabhängige hatten häufig Heißhunger auf Süßes. Aber sie wollte jetzt eigentlich nicht an ihre Mutter denken. Nachdenklich trank sie einen Schluck von dem heißen Getränk. Warum war sie heute so aus der Fassung?

Als sie auf ihr Gebäude zuging, klingelte ihr Handy. Es dauerte einen Moment, bis sie es aus der Tasche gekramt hatte.

»Hallo?«

»Hi, Mia, ich bin es, Karalee.«

»Hi. Wie geht es dir?«

Als sie um die Ecke eines anderen Parkplatzes bog, fielen ihr ein paar Bauarbeiter auf, die dort arbeiteten. Es waren muskulöse Männer in weißen Tanktops, die in der schwülen Luft schwitzten. Mias Nippel wurden hart, als einer von ihnen sich über einen Presslufthammer beugte, so dass sich seine zerschlissenen Jeans fest um seine muskulösen Schenkel spannten.

Nett.

Einen Moment lang schloss sie die Augen und dachte an Jaggers Geruch, die Hitze, die er ausstrahlte …

Warum war sie auf einmal so verrückt nach Männern?

»Entschuldigung, Karalee, was hast du gerade gesagt?«

»Ich hatte gestern Abend Sex mit Gideon Oliver.«

»Mit dem neuen Dekan? Kennst du ihn denn überhaupt?«

»Nein.« Karalee schwieg, dann fuhr sie fort: »Wir hatten Sex in der Abstellkammer des Hausmeisters.«

»Na, da kommen mir ja meine Probleme völlig unwichtig vor. Wie war es?«

»Wundervoll. Wahrscheinlich der heißeste Sex, den ich je gehabt habe. Wir sind einander auf dem Flur begegnet. Er hat mich nur angesehen, und dann war da so eine Art surrealer Moment, und er sagte: ›Komm mit mir‹, und das habe ich getan. Er hat mich in die Abstellkammer gedrängt, mir die Unterwäsche heruntergezogen und mich gegen die Wand gedrückt. Wir haben kein Wort geredet. Es ist einfach nur passiert.«

»Wow.«

»Ja, ich weiß. Ich musste es einfach jemandem erzählen, Mia.«

»Und wie ist es ausgegangen?«

»Das war ein bisschen merkwürdig. Danach hat er den Reißverschluss an seiner Hose hochgezogen und ist einfach gegangen. Als ob es nichts Besonderes gewesen wäre.«

»Vielleicht war es das für ihn ja auch nicht. Das tut mir leid, Karalee.«

»Nein, es ist schon in Ordnung.« Karalee senkte die Stimme. »Ehrlich gesagt fand ich es toll. Dass wir es einfach miteinander getrieben haben, ohne vorher groß darüber zu reden. Aber ein Teil von mir wollte natürlich auch, dass er mich wenigstens nach meiner Telefonnummer fragt. Ich komme mir vor wie ein Teenager.«

»Das brauchst du nicht. Mir wäre es sicher nicht anders gegangen.«

»Du weißt ja, wie ich sonst mit Männern bin. Ich bin ja nicht auf der Suche nach einer Beziehung. Aber wenn er wenigstens gefragt hätte ... Andererseits fand ich das auch wieder geil. Du bist doch die Sex-Expertin. Was sagt das über mich aus, wenn ich den besten Sex meines Lebens mit einem Fremden an einem Ort habe, wo wir jederzeit erwischt werden konnten? Ich habe doch früher immer alles im Griff haben wollen, und jetzt fand ich an Gideon ganz besonders toll, dass er alles bestimmt hat.«

»Es tut mir leid, Karalee, aber ich komme mit mir selbst im Moment nicht klar.«

»Schon wieder dieser Typ, Mia? Dein Student?«

»Ja. Schon wieder. Immer noch.« Sie trank einen Schluck aus ihrer Thermoskanne. »Ich habe mich mit ihm getroffen. Ich bin mit Jagger Kaffee trinken gegangen.«

»Ach, du lieber Himmel, Mia. Ob das so eine gute Idee war?«

»Natürlich nicht. Aber ich konnte nicht anders. Wenn es um ihn geht, habe ich mich einfach nicht unter Kontrolle.«

»Warum ist das denn so?«

Mia zuckte mit den Schultern. Sie wollte eigentlich nicht darüber reden, noch nicht einmal mit Karalee, ihrer allerengsten Freundin. Es fiel ihr zu schwer, sich anderen gegenüber so zu öffnen. Das war immer schon so gewesen. Nur mit ihrer Großmutter hatte sie über alles reden können, und sie war jetzt schon seit zwei Jahren tot. Wahrscheinlich war sie einfach aus der Übung.

»Er ist eben … unglaublich attraktiv.«

»Mia, vielleicht irre ich mich ja, aber eigentlich bist du nicht der Typ Frau, die sich den Kopf von einem Mann verdrehen lässt, nur weil er so unglaublich attraktiv ist. Du gehst doch sonst immer logisch vor.« Als Mia nicht antwortete, fuhr sie fort: »Okay. Wir müssen ja nicht darüber reden. Aber du solltest vielleicht mal darüber nachdenken.«

»Ja, das mache ich.«

Das sollte sie wohl tatsächlich tun. Sie setzte ihre Karriere aufs Spiel, wenn sie zu viel Zeit mit Jagger verbrachte. Und wenn sie wirklich so viel riskieren wollte, dann sollte sie wenigstens wissen, warum sie das Risiko einging. Da reichte ein sexy Lächeln einfach nicht aus.

Aber sie wusste natürlich, dass er mehr zu bieten hatte als nur sein sexy Lächeln. Oh ja, er war gefährlich. Genau wie bei Karalee machte die Gefahr, die von ihm ausging, einen Teil seiner Anziehung aus.

»Ich glaube nicht, dass ich ihn wiedersehen werde, Karalee. Das heißt, abgesehen vom Seminar, natürlich.«

»Das ist wahrscheinlich auch besser so.«

Mia nickte.

Nein, sie würde ihn nicht wiedersehen. Obwohl es wirklich häufig vorkam, dass Dozenten mit ihren Studenten schliefen. Und der bloße Gedanke daran jagte ihr einen Schauer der Lust über den Rücken.

Sie würde ihre berufliche Laufbahn nicht für diesen gut aussehenden Jungen aufs Spiel setzen. Aber sie wusste, dass sie mit dieser Lüge nur ihre Schuldgefühle beruhigte. Jagger war kein Junge. Er war ein Mann, und wenn sie ihn nur anschaute, dann zerfloss sie bereits. So etwas hatte sie schon allzu lange nicht mehr empfunden. Und sie musste zugeben, es fühlte sich gut an. Möglicherweise zu gut, um dagegen anzukämpfen.

Mia konnte sich kaum konzentrieren. Jagger saß in der ersten Reihe und beobachtete sie. Gott sei Dank wollte sie heute einen Film zeigen.

Sie räusperte sich. »Heute sehen wir eine Dokumentation über primitive kulturelle Praktiken, auf denen zahlreiche Fetische basieren. Sicher haben viele von Ihnen schon einmal den Ausdruck ›Körpermanipulationen‹ gehört. Dieser Ausdruck bezieht sich auf Piercings, das Einsetzen metallischer Objekte unter die Haut, das Strecken oder Binden bestimmter Körperteile, auf jede Methode, mit der der Körper manipuliert wird, um sich von seiner natürlichen Form zu unterscheiden. Heute werden Sie sehen, woher diese Praktiken stammen, und Sie werden dem Fakir Musafar, der als Meister der Körpermanipulationen berühmt ist, über die Schulter schauen. Wir werden mit extremen Szenen konfrontiert werden, mit Brandzeichen, Aufspießen, der Verwendung von Fleischerhaken. Versuchen Sie, offen und vorurteilsfrei an die Dinge heranzugehen. Und wenn Sie die primitiven Praktiken mit den modernen vergleichen, denken Sie auch an die Dinge, die Sie in den Kapiteln über Trancezustände gelesen haben, weil dieser Geisteszustand für moderne und alte Praktiken gleichermaßen gilt.«

Sie ließ ihren Blick durch den Hörsaal schweifen, wobei sie sorgfältig darauf achtete, Jagger nicht anzuschauen. Aber im Augenwinkel sah sie ihn doch. Sie konnte ihn *spüren.*

»Ich habe leider kein Filmmaterial darüber, aber man hat in Studien die Gehirnwellen meditierender buddhistischer Mönche mit denen von Personen verglichen, die diese Art von Körpermanipulationen vorgenommen haben. Die Resultate waren schockierend ähnlich. Das Gehirn reagiert auf die gleiche Weise, ob nun der Zustand des Nirwana durch stundenlange Meditation oder durch das Hängen an Haken, die in die Haut eingelassen sind, hervorgerufen wird. Ich habe es eben bereits erwähnt und werde es im Laufe dieses Seminars häufig wiederholen, dass im Grunde alles nur in unseren Köpfen passiert.«

»Sie sind also der Ansicht, dass Sexualität ein mentaler Prozess ist?«, fragte Jagger. »Was für eine Rolle spielt denn die Chemie, Frau Professor?«

Sie zwang sich dazu, von seinen Worten und dem Klang seiner Stimme nicht allzu irritiert zu sein.

»Chemie spielt natürlich eine enorme Rolle bei sexueller Anziehung. Aber ich spreche hier davon, wie Menschen gewisse Praktiken aushalten.«

»Wenn eine Person erregt ist, kann man also Dinge tun, die sonst nicht möglich wären?«

Gott, ja!

Mia umklammerte die Kante des Holzpultes. »Ja, da stimme ich Ihnen zu. Allerdings besitzen die meisten Menschen so viel gesunden Menschenverstand, dass sie nicht einfach ihrem Verlangen folgen, ohne über die Konsequenzen nachzudenken.«

Was redete sie da?

»Lassen Sie uns jetzt den Film anschauen. Wir können dieses Thema später noch diskutieren. Alex, würden Sie bitte das Licht ausschalten?«

Im Hörsaal wurde es dunkel, und sie trat zu ihrem Stuhl am Rand des Raumes. Er war nicht annähernd weit genug von ihm entfernt. Als die Stimme des Sprechers ertönte, war sie nicht mehr in der Lage, sich auf die Handlung auf der Leinwand zu konzentrieren. Sie sah nur noch *ihn*, seine Silhouette im flackernden Halbdunkel der Filmprojektion. Sie war sich seiner Anwesenheit nur zu bewusst, und ihre Gedanken glitten auf gefährliches Gebiet. Sie stellte sich seine Hände, seinen Mund vor. Wie er sie im Café gefüttert hatte …

Ihr wurde heiß, und als sie aufblickte, sah sie, dass er zu ihr herüberschaute. Als er lächelte, wurde sie feucht, und ihre Brüste begannen zu schmerzen. Sie wandte den Blick ab und rutschte auf ihrem Stuhl hin und her. Auf einmal hatte sie schrecklichen Durst.

Erneut konzentrierte sie sich auf den Film und sah zu, wie Hunderte von Menschen in Malaysia während des jährlichen Thaipusam-Festes auf die Tempelhöhlen zugingen. Viele der Körper und Gesichter waren mit langen Spießen, die man *vels* nannte, durchbohrt. Sie waren mit Pfauenfedern, Perlen oder bunten Stofffetzen geschmückt, als Opfer für die Götter. Sie hatte diesen Film schon Dutzende Male gesehen, aber jetzt kamen ihr die sich windenden Leiber plötzlich ungeheuer sinnlich vor.

Sie fühlte Dinge wie seit Jahren nicht mehr. Oh, sie hatte über alles *nachgedacht*, Jahre damit verbracht, alternative Sexualität zu studieren, aber wirklich *gefühlt* hatte sie schon lange nichts mehr. Das hatte sie sich nicht gestattet.

Aber jetzt, hier im Hörsaal, umgeben von ihren Studenten, musste sie sich zusammennehmen; der Film war beinahe zu Ende. Sie würde sich später damit befassen. Und dieses Mal meinte sie es ernst.

Noch ein paar quälende Minuten, dann ging das Licht wieder an. Mia trat an ihr Pult.

»Okay«, sagte sie, schob ihre Haare hinter die Ohren und ordnete ihre Notizen. »Lesen Sie die Seiten hundertzwanzig bis hundertzweiundvierzig, und am Freitag sprechen wir darüber. Und vergessen Sie nicht Ihre Seminararbeit zur Mitte des Semesters. Wenn jemand Schwierigkeiten mit dem Thema oder sonst eine Frage an mich hat, so können Sie in meine Sprechstunde am Dienstag kommen. Ich wünsche Ihnen einen schönen Abend.«

Mia trat an ihren Schreibtisch und packte ihre Materialien ein. Alle Studenten erhoben sich und gingen hinaus. Alle, bis auf Jagger.

Verdammt.

Sie ergriff ihre Wasserflasche und trank einen Schluck. Er machte es ihr wirklich schwer.

Sie konnte den sexy Duft nach Patschuli und *ihm* riechen, als er noch einige Meter entfernt war.

»Hi, Mia Rose.«

»Hi. Was kann ich für dich tun?« Sie hielt ihre Wasserflasche mit beiden Händen fest.

»Es tut mir leid, dass ich gestern Abend die Grenzen überschritten habe. Ich wollte dich nicht so überfahren.«

»Ist schon okay.« Sie zuckte mit den Schultern, aber sie spürte deutlich, wie sie rot wurde.

»Ich möchte es wiedergutmachen.«

»Wie meinst du das?«

Sie hätte schwören können, den Druck seines Körpers gegen das Holz zu spüren. Aber das war natürlich Unsinn.

»Du hast doch gesagt, dass du gutes Essen liebst, Mia Rose.«

Sie nickte misstrauisch.

»Ich möchte gerne für dich kochen.«

Sie wollte schon den Kopf schütteln, aber er hob die Hand und unterbrach sie. »Lass mich erst ausreden, bevor du nein sagst. Ich habe dir ja erzählt, dass ich das professionelle Kochen aufgegeben habe, weil ich ausgebrannt war. Und in gewisser Hinsicht bin ich das immer noch. Aber für jemanden zu kochen, das ist etwas anderes. Dann tue ich es wieder gerne. Und ich habe das Gefühl, du wüsstest es zu schätzen. Also hätten wir beide etwas davon, oder?«

Er wirkte so aufrichtig. Sie wusste, dass sie eigentlich nicht zusagen sollte, aber innerlich bebte sie bereits, ob bei dem Gedanken an ihn oder an das Essen konnte sie nicht sagen.

Sie würde einfach ja sagen.

»Was … was wolltest du denn kochen?«

»Wie wäre es mit einer Cajun-Pfanne? Muscheln bekomme ich frisch am Hafen, und dann noch diese scharfe Sauce dazu, die so lecker ist. Es ist ein Originalrezept aus New Orleans. Ich kann dir gar nicht sagen, was alles darin ist – du musst es selbst schmecken. Und zum Dessert eine Schokoladenmousse, wie du sie noch nie gegessen hast, auf frischem Himbeer-Coulis. Ich garantiere dir, dein Mund wird im siebten Himmel sein.«

Hatte er eine Ahnung, was er mit seinen Worten bei ihr anrichtete? War er sich der Tatsache bewusst, dass seine Stimme immer leiser geworden war, bis sie tief und heiser in ihr vibrierte?

Mia nickte. Sie konnte kaum sprechen. »Okay. Das … das klingt gut.«

Zu gut.

»Es wird großartig schmecken, das verspreche ich dir.« Er blickte sie jetzt direkt an, ein schiefes Lächeln auf dem Gesicht. Sie konnte es nicht fassen, wie schön er war.

»Wie wäre es mit Freitagabend? Hier.« Er zog einen Zettel aus der Tasche und reichte ihn ihr. Sie spürte die Wärme seiner Hand, als ihre Finger sich berührten. Seine Adresse und seine Telefonnummer standen darauf, in großen Druckbuchstaben, mit einem grünen Filzstift geschrieben.

»Du hast dich vorbereitet.« Sie versuchte zu lächeln, war aber zu angespannt.

»Ich wusste, dass du der Einladung nicht widerstehen könntest.« Einen Moment lang grinste er frech, aber es war ihr egal. »Acht Uhr. Bring Appetit mit.«

Oh, das würde sie. In mehr als einer Hinsicht. Sie hatte schon gemerkt, dass sie sich in seiner Gegenwart nicht trauen konnte, aber sie hatte noch nicht herausgefunden, warum sie sich trotzdem auf ihn einließ. Aber sie würde hingehen. In seine Wohnung, wo er für sie kochen würde.

Ich muss den Verstand verloren haben.

»Ich komme. Und bringe Appetit mit.«

Erneut grinste er sie an. Dann ergriff er ihre Hand und hauchte einen Kuss auf den Handrücken. Seine Lippen waren so weich. Mia erschauerte.

»Du wirst es nicht bereuen.«

Das tat sie schon jetzt. Aber es würde sich bestimmt lohnen. Ein einziges Mal in ihrem Leben würde sie ihre rigide Selbstkontrolle aufgeben. Letztendlich hatte sie sie immer davon abgehalten, das zu tun, was sie wirklich wollte. Und dieser Mann schien irgendwie der Schlüssel zu einem neuen Leben zu sein.

Sie hatte sich nie erlaubt, Essen und Sex miteinander zu verbinden, wenn man mal von den Abenden vor dem Fernseher absah, wenn sie die Kochsendung verfolgte. Und da sah sie Hände, die zu niemandem gehörten. Seit Ben war das jetzt so gewesen. Dann aber hatte Jagger ihr eröffnet, dass er Koch gewesen war. Und jetzt ging sie in Jaggers Wohnung.

Vielleicht war sie eine Närrin. Aber es war nur Essen. Nur eine Mahlzeit.

Allerdings war Essen noch nie »nur« etwas für sie gewesen.

Oh, sie würde es bestimmt bereuen. Aber vorher wollte sie es auch genießen, verdammt nochmal.

»Bis Freitag dann, Mia Rose.«

Er ließ ihre Hand los, drehte sich um und ging. Sie blickte ihm nach und bewunderte seinen Hintern in der engen Jeans.

Karalee saß auf ihrem Lieblingsstuhl in der Universitätsbibliothek. Jetzt, so spät am Abend, war das Licht gedämpft. Sie liebte es, um diese Tageszeit hierherzukommen, sich in eine ruhige Ecke zu setzen und zu lesen. Hauptsächlich Klassiker. Jane Austen, Walt Whitman, sogar ein bisschen Shakespeare. Sie liebte die Stille an diesem Ort, an dem man nur das Summen der Klimaanlage, das Rascheln der umgeblätterten Seiten und leises Stimmengemurmel hörte. Für sie war die Bibliothek in gewisser Weise ein Heiligtum.

Sie blickte auf ihre Uhr. Es war kurz nach neun. Sie hatte gar nicht gemerkt, wie lange sie schon hier saß.

Sie klappte ihr Buch zu, stand auf und streckte sich. Zeit, nach Hause zu gehen.

»Karalee.«

Sie kannte diese weiche, tiefe Stimme. Seinen Geruch kannte sie sogar noch besser.

»Gideon. Was tust du hier?«

»Ich wollte etwas nachschlagen und habe dann die Zeit vergessen.« Er lächelte sein Filmstar-Lächeln. Er war wirklich der best aussehende Mann, den sie außerhalb Hollywoods je gesehen hatte. Man konnte leicht vergessen, dass er Geschichtsprofessor war. Diese Position war irgendwie nicht glamourös genug für ihn.

Sie erwiderte sein Lächeln. »Wonach hast du gesucht?«

»Ist nicht mehr so wichtig.«

Er trat auf sie zu, und sie spürte die Hitze, die er ausstrahlte. Ihr Mund wurde trocken. Ihr Puls raste, ihr Geschlecht zog sich zusammen und begann zu pochen.

Ach du lieber Himmel.

Er legte eine Hand um ihre Taille und zog sie besitzergreifend zu sich heran. Es kam ihr nicht in den Sinn zu protestieren.

Er beugte sich vor, den Mund dicht an ihrem Ohr, und sein Atem glitt warm über ihre Haare. »Wusstest du, dass der Nachtwächter seine Runde jede volle Stunde macht?«

»Nein. Warum erzählst du mir das?«

Sie war jetzt schon atemlos.

»Weil ich ihn eben habe vorbeigehen sehen. Und das bedeutet, wir haben diese kleine Ecke der Bibliothek für die nächsten fünfundfünfzig Minuten für uns. Sonst ist niemand mehr hier.«

Sie schluckte. Auf einmal hatte sie das Gefühl, ihr ganzer Körper würde zerfließen. Er zog sie näher zu sich heran, bis sie seinen harten Schwanz an ihrem Oberschenkel spüren konnte.

»Himmel, Gideon.«

»Du willst doch gar nicht nein sagen, Karalee. Ich merke es doch. Ich kann dein Verlangen riechen.«

Lust stieg in ihr auf. Sie schwieg.

»Ah, dachte ich es mir doch.« Seine Hand glitt durch ihre Haare, und er zog ihren Kopf zu sich heran. Gerade so fest, dass sie keinen Zweifel daran hegen konnte, wer hier das Sagen hatte. »Es ist so nett, dass du diese Röcke trägst. Beinahe, als hättest du auf mich gewartet und wärest bereit für mich.«

Er kniff durch die Bluse und den Spitzenbüstenhalter hindurch in ihren Nippel, und sie stöhnte leise.

»Bist du bereit für mich, Karalee?«

»Gideon …« Sie packte seine Schultern und grub ihre Fingerspitzen tief in sein blaues Oxford-Hemd.

Seine Stimme wurde noch leiser. »Wenn ich mit meiner Hand zwischen deine Beine gleiten würde, wärst du dann nass? Ich glaube schon.«

»Ja«, flüsterte sie. Es stimmte.

»Komm her.«

Er drängte sie tiefer in die hohen Regalreihen hinein und drückte sie mit dem Rücken an die Bücher. Es roch nach Papier, nach Leim und nach seiner Haut. Seine Hand glitt unter den Saum ihres Rocks, und sie keuchte auf, als er mit den Fingern in ihre nasse, schmerzende Hitze eindrang.

»Gideon!«

»Schscht! Du willst doch nicht, dass uns jemand so sieht. Oder?«

Sie zitterte am ganzen Leib. »Nein. Nein.«

Er schob seine Finger tiefer hinein, und Lust durchzuckte sie wie ein Stromstoß.

»Ich möchte dich wieder ficken, Karalee. Du weißt gar nicht, wie gerne ich das täte. Aber dies ist nicht der richtige Ort. Es ist zwar verführerisch, aber selbst ich habe mich ein bisschen unter Kontrolle. Nein, jetzt werde ich dich nur zum Orgasmus bringen. Hier, wo jederzeit jemand vorbeikommen könnte. Aber es wird niemand vorbeikommen. Oder doch? Natürlich, das macht es ja so aufregend, nicht wahr?«

Er fuhr mit dem Daumen über ihre Klitoris. Karalee bog sich seiner Hand entgegen.

»Das gefällt dir, was? Sag es mir.«

»Ja, das gefällt mir. Ich brauche es. Oh!«

Er pumpte mit seinen Fingern tief in sie hinein, als der Orgasmus sie überkam. Sie erschauerte und biss sich auf die Lippen, damit sie nicht laut aufschrie. Aber da hatte er ihren Kopf schon zu sich herangezogen und küsste sie. Seine Zunge glitt in ihren Mund, so nass und so warm, und immer noch kam sie.

Sie zitterte, als er seine Finger aus ihr herauszog.

»Sehr schön«, sagte er leise. »Perfekt, Karalee.«

Sie packte ihn am Handgelenk. »Gehst du jetzt wieder?«

Sanft strich er ihr die Haare aus dem Gesicht und küsste sie wieder. Himmel, der Mann konnte küssen! Bereitwillig öffnete sie den Mund. Sie wollte von ihm gefickt werden. Sie *brauchte* es, so wie er sie in der Abstellkammer gefickt hatte. Oh ja, hart und schnell und wie die Tiere.

Er löste sich von ihr.

»Ich muss jetzt gehen, Karalee.«

»Was?« Sie konnte kaum klar denken.

»Wir sollten dieses Wochenende zusammen zu Abend essen. Hinterlass deine Nummer in meinem Büro.«

»Oh … ja. Okay.«

Er lächelte sie noch einmal an und legte seine Fingerspitzen kurz auf ihre Lippen, gerade lange genug, dass sie ihren eigenen Ozeanduft schmecken konnte. Und dann drehte er sich um und ging.

Sie blickte ihm nach, wie er anmutig durch die Regalreihen schlenderte, dann ließ sie sich auf einen Stuhl sinken. Himmel, was dieser Mann bei ihr anrichtete!

Und sie liebte jede Minute, selbst dieses Gefühl der Demütigung, das er immer bei ihr hinterließ.

Ihr Geschlecht pochte noch. Oh ja, sie liebte diese Spielchen. Liebte es, dass sie keine Ahnung hatte, was als Nächstes kam. An diesem Wochenende aßen sie also miteinander zu Abend? Ihre erste echte Verabredung. Was würde er von ihr verlangen? Was würde sie für ihn tun?

Sie wusste, sie würde alles tun, einfach alles. Denn wenn sie bloß an ihn dachte, wurde sie schon wieder nass. Sie konnte es kaum erwarten.

4

Jagger hackte einen Kopfsalat. Das Messer hämmerte im Stakkatorhythmus auf den riesigen Holzblock, den er in der Theke seiner Küche hatte einbauen lassen.

Nimm es leicht, Kumpel.

Warum war er nur so nervös? Das war doch nicht sein erstes Date. Wie oft hatte er denn schon für eine Frau gekocht? Aber heute Abend war es für Mia Rose, und das war etwas anderes.

Er war angespannt, und in seinem Kopf tanzten Bilder von ihr: ihr herzförmiges Gesicht, die schönen grünen Augen, die Rundung ihrer Brüste unter der Bluse. Und vor allem dieser weiche, volle Mund, der förmlich darum bettelte, geküsst zu werden.

Er würde es langsam angehen müssen, wenn er verhindern wollte, dass sie wieder weglief. Sie hatte einen Fluchtinstinkt wie ein scheues Reh, und er musste ihn irgendwie durchbrechen. Er hatte nämlich vor, diesen heißen Mund zu küssen. Ebenso wie jeden Zentimeter ihrer blassen Haut. Beinahe konnte er sich schon vorstellen, wie sie schmecken würde …

Mist! Er hatte sich in den Finger geschnitten. Es war keine gute Idee, sich so ablenken zu lassen, wenn man ein Messer in der Hand hielt. Das war nur ihre Schuld.

Er musste sich zusammenreißen. Es gab keinen Grund, dass diese Frau ihn so aus dem Gleichgewicht brachte. Nein, er hatte doch seine Lektion gut gelernt, und er war zwar häufig ausgegangen in den vergangenen Monaten, aber er hatte sorgfältig darauf geachtet, keine Frau zu nahe an sich heranzulassen, um den Schwur zu halten, den er sich selbst geleistet hatte, nachdem Elena gegangen war. Immer schön cool bleiben, so wie sein Dad. Es war doch wirklich nicht so schwer.

Aber er hatte noch nie so viel empfunden wie bei Mia Rose.

Dabei kannte er sie kaum. Er benahm sich wie ein Idiot.

Er gab den Salat in eine große Holzschüssel, nahm eine Hand voll Tomaten und schnitt sie in Stücke. Er gab sie ebenfalls in die Schüssel, zerkrümelte ein wenig Gorgonzola darüber und fügte gehackte Pecannüsse hinzu, die er kurz geröstet hatte. Dann stellte er die Schüssel in den Kühlschrank, ein großes Gerät aus gebürstetem Edelstahl, in dem man Essen für zwanzig Personen unterbringen konnte. Er liebte diesen Kühlschrank, ebenso wie die modernen Arbeitsplatten aus Stein und die dunklen Holzschränke, die nach seinen Vorgaben gebaut worden waren.

Er hatte die Küche überwiegend mit dem geerbten Geld seiner Großtante Glenda bezahlt. Aber sie war auch eine großartige Köchin gewesen; ihr wäre es wahrscheinlich recht gewesen. Die Familie seines Vaters stammte aus New Orleans, und gutes Essen lag ihm im Blut. Schade, dass er nicht auch die Musikgene geerbt hatte. Das hätte seinen Vater viel mehr gefreut als die Tatsache, dass er Koch geworden war.

Ein kleiner Stich durchfuhr ihn, aber er verdrängte ihn. Er hatte immer versucht, es seinem alten Herrn recht zu machen, aber es war ihm nie gelungen. Sie waren einfach zu unterschiedlich. Dad konnte es jede Nacht mit einer anderen Frau treiben, während Jagger sich wirklich verliebte.

Aber jetzt nicht mehr.

Er rammte das Messer mit der Spitze in das Holzbrett und wischte sich die Hände an einem Handtuch ab. Er war mit allen Essensvorbereitungen fertig, und jetzt wusste er nicht mehr, was er tun sollte. Mia Rose ging ihm nicht aus dem Kopf. Sie würde frühestens in einer Stunde kommen. Was sollte er nur so lange anfangen?

Sein Schwanz zuckte.

Oh nein. In der letzten Zeit hatte er so oft masturbiert, dass es für eine ganze Fußballmannschaft reichen würde. Er drückte seinen erigierten Freund hinunter.

Platz, Kumpel.

Das war doch lächerlich.

Er ergriff die Flasche Cabernet, die er immer auf der Theke stehen hatte, und schenkte sich ein Glas ein. Er musste sich beruhigen, würde jetzt aber nicht schon wieder masturbieren. Du liebe Güte, in einer Stunde war sie da. So lange würde er es ja wohl noch aushalten.

Oder?

Aber da sah er sie schon wieder vor sich, ihr Gesicht und ihren Mund, diesen heißen, schönen Mund. Er wusste genau, wie er schmecken würde. Süß, aber nicht zu süß. Oh nein, Mia Rose Curry war außen ein bisschen hart. Er würde sich anstrengen müssen, bis ihre Lippen weich würden und ihn einließen. Aber wenn er erst einmal ihren Schutzpanzer überwunden hätte, wäre sie locker und geschmeidig. Er hatte eine Vorstellung davon, wie ihr Körper sich anfühlte, wenn sie sich an ihn schmiegte.

Erneut drückte er die Hand auf seinen schmerzenden Schwanz. Er war stahlhart. Und der Wein half ihm auch nicht, es sei denn, er trank sich bewusstlos.

Er zog sich aus und ging zum Badezimmer, die Hand auf seinem geschwollenen Schwanz, während er darauf wartete, dass das Wasser warm wurde.

Dann glitt es über seine nackte Haut, ein Gefühl, das er liebte. Er masturbierte immer in der Dusche; aus irgendeinem Grund erregte es ihn ganz besonders. Aber das spielte jetzt keine Rolle. Er sah ihr Gesicht vor sich, stellte sich vor, wie ihr Körper wohl aussähe, sich anfühlen und schmecken mochte … und dann das Wissen, dass sie in einer Stunde bei ihm wäre, so nahe, dass er ihre blasse Haut berühren konnte, oh ja …

Immer schneller rieb er seinen steifen Schwanz, bis er vor Lust zitterte. Und dann schoss es heiß aus ihm heraus. Er musste die Augen schließen, so sehr überwältigte ihn sein Orgasmus.

Ja, er war besessen von dieser Frau. Warum, wusste er nicht. Er wusste nur, dass Mia Rose seine Gedanken beherrschte. Und er hatte das Gefühl, sich wieder zu verlieben.

Punkt acht Uhr stand Mia vor dem umgebauten Lagerhaus, in dem Jagger wohnte. Die Tür war aus gewelltem Stahlblech, so breit, dass ein Auto hindurch gepasst hätte. Sie streckte den Finger nach der Klingel aus, zog ihn aber wieder zurück.

Wenn sie jetzt klingelte, würde sie tatsächlich hinaufgehen müssen.

Mit ihm essen.

Tu es einfach.

Wie albern von ihr. Sie hatte es bis hierhin geschafft, und jetzt hatte sie Angst, auf die Klingel zu drücken? Aber sie hatte keine Angst vor ihm. Eigentlich hatte sie Angst vor sich selbst.

Tu es einfach, Mia.

Sie holte tief Luft, drückte dann auf die Klingel.

Aus der Lautsprechanlage über der Tür drang eine Stimme. »Hi. Komm einfach herauf. Rechts neben der Tür ist der Lastenaufzug. Ich bin im obersten Stock.«

Mit einem schrillen Ton schwang die schwere Metalltür auf, und sie betrat die Eingangshalle, stieg in den Aufzug, der nur aus einem Käfig bestand, und drückte auf den Knopf für das oberste Stockwerk. Der Aufzug glitt hinauf. Es rüttelte ein bisschen, als die alten Kabel über die Seilzüge glitten. Auch Mia zitterte ein wenig, und als sie schließlich in einen kleinen Flur trat, war sie fast atemlos. Jagger öffnete die Tür.

Gott, er sah so gut aus in seiner ausgebleichten Jeans und einem engen weißen T-Shirt mit V-Ausschnitt, das seine braune Haut zur Geltung brachte. Zum ersten Mal sah sie, dass er an beiden Oberarmen eine Tätowierung hatte, die unter den Ärmeln hervorlugte. Bestimmte Tätowierungen bei einem Mann erregten sie, und diese hier gehörte zu ihren Lieblingen.

Der perfekte Mann.

»Komm herein. Hast du alles gut gefunden?« Jagger ergriff ihre Hand und zog sie sanft hinein. Er roch nach Patschuli und Seife – sauber und exotisch zugleich.

»Ich kenne mich hier in der Gegend aus, deshalb war es einfach. Oh, mein Gott, das ist ja toll hier!«

Ein großer offener Raum mit den breiten Holzdielen, die in diesen alten Lagerhäusern üblich waren, und überall riesige Fenster. Bunte Webteppiche markierten verschiedene Bereiche. Im Wohnbereich standen zwei große Sofas in Dunkelgrün vor einem rechteckigen Kamin aus gebürstetem Stahl. Ein riesiger alter Holzklotz diente als Couchtisch. Und überall waren Kunstwerke: Keramiken, abstrakte Gemälde, Körbe und primitive Musikinstrumente aus der ganzen Welt. An einer Wand standen hohe Regale voller Bücher. Ella Fitzgerald ertönte, gerade laut genug, um Atmosphäre zu schaffen.

Der Mann hatte Geschmack.

Ihr Blick wanderte zum anderen Ende des Raums, wo ein niedriges Bett unter einem Oberlicht stand. Es war ganz schlicht, mit schiefergrauer Bettwäsche und auf einem Holzpodest. Darauf lagen Kissen in Grau, Schwarz und Weiß. Luxuriös und sehr männlich, aber sexy.

Sie fand alles an Jagger sexy.

Am anderen Ende der Wohnung befand sich die Küche.

Stumm ging sie darauf zu.

»Und, wie findest du sie, Mia Rose?«, fragte er sie.

»Sie ist … sie ist wunderschön. Dieser Herd! Darauf könntest du alles kochen.«

»Ja, das kann ich auch.«

Sie wandte den Kopf und sah sein erfreutes Lächeln. Erfreut, verführerisch.

Gott.

»Was hältst du von einem Glas Wein? Zum Essen gibt es Weißwein, aber für jetzt habe ich einen fantastischen Cabernet aus Chile.«

»Ja, sicher. Ich hätte gerne ein Glas Wein.«

Seine Küche überwältigte sie. Überhaupt gefiel ihr seine Wohnung. Sie sagte viel über ihn aus.

Jagger war kein gewöhnlicher Student. Aber das hatte sie ja von Anfang an gewusst. Wahrscheinlich steckte sie tiefer in der Tinte, als sie es sich eingestehen wollte. Er war viel zu clever und zu heiß für sie. Und sie war sich zu unsicher über ihre Motive. Aber darüber wollte sie jetzt nicht nachdenken.

Jagger wies auf zwei gepolsterte Barhocker aus Metall an der hohen Theke, die den Küchenraum vom Wohnbereich trennte. »Komm und setz dich an die Bar, während ich koche, damit wir uns unterhalten können. Ich habe gerne Gesellschaft beim Kochen.«

Mia setzte sich auf einen der Hocker, Jagger schenkte ihr ein Glas Wein ein und reichte es ihr. Während er die Zutaten aus dem riesigen Industriekühlschrank holte, blickte sie sich in der Küche um. Der Raum war sehr groß und ebenso wie der Rest der Wohnung von hohen Gewölbedecken überspannt. Die Arbeitsflächen waren aus gegossenem Beton, was mittlerweile so modern geworden war, und die Schränke aus einem dunklen Holz. Alle Armaturen waren aus gebürstetem Stahl. Der Raum vermittelte einen sauberen, männlichen Eindruck, was perfekt zu ihm passte.

Sie schaute ihm zu bei der Arbeit in seiner Küche – wie effizient und selbstbewusst er sich bewegte, während er bunte Keramikschalen auf die Theke stellte und Flaschen mit Ölen und Gewürzen hervorholte. Allein vom Zusehen bekam sie bereits weiche Knie.

Sie trank einen Schluck von dem tiefroten Wein und dann noch einen. Entweder würde der Wein sie beruhigen oder alles nur noch schlimmer machen.

»Ich hoffe, du magst es scharf, Mia Rose.«

Mia nickte.

Er wusch die winzigen Muscheln in der Spüle. »Ich koche gerne mit Gewürzen, aber man muss aufpassen. Nimmst du zu viel, überdecken sie den Eigengeschmack des Gerichts. Nimmst du zu wenig, schmeckt es lasch. Das perfekte Gleichgewicht ist ganz wichtig. Sag mir, was du gerne kochst.«

»Oh, ich mag gerne italienische Küche, und ich koche gern asiatisch.«

»Ah, dann verstehst du ja etwas von Gewürzen.«

Er lächelte sie an. Und wieder hatte sie das Gefühl, dass er eine sexuelle Anspielung machte. Vielleicht aber ging einfach nur ihre Fantasie mit ihr durch. Sie war zu erregt, und jeder Nerv in ihrem Körper war angespannt.

Ein paar Minuten lang konzentrierte er sich auf seine Arbeit: Er würzte die Muscheln und briet sie in einer dampfenden Pfanne an. In einem anderen Topf dämpfte er Spargelspitzen. Als er schließlich mit der Sauce begann, war sie verloren.

Duftende Flüssigkeiten hatten es ihr schon immer angetan. Ihr Geschlecht zog sich zusammen, als er Butter zerließ und die Zutaten in einen Topf gab. Sie konzentrierte sich auf seine Hände mit den langen Fingern, die sich rasch bewegten. Und eine Welle von Lust überwältigte sie.

»Du wirst das Essen lieben, Mia Rose.«

Oh ja, das würde sie.

Der Duft des Essens hüllte sie ein, erfüllte sie ganz. Ihre Brüste begannen zu schmerzen, ihr Geschlecht zog sich vor Sehnsucht zusammen. Sie konnte kaum still sitzen.

»Jagger, macht es dir etwas aus, wenn ich mich etwas umschaue?«

»Nein, sicher, sieh dir nur alles an.«

Sie rutschte von dem Hocker und ging in den Wohnbereich. Dort stellte sie sich vor die Regale und atmete erst einmal tief durch. Als sie sich ein bisschen beruhigt hatte, betrachtete sie die Titel der Bücher. Viel klassische Literatur, stellte sie fest, Bücher über Musik, Geschichte, Kunst – und unzählige Kochbücher natürlich. Ganz unten im Regal lag das Kamasutra neben einer Reihe klassischer Erotika, *Die Geschichte der O.*, *Lady Chatterley*, Anthologien mit erotischen Gedichten.

Sie erschauerte und biss sich auf die Lippe.

»Liest du gerne, Mia Rose?«

Seine Stimme erschreckte sie. »Was? Ja, schrecklich gerne. Du hast eine interessante Sammlung an Büchern. Vielfältig.«

»Mich interessiert alles. Buchstäblich alles. Am liebsten verbringe ich das Wochenende im Bett mit einem Stapel Bücher. Was liest du denn am liebsten?«

»Ebenfalls alles. In meiner Kindheit waren Bücher ein Luxus.« Sie ging das Regal entlang und fuhr mit dem Finger über die Buchrücken. »Kostbar. Seitdem lese ich alles, was ich in die Finger bekommen kann.«

»Bei uns waren Bücher nie ein Luxus. Sie waren sowohl bei meiner Mutter als auch bei meinem Vater eine Notwendigkeit.«

»Da hattest du Glück.« Sie trat wieder an die Küchentheke, ergriff ihr Weinglas und trank einen Schluck.

»Ja, vermutlich. Deine Eltern haben also nicht so gern gelesen?«

»Meine Mutter und ich sind häufig umgezogen.« Sie hatte keine Lust, darüber zu sprechen, deshalb wechselte sie das Thema. »Wann hast du kochen gelernt?«

Essen war allerdings kaum ein ungefährlicheres Thema. Ihr wurden ja schon die Knie weich, wenn sie bloß zusah, wie er die Sauce umrührte. Ihre Finger umschlossen fester den Stiel ihres Weinglases. Sie sagte sich, dass es doch nur eine Reaktion war, die vor langer Zeit bei ihr programmiert worden war. Sie brauchte es bloß zu ignorieren.

»Ich habe immer schon gekocht. Meine Mutter ist eine großartige Köchin. Sie hat mir alles beigebracht. Mein Dad ist ein lausiger Koch, aber er hat gerne gegessen, deshalb habe ich für ihn gekocht, wenn ich ihn besucht habe, sogar als Kind. Es machte ihn glücklich, allerdings nicht so glücklich, wie er gewesen wäre, wenn ich auch musikalisch in seine Fußstapfen getreten wäre.« Er stieß ein hohles Lachen aus, und Mia wurde klar, dass dies offensichtlich sein wunder Punkt war. Aber sie würde jetzt nicht daran rühren; er sollte ja auch bei ihr nicht nachfragen.

»Hattest du denn eine formelle Ausbildung?«, fragte sie.

»Als ich achtzehn war, direkt nach der Highschool, bin ich hier in San Francisco auf die Kochakademie gegangen.«

»Ah.« Mehr fiel ihr nicht ein. Fasziniert beobachtete sie, wie er Reis auf zwei japanische Teller gab, die in einem tiefen Rot glasiert waren. Als er die Muscheln über den Reis verteilte und die Sauce darüber goss, unterdrückte Mia ein Stöhnen. Zum Schluss legte er zwei Spargelstangen über Kreuz darüber und wies mit dem Kinn auf die Teller.

»Komm, lass uns essen.«

Mia folgte ihm in den Essbereich, der zum Teil hinter japanischen Paravents verborgen war. Auf einem großen, modernen Teppich in Orange, Gold und Rot stand ein moderner Holztisch. Jagger stellte die Teller auf gewebte Grasmatten und rückte ihr dann den Stuhl zurecht. Dabei legte er ihr für einen Moment lang die Hand auf die Schulter, und sie hatte das Gefühl, seine Hitze durch ihren Pullover hindurch zu spüren.

»Bin gleich wieder da.« Er ging zur Küche und kam mit einer Flasche Weißwein und zwei Gläsern zurück. Er öffnete die Flasche und schenkte den Wein ein, bevor er sich setzte. »Iss einen Bissen, Mia Rose, und sag mir, was du denkst.«

»In Ordnung.« Sie ergriff ihre Gabel. Ihre Hand zitterte ein wenig. Was war nur los mit ihr? Sie spießte eine der kleinen Muscheln auf und führte sie zum Mund. »Es riecht wundervoll.« Sie biss in das zarte Fleisch, und ein köstlicher Geschmack breitete sich in ihrem Mund aus. »Unglaublich. Eine wahre Geschmacksexplosion. Hast du Balsamico verwendet? Es schmeckt ein wenig danach.«

»Ah, du verstehst was vom Essen.« Jagger lächelte und aß ebenfalls einen Bissen. »Ziemlich lecker, ohne mich selbst loben zu wollen.«

Mia erwiderte sein Lächeln und aß weiter. Er machte es einem wirklich leicht. Warum war sie eigentlich so nervös?

Vielleicht lag es ja daran, dass sie viel mehr mit ihm tun wollte, als nur zu reden und zu essen. Obwohl auch das schön war, sinnlich und intim.

Schweigend widmeten sie sich ein paar Minuten lang ihrem Essen und genossen es einfach.

»So, Mia Rose«, sagte Jagger schließlich. »Warum bist du denn so oft mit deiner Mutter umgezogen?«

Sofort bekam sie einen Kloß im Hals, und ihre sinnliche Lust am Essen erlosch. »Ich glaube nicht, dass dich das interessiert.«

»Doch, es interessiert mich.« Er beugte sich vor und blickte sie aus seinen grauen Augen aufmerksam an. »Ich will alles hören.«

Mia zuckte mit den Schultern, bemüht, sich den Aufruhr ihrer Gefühle nicht anmerken zu lassen. Am liebsten hätte sie Jagger von ihrer Kindheit erzählt. Etwas an seinem Gesichtsausdruck sagte ihr, dass er tatsächlich Interesse an ihr hatte. Aber noch kämpfte sie mit sich. Sie hatte es doch noch niemandem erzählt.

»Es ist eine hässliche Geschichte, Jagger«, sagte sie leise und ergriff ihr Glas, um einen Schluck zu trinken.

»Das Leben kann hässlich sein. Gerade wichtige Ereignisse sind es oft. Das gehört dazu.«

»Warum willst du es überhaupt wissen?« Leichte Wut brodelte in ihr, und sie wusste, dass man es ihr ansah.

»Ich möchte dich kennenlernen. Wer du bist, wo du gewesen bist. Ich weiß nicht, warum. Ich will es einfach wissen.«

Wenn er sie jetzt berührt hätte, ihre Hand ergriffen hätte, hätte sie sich abgewandt und das Thema gewechselt. Aber er saß ganz ruhig da und wartete.

»Meine Mutter war … sie war süchtig, wenn du es genau wissen willst.«

Sie blickte ihn an, und er nickte einfach nur. In seiner Miene zeichnete sich kein Urteil ab. Auch kein Mitleid.

Mia entspannte sich ein wenig; sie hatte kaum gemerkt, wie verkrampft sie dagesessen hatte. »Manchmal arbeitete sie«, fuhr sie fort. »Aber mit dem Geld, das sie verdiente, hat sie nicht die Miete bezahlt. Sie hat mich mitten in der Nacht geweckt, wir haben unsere Sachen zusammengepackt und sind fortgegangen. Allerdings nur dann, wenn wir das Glück hatten, irgendwo zu wohnen. Manchmal haben wir auch in ihrem Auto gelebt.«

Seine Stimme war sanft. »Scheiße, Mia Rose.«

Er klang nicht schockiert, sondern eher aufrichtig mitfühlend. Am liebsten hätte sie geweint. Und sie wollte ihm mehr erzählen.

»Es endete, als ich dreizehn war. Sie brachte mich zu meiner Großmutter, einer Frau, die ich noch nie gesehen hatte. Aber sie nahm uns auf, als ob meine Mutter nie gegangen wäre. Als ob sie nicht mit achtzehn abgehauen wäre. Als ob wir nicht schmutzig und verlaust gewesen wären.« Sie trank einen Schluck Wein. »Am nächsten Morgen war Mom fort. Ich habe sie nie wiedergesehen.«

»Und deine Großmutter?«

»Ich wuchs bei ihr auf, und sie unterstützte mich in allem. Sie war eine wundervolle Frau. Ich konnte mir nicht vorstellen, warum meine Mutter dieses Zuhause jemals verlassen hatte, wieso sie bei dieser Mutter drogenabhängig geworden war. Ich wusste damals nicht, dass Moms jüngere Schwester Colleen kurz vorher bei einem Autounfall ums Leben gekommen war. Ich wusste gar nicht, dass Mom überhaupt jemals eine Schwester gehabt hatte. Grandma sagte, Mom sei nie darüber hinweggekommen, und das stimmte wahrscheinlich.«

»Wenigstens hat sie dich schließlich zu deiner Großmutter gebracht. Es klingt so, als wäre es das Beste gewesen, was dir passieren konnte.«

»Ja, das war es auch. Es war ein Geschenk.«

»Aber du hast erwähnt, dass deine Großmutter gestorben ist.«

»Ja.«

»Das muss schlimm für dich sein.«

Mia nickte. »Ich vermisse sie immer noch jeden Tag. Aber sie hat mir ihr Haus und ihre Rosen hinterlassen, und ich habe das Gefühl, sie ist immer noch da – bei mir. Wahrscheinlich albern.«

»Nein, keineswegs. Du fühlst dich ihr in ihrem Haus einfach näher.«

»Ja, genau.«

»Wenn es um solche Dinge geht, sind wir im Innern alle sentimental.«

»Glaubst du? Wobei wirst du denn sentimental?«

»Wenn du aufgegessen hast, zeige ich es dir.«

Sie nickte, und er stand auf und hielt ihr den Stuhl, als sie sich erhob. Er ergriff ihre Hand und führte sie in den Wohnbereich. Neben dem Kamin waren breite, tiefe Holzregale. Die Sammlung von Keramiken, kleinen Skulpturen und Kunstbüchern, die sich dort befand, war ihr vorhin schon aufgefallen. Auf einem Regalbrett lag eine Gitarre. Sie war ein kleines Kunstwerk, aus hellem und dunklem Holz gefertigt, mit Einlegearbeiten aus Perlmutt.

»Sie ist wunderschön.«

»Mein Dad hat sie mir geschenkt, als ich acht Jahre alt war. Damals hat er noch gehofft, ich hätte die musikalische Begabung von ihm geerbt. Es ist ein unglaubliches Instrument. Für ein Kind eigentlich viel zu kostbar. Aber er wollte unbedingt, dass ich sie bekomme. Ich wollte nie darauf spielen, aber es war schon etwas Besonderes, dass er sie mir geschenkt hatte. Obwohl ich noch ziemlich klein war, wusste ich doch, was es ihm bedeutete. Sie repräsentierte seine Hoffnungen und Träume für mich, weißt du?«

Sie hätte das Instrument gerne angefasst, um das seidige Holz unter den Fingerspitzen zu spüren. Und sie hätte ihn am liebsten berührt. Aber das war ja nichts Neues. Neu war diese Seite an ihm, dass er sich ihr so öffnete.

»Du wolltest zwar nie spielen«, sagte sie leise, »aber du hast doch daran festgehalten. Ich verstehe, wie wichtig das ist.«

Jagger nickte. Seine Miene war düster, als er die Gitarre streichelte wie den Körper einer Frau. Mia erschauerte. Er wandte sich zu ihr, und die düstere Stimmung verflog, als er lächelte.

»Komm. Du wirst den Nachtisch lieben.«

Er ging in die Küche und rief über die Schulter hinweg: »Setz dich schon einmal. Ich bringe ihn heraus.«

Sie setzte sich wieder auf ihren Platz am Tisch. Kurz darauf stellte er einen zugedeckten Teller vor sie. Er blieb neben ihrem Stuhl stehen.

»Schließ deine Augen, Mia Rose.«

»Was? Warum?«

»Damit du das besser schmecken kannst.«

Sie schüttelte den Kopf.

»Na komm. Tu es einfach.«

Sein Tonfall war neckend, zugleich aber auch befehlend, und ihr Innerstes zerfloss in flüssiger Hitze. Er lächelte sie an.

»Tu es, Mia Rose. Du willst es doch auch.«

Sie lachte verlegen, schloss aber gehorsam die Augen.

Für ihn.

Hör auf damit.

Es raschelte, dann sagte Jagger: »Öffne deinen Mund.«

Sie gehorchte, wobei sie sich ein bisschen albern vorkam. Dann berührte er ihre Lippen mit einer Gabelspitze, und sie ließ zu, dass er sie in ihren Mund schob.

Schokoladenmousse, üppig und kühl auf ihrer Zunge, gefolgt von etwas Frischem, Süßem. Was auch immer es war, sie wollte mehr. Und er fütterte sie damit. Als ob sie ein Liebespaar wären.

Gott.

Sie ließ die Schokolade auf ihrer Zunge schmelzen, presste die Schenkel zusammen und versuchte, den süßen Schmerz zu unterdrücken. Sie wollte nicht zugeben, dass die Lust, die in ihr aufstieg, mit dem Essen ebenso viel zu tun hatte wie mit ihm. Es war die Kombination von beidem, die sie an den Rand des Orgasmus brachte.

»Jagger …«

»Schscht. Du musst einfach weiterschmecken. Ein Bissen ist nicht genug.«

Erneut drückte die Gabel gegen ihre Lippen, und dieses Mal öffnete sie den Mund weit und versuchte, nicht laut zu stöhnen. Zucker erfüllte ihren Mund, Verlangen erfüllte ihren Körper. Und dann berührte er ihre Lippen mit der Fingerspitze.

»Du hast hier ein bisschen Himbeere …«

Sie öffnete die Augen und blickte ihn an. Er war über sie gebeugt, sein Gesicht nur wenige Zentimeter von ihrem entfernt, seine grauen Augen blickten sie dunkel und verhangen an. Er zog seine Hand weg und leckte die süße rote Sauce von seiner Fingerspitze.

Sie zitterte. Ihr Blick von seinem Mund zu seiner Hand, zu seinen Augen und wieder zurück. Verlangen und Hitze überfluteten sie.

Er beugte sich noch dichter vor, und ihr Geschlecht zog sich schmerzhaft zusammen. Sie biss sich auf die Lippen.

»Mia Rose«, murmelte er. Und dann küsste er sie.

5

Lippen wie Kirschen. Gab es nicht einen Song, der so lautete? Aber erst jetzt wusste Jagger genau, was es bedeutete. Mias Mund war süß und weich von Schokolade und Himbeer-Coulis. Von *ihr*.

Sie zögerte zuerst, war beinahe schüchtern, aber er küsste sie einfach immer weiter. Und dann öffnete sie sich für ihn. Seine Zunge glitt in ihren Mund, und das Eindringen in diese nasse, warme Höhle war wie ein Schock. So etwas hatte er noch nie empfunden.

Er umfasste ihr Gesicht mit beiden Händen und kniete sich neben ihren Stuhl. Er konnte sich nicht auf den Beinen halten, während er diese Frau küsste.

Als sie leise stöhnte, wäre er fast auf der Stelle gekommen. Sein Schwanz war hart, und er bekam kaum noch Luft. Aber er hörte nicht auf.

Als sie sich voneinander lösten, keuchte er. Mia blickte ihn benommen an, ihre Pupillen waren riesig, ihre Wangen gerötet.

»Jagger …« Sie zog seine Hände von ihrem Gesicht und wandte sich ab.

»Nicht.«

Sie schüttelte den Kopf. »Es ist nicht richtig.«

»Es fühlt sich aber richtig an.«

Es ist doch nur Sex, Mann. Es braucht gar nichts anderes zu sein.

»Das macht es nicht besser, Jagger.«

»Verdammt. Du hast recht. Es tut mir leid.« Er stand auf, und auch Mia erhob sich.

»Ich muss gehen.« Sie strich sich die dunklen Haare aus dem Gesicht.

»Nein, du brauchst nicht zu gehen. Bleib und iss dein Dessert weiter.«

»Ich kann nicht.« Sie trat zu dem Konsoltisch an der Wohnungstür und ergriff ihre Tasche. »Ich … danke dir fürs Essen, und … ich muss jetzt wirklich gehen. Es tut mir leid.«

»Mir nicht. Es tut mir nicht leid, dass ich dich geküsst habe, Mia Rose.«

Erneut schüttelte sie den Kopf. »Ich gehe jetzt«, sagte sie ruhig, und er wusste, dass er sie nicht davon abhalten konnte.

Sie öffnete die Tür und ging.

Verdammt! Er hatte sie doch nicht schon wieder verjagen wollen. Aber er hatte sie einfach küssen müssen. Und er hatte die Wahrheit gesagt. Es tat ihm nicht leid, dass er es getan hatte.

Der Kuss hatte ihn getroffen wie ein Blitzschlag. Und jetzt brannte er lichterloh.

Er presste eine Hand auf seinen schmerzenden

Schwanz, damit seine Erektion zurückging. Das war ihm jedoch schon schwergefallen, als er nur an sie gedacht hatte. Und jetzt, wo er sie geküsst hatte, ging es gar nicht mehr.

Er zerrte sich das T-Shirt über den Kopf, zog die Hose aus und rannte ins Badezimmer. In der Dusche drehte er das heiße Wasser auf und begann sofort, seinen Schwanz einzuseifen. Er biss sich auf die Lippe. Fast konnte er dort ihren Geschmack noch spüren.

Mia Rose.

Lust stieg in ihm auf, erfüllte ihn, bis er kaum noch stehen konnte. Er lehnte sich gegen die Wand und stieß mit den Hüften seinen Schaft in seine Faust.

Ja, nass und schlüpfrig, so wie sie innen sein würde. Er wusste es, wusste es von der Seide ihres Mundes.

Mia Rose.

Sein Orgasmus überwältigte ihn. Heiß schoss sein Samen aus ihm heraus. Er keuchte und pumpte noch mit den Hüften, als es schon vorbei war. Aber es war nicht genug. Er war nicht nur mit dem Schwanz von Mia Rose besessen. Er begehrte nicht nur ihren Körper.

Die Frau hatte ihm wirklich den Kopf verdreht. Dieses endlose Verlangen, immer wieder zu kommen, war erst der Anfang. Er wagte sich kaum vorzustellen, wie es weitergehen sollte.

Keuchend lehnte er an der kühlen Wand der Dusche, ließ sich vom Wasser sauber waschen und versuchte, wieder zu Atem zu kommen.

Wenn er sie erst einmal gefickt hatte, würde es vielleicht besser. Vielleicht konnte er sie dann vergessen. Die Vorstellung, dass doch mehr dahinter war, behagte ihm gar nicht. Es war weder gut für ihn noch gut für sie.

Er hatte sich doch vorgenommen, nie wieder eine ernsthafte Beziehung einzugehen. Nie wieder Gefühle.

Aber möglicherweise war es bei Mia Rose schon zu spät für ihn.

Karalee parkte vor dem Il Fornaio, so wie Gideon es ihr gesagt hatte. Ja, er hatte ihr genaue Anweisungen gegeben. Sie sollte um acht Uhr da sein, in einem schwarzen Rock, ohne Höschen. Sie hatte den ganzen Weg über gezittert, weil sie das kühle Leder des Autositzes an ihren bloßen Oberschenkeln gespürt hatte. Zugleich war es unglaublich erregend, seine Anweisungen exakt zu befolgen.

Der Portier öffnete ihr die Wagentür, und sie stieg aus. So nahe an der Bucht war die Luft kühl und feucht. Als sie das Restaurant betrat, schlug ihr der Duft von Knoblauch und frisch gebackenem Brot entgegen. Sie blickte sich in dem vollen Lokal um, nahm die gestreifte Tapete wahr, die roten Ledernischen, die gestärkten weißen Tischdecken. Stimmengemurmel und Hintergrundmusik erfüllten den Raum, gelegentlich ertönte ein Lachen. Sie war schon ein paar Mal hier gewesen, aber nie in diesem Zustand nervöser Erregung. Hier nicht, nirgendwo.

»Karalee.«

Seine tiefe Stimme brachte sie zum Erbeben. Sie drehte sich um.

»Gideon. Hi.«

Wie seltsam, sich mit ihm an einem öffentlichen Ort zu treffen. Tatsächlich mit ihm verabredet zu sein, statt sich in irgendeiner Ecke zu verstecken und wie wild zu vögeln. Obwohl ihr das nichts ausmachte. Es würde ihr auch jetzt nichts ausmachen.

»Wir können jetzt zu unserem Tisch gehen«, sagte er zur Kellnerin. »Gideon Oliver, ich habe einen Tisch für zwei reserviert.«

Die Frau nickte und führte sie zu einer kleinen Nische in der Ecke. Gideon bedeutete ihr, sich zu setzen, und Karalee rutschte über das glatte Vinyl, deutlich bewusst, dass sie unter dem Rock nackt war. Gideon setzte sich so dicht neben sie, dass sein Oberschenkel ihren berührte.

»Ich sehe, du hast das angezogen, was ich dir gesagt habe, Karalee.«

Sie nickte, ihre Kehle war trocken. Er roch einfach zu gut.

»Hast du alles so gemacht, wie ich es dir gesagt habe?«

»Ja«, erwiderte sie. Lauter fügte sie hinzu: »Ja, das habe ich getan.«

Er lächelte sie an. Er sah wirklich aus wie ein Schauspieler, attraktiv, mit ebenmäßigen Gesichtszügen, starkem Kinn und dunklen Augen. Sie wurde nass, als er den Arm um sie legte und sie an sich zog.

»Die Pasta Primavera ist hervorragend hier. Wir trinken Wein dazu.«

Sie nickte. Sie wusste nicht, was sie diesem Mann entgegnen sollte. Ging diese Beziehung, wenn man sie so bezeichnen konnte, überhaupt über Sex hinaus? Aber jetzt hatten sie doch eine richtige Verabredung, oder?

Die Kellnerin kam mit den Speisekarten, aber Gideon wehrte ab. »Wir nehmen beide den Salat nach Art des Hauses. Pasta Primavera für sie, für mich die Tagliolini mit Prosciutto. Und eine Flasche Dolcetto d'Alba.«

Die Kellnerin nickte und ging, und Gideon wandte sich zu Karalee. »Der Wein wird dir gefallen. Es ist zwar ein roter, aber subtiler als die meisten.«

»Das wäre das erste Subtile zwischen uns«, sagte Karalee unwillkürlich.

Gideon grinste. »So ist es. Aber ich glaube, es wird dir gefallen.«

Sie lachte. »Ja, da hast du recht.«

Sie entspannte sich. Vielleicht konnten sie hier wirklich nur eine normale Verabredung haben.

Seine Hand zwischen ihren Oberschenkeln ließ sie zusammenzucken. Sie beobachtete sein Gesicht, als seine Hand höher glitt, zu dem feuchten V zwischen ihren Beinen.

»Spreiz die Beine«, befahl er ihr.

Vielleicht doch keine ganz normale Verabredung.

Sie seufzte leise und schloss einen Moment lang die Augen.

»Mach die Augen auf, Karalee. Du musst so aussehen, als ob nichts Ungewöhnliches passiert.«

»Du machst Witze«, murmelte sie und biss die Zähne zusammen, als sein Finger in sie eindrang. Lust stieg in ihr auf.

»Ihr Wein, Sir.« Die Kellnerin öffnete die Flasche.

Gideon presste seinen Daumen auf Karalees Klitoris, und sie musste sich zusammenreißen, um nicht aufzuschreien.

Die Kellnerin schenkte Gideon einen Schluck ein. Er hob das Glas an die Nase, schnupperte daran, und seine Hand zwischen Karalees Beinen bewegte sich einen Moment lang nicht. Dann trank er einen Schluck und nickte der Kellnerin zu. »Sehr gut.«

Die Frau füllte beide Gläser und ging. Gideon reichte Karalee ihr Glas. »Hier, probier einmal. Er ist gut.«

Sie hob das Glas mit zitternder Hand, und seine Hand begann wieder, sie zwischen den Beinen zu streicheln. Sie trank einen kleinen Schluck von dem dunkelroten Wein. Er war tatsächlich leicht und sehr angenehm, wie Gideon gesagt hatte. Aber sie konnte kaum schlucken, weil Gideons Finger ihre Klitoris und ihre nasse Höhle liebkosten.

»Gideon …«

»Ja?«

Seine Miene war völlig unbewegt. Wieso berührte ihn das gar nicht? Aber als sie genauer hinschaute, sah sie das Feuer in seinen dunkelbraunen Augen, hörte seinen schweren Atem.

»Himmel, Gideon, ich glaube … ich glaube, ich komme.«

»Genau das will ich ja.«

»Aber … das kann ich nicht.«

»Doch. Tu es für mich.«

Sie wollte den Kopf schütteln, aber er rieb ihre Klitoris immer fester und trieb seine Finger in einem stetigen Rhythmus hinein und heraus.

Er beugte sich dicht zu ihr. Sein Atem glitt warm über ihre Wange. »Gleich wirst du dich nicht mehr beherrschen können, nicht wahr?«

Was machte er nur mit ihr?«

»Nein«, hauchte sie.

Und im nächsten Moment brach eine Welle der Lust über sie herein. Sie keuchte auf und biss sich fest auf die Lippe, um nicht laut zu wimmern.

»Himmel, Gideon«, murmelte sie, als es vorbei war und er seine Finger aus ihr herausgezogen hatte. Sie wollte ihren Kopf auf seine Schulter legen, war sich aber unsicher über ihr Verhältnis zueinander. Also holte sie nur tief Luft und setzte sich gerade hin. Als sie ihn wieder anblickte, sah sie, dass er sie lächelnd musterte.

»Was ist?«

»Das war wunderschön.«

Sie hatte nicht erwartet, dass er das sagen würde. Eigentlich wusste sie gar nicht, was sie erwartet hatte. Sie konnte kaum einen klaren Gedanken fassen. Nervös ergriff sie ihr Glas und trank einen Schluck Wein.

Gideon flüsterte ihr ins Ohr: »Hat es dir gefallen, Karalee?«

Sie verdrängte energisch ihre Unsicherheit, hob das Kinn und blickte ihm lächelnd in die Augen: »Ja.«

»Gut. Das ist nämlich erst der Anfang eines sehr interessanten Abends.«

»Tatsächlich?«

»Du hast doch sicher nicht angenommen, dass wir nach dem Abendessen beide wieder getrennter Wege gehen?«

»Ich habe gehofft, dass es nicht so käme.«

Er grinste spitzbübisch. »Das gefällt mir an dir, Karalee. Aber ich wollte auch, dass wir beide uns heute Abend ein bisschen besser kennenlernen. Sonst wäre ich mit dir einfach wieder in eine dunkle Ecke gegangen.«

»Ich mag dunkle Ecken. Aber hier gefällt es mir auch. Und ich muss zugeben, ich bin neugierig, was dich betrifft.«

»Was willst du wissen?«

Ihr Salat kam, und Karalee ergriff die Gabel. Sie hatte plötzlich schrecklichen Hunger. Nachdenklich kaute sie ein Blatt Kopfsalat. Nach ihrem netten kleinen Orgasmus fühlte sie sich völlig entspannt. »Ich möchte wissen, wo du warst, bevor du nach San Francisco gekommen bist. Du giltst als geheimnisvoll.«

»Ach ja?«

»Willst du etwa behaupten, dass du das nicht absichtlich machst?«, neckte sie ihn.

Er lachte. »Ich bin gar nicht so geheimnisvoll. Die meiste Zeit meines Lebens habe ich in San Francisco verbracht. Bevor ich an die San Francisco State gekommen bin, habe ich acht Jahre lang an der UC Santa Barbara unterrichtet. Aber ich bin hier aufgewachsen und komme immer wieder hierhin zurück.«

»Warum bist du nach Santa Barbara gegangen? Du kommst mir nicht so vor wie der typische Strandtyp.«

Er zuckte lässig mit den Schultern, aber sie sah, dass sein Gesicht hart wurde. »Ich brauchte Luftveränderung.« Er ergriff sein Glas und trank den Rest seines Weins in einem Schluck. Dann schenkte er sich nach.

Mehr sagte er nicht, aber sein Gesicht sprach eine deutliche Sprache. Anscheinend hatte er nicht die Absicht, darüber zu reden. Aber das war ja auch das erste wirkliche Gespräch, das sie führten, da konnte sie nicht erwarten, dass er ihr gleich seine ganze Seele offenbarte. Sie beschloss, das Thema zu wechseln.

»Und wie gefällt dir dein neuer Job?«

»Die Kollegen sind großartig. Die Studenten auch. Sie wollen wirklich etwas lernen, anders als an vielen anderen Schulen.«

»Da stimme ich dir zu. Ich weiß nicht, woran es liegt, aber sie sind sehr konzentriert.«

Er nickte und machte sich über seinen Salat her. Sie war froh, ihn von dem Thema, das ihm anscheinend unangenehm war, abgelenkt zu haben.

»Vermisst du denn Santa Barbara, Gideon?«

»Nein, das Leben in San Francisco gefällt mir besser. Für meinen Geschmack ist mir in Santa Barbara alles zu entspannt. Und ich bin froh, dass ich hier wieder in meinem Haus leben kann.«

»Du hast ein Haus in der Stadt?«

»Drüben auf dem Potrero Hill. Ein älteres Haus. Es muss jetzt mal renoviert werden, nachdem es die letzten Jahre vermietet war, aber es hat einen fantastischen Blick auf die Bucht. Als ich es gekauft habe, habe ich den Speicher ausgebaut und riesige Dachfenster eingesetzt. Von da oben kann man fast die gesamte Stadt sehen. Es ist so, als würdest du direkt unter dem Himmel schlafen.«

»Das klingt ungewöhnlich.«

»Ja. Es ist unglaublich. Und es ist mein Zuhause. Zumindest wird es das wieder werden, ich bin ja jetzt erst seit einem Monat zurück. Und du?«

»Ich bin ein Import aus dem Mittleren Westen.«

»Ah. Woher kommst du denn?«

»Aus Indiana. Ich bin nach Kalifornien aufs College gekommen und bin nie wieder zurückgegangen.«

»Dann bist du also eins von diesen unschuldigen Kleinstadtmädchen?«

»Kleinstadt, ja. Allerdings nicht so unschuldig.«

Er grinste. »Nein, unschuldig kann man dich wohl nicht nennen, Karalee.«

»Aber ich bin die Tochter eines Predigers.«

»Im Ernst?«

»Oh ja. Mein Vater ist Pfarrer. Wenn meine Eltern gewusst hätten, dass die Chico State berühmt für ihre Partys war, hätten sie mich nie von zu Hause weggehen lassen, und schon gar nicht in einen anderen Bundesstaat.«

»Aber du hast doch immerhin einiges an Bildung mitbekommen und bist Dozentin geworden.«

Sie zuckte mit den Schultern. »Das war mein Berufswunsch, und es macht meine Eltern glücklich. Sie sind allerdings nicht glücklich darüber, dass ich so weit weg wohne. Wir stehen uns zwar nicht besonders nahe, aber sie haben noch die archaische Vorstellung, dass eine Frau alleine in der Welt nicht überleben kann. Ich glaube, das hat sie all die Jahre zusammengehalten. Aber das ist gleichzeitig auch der Grund, warum ich nie wieder zurückgehen könnte. Diese Stadt ist jetzt mein Zuhause. Sie ist so dynamisch. Ich lebe gern hier. Mein Vater bezeichnet San Francisco als Stadt der Sünde. Das stimmt wahrscheinlich auch. Vielleicht gefällt mir das ja am besten.«

Grinsend hob er sein Weinglas. »Ah, Karalee, du bist mir eine!«

Es war seltsam, hier mit ihm zu sitzen und sich zu unterhalten, als ob nichts vorgefallen wäre; einfach nur zwei Leute, die zu Abend aßen. Aber selbst jetzt pochte ihr Geschlecht und wollte mehr. Es wollte ihn.

»Und?« Sie beugte sich vor. Ihre Finger strichen liebkosend über den Stiel des Weinglases. Sie senkte die Stimme. »Hast du immer Sex in der Abstellkammer des Hausmeisters?«

»Nur mit dir. Aber es könnte zur Gewohnheit werden.«

Ihr wurde ganz warm. Er hatte sie angesehen, als ob er sie sofort lebendig verspeisen wollte. Das gefiel ihr. Wirklich. »Das hoffe ich doch.«

Er schob seinen Salatteller beiseite und streichelte mit seinen Fingern über ihren Handrücken. Sie erschauerte vor Verlangen. Der Mann hatte wunderbare Hände.

»Ich habe Pläne für später, Karalee. Eine Abstellkammer gehört nicht dazu.«

Gott, sie fand es sogar erregend, wenn er so etwas nur sagte. Sie presste ihre Oberschenkel zusammen.

»Ich kann es kaum erwarten, es herauszufinden.«

Er lächelte sie an. Sie erwiderte sein Lächeln, und Lust stieg in ihr auf. Auf einmal konnte das Essen nicht schnell genug vorbei sein.

Mia richtete sich auf und wischte sich mit dem Gartenhandschuh die Wange ab. Die Sonne kam durch die Wolken und warf goldene Strahlen auf ihren kleinen Garten. Seit Sonnenaufgang hatte sie hier gearbeitet, weil sie nach dem Abend mit Jagger keinen Schlaf gefunden hatte.

Sie hätte sich gestern Abend nie von ihm küssen lassen dürfen. Sie hätte gar nicht zu ihm in die Wohnung gehen dürfen. Klug war nur gewesen, dass sie gegangen war, bevor noch etwas passiert war. Aber am liebsten würde sie sofort wieder zu ihm gehen und ihn noch einmal küssen.

Und er sollte noch mehr tun als sie nur küssen.

Warum benahm sie sich auf einmal so prüde, wenn auch nur in ihrem eigenen Kopf? Warum sagte sie nicht klar und deutlich, was sie wirklich von Jagger wollte? Er sollte ihre nackte Haut berühren. Sie wollte ihn ausziehen, seinen Körper sehen, seine Haut an ihrer spüren. Er sollte sie am ganzen Körper küssen, sie wollte seine vollen Lippen, seine nasse Zunge überall spüren …

Sie wollte, dass er sie fickte. Oh ja. Und er sollte sie noch einmal füttern, sollte sie mit dieser leckeren Himbeersauce am ganzen Körper einreiben und sie ihr dann von der Haut lecken …

Sie schüttelte den Kopf und verbannte diese Gedanken, um weiter Unkraut zu rupfen, die verblühten Rosen abzuschneiden und sich auf ihre Aufgabe zu konzentrieren. Die blasse Wintersonne schien ihr warm auf den Rücken.

Diese sinnliche – sexuelle – Verbindung zwischen einem Mann und Essen hatte sie seit Ben nicht mehr erlebt. Ja, sie hatte sich die Kochsendungen mit dem Vibrator in der Hand angesehen. Aber sie war sich bewusst, dass ihre körperliche Reaktion nur antrainiert war. Jahrelang hatte sie Fetische studiert und zu verstehen versucht, was ihr eigenes Verlangen motivierte. Sie verstand schon, warum sie Essen sexualisierte. Sie wusste genau, was Freud zu diesem Thema gesagt hatte, verstand die chemischen Reaktionen im Gehirn.

Aber warum erwachte es mit Jagger jetzt auf einmal alles wieder? Nur weil der Mann kochen konnte, offensichtlich etwas von der sinnlichen Seite des Essens verstand? Das hieß doch gar nichts.

Es *sollte* zumindest nichts bedeuten.

Sie arbeitete noch eine Stunde lang. Dann hatte sie ihren Garten in Ordnung gebracht und ergriff ihren Korb mit den Gartenabfällen. Der Duft von Rosen stieg ihr in die Nase, vermischt mit dem allgegenwärtigen Geruch des Ozeans.

Sie liebte diese Gerüche. Sie erinnerten sie an die Zeit, als sie zum ersten Mal mit dreizehn Jahren hierhergekommen war. Alt genug, um genau zu wissen, was mit ihrer Mutter los war. Sie hatte dieses Haus vom ersten Augenblick an geliebt. Ebenso wie sie ihre Großmutter vom ersten Moment an geliebt hatte. Und sie hatte sich immer schuldig gefühlt, weil sie so erleichtert gewesen war, als ihre Mutter mitten in der Nacht abgehauen war und sie dagelassen hatte. Schuldig, weil sie sie nie vermisst hatte, weil sie froh war, endlich ein normales Leben führen zu können.

Sie ging in die hinterste Ecke des Gartens und leerte den Korb auf den Komposthaufen. Dann trug sie ihn zu dem kleinen Schuppen und stellte ihn dort auf ein Regal. Die Handschuhe legte sie daneben. Dann eilte sie ins Haus, wusch sich in der Küche die Hände, schenkte sich ein Glas Eistee ein und trank es in großen Schlucken, an die Spüle gelehnt.

In Schuldgefühlen war sie gut. Sie fühlte sich auch schrecklich schuldig wegen des Kusses gestern Abend. Und wegen des Verlangens, das ihren Körper so heftig durchflutete, dass sie es kaum aushielt, nicht zum Telefon zu greifen und ihn anzurufen. Diese heftige Sehnsucht und ihre Vorliebe fürs Essen … Es hing alles zusammen.

Nein, nein, nein.

Was sollte sie nur tun? Es war die reine Folter, ihn so zu begehren und ihn nicht haben zu können. Und nach diesem Kuss gestern Abend war alles nur noch schlimmer. Der Mann konnte wirklich küssen. Und sie war sich ziemlich sicher, dass er auch noch ein paar andere Dinge gut konnte. Darüber sollte sie besser jetzt nicht nachdenken.

Aber sie konnte das Gefühl seiner Lippen, seinen Geschmack, den Duft nach Himbeeren und Schokolade nicht vergessen …

Sie war rettungslos verloren bei diesem Jungen. Ihr innerer Kampf machte sie wahnsinnig. *Jagger* machte sie wahnsinnig. Ein weiterer guter Grund, um ihm fernzubleiben.

Sie wusste verdammt gut, was sie tun *sollte*: sich von ihm fernhalten und nie zulassen, dass er alleine mit ihr war. Nie mehr zulassen, dass er sie berühren oder küssen würde. Aber ihr war auch klar, dass sie das nicht durchhalten würde.

Jagger ging die Mission Street entlang. Aus den Restaurants, an denen er vorbeikam, duftete es nach Knoblauch und Gewürzen. Hinzu kamen der scharfe Geruch des feuchten Pflasters an diesem nebligen Tag und die Alkoholschwaden aus den Bars und Clubs, die sich gerade für die Aktivitäten der Nacht rüsteten. Die Straßenlaternen beleuchteten den dunklen Bürgersteig; Neonschilder warfen bunte Schatten auf seine Füße und bildeten kleine Farblachen.

Er war mit Jean und Leilani in einer Bar gewesen, aber er hatte nicht stillsitzen können. Er hatte ein Bier getrunken und war dann unter einem Vorwand gegangen. Er schob die Hände tiefer in die Taschen und verlangsamte seine Schritte. Eigentlich wollte er noch gar nicht nach Hause gehen. Aber er wusste auch nicht, wohin er sonst gehen sollte. Zu Hause würde er ja doch nur herumsitzen und an Mia Rose denken.

Und das wollte er eigentlich nicht.

Anrufen mochte er sie auch nicht. Offensichtlich wollte sie das ja nicht. Und er wollte nicht aufdringlich sein. Er war nicht der Typ, der einer Frau nachlief. Der Typ, der nicht aufhören konnte, an sie zu denken.

Nicht noch einmal. Und nicht mit einer Frau wie Mia Rose, die sich doch anscheinend nicht auf ihn einlassen wollte. Er hatte die Katastrophe ja selbst herbeigeführt.

Scheiße.

Bilder von Mia gingen ihm durch den Kopf. Es waren nicht nur ihr Mund, ihre Brüste, die sich unter ihrer Kleidung bewegten, ihr Nacken. Es waren ihre Hände, der Klang ihrer Stimme. Und ihren Duft bekam er auch nicht aus dem Kopf. Als er sich jetzt daran erinnerte, wie sie roch, wurde er schon wieder hart.

Er ging schneller.

Ich muss nach Hause, verdammt. Ich muss sie anrufen. Muss sie sehen. Muss sie noch einmal berühren.

Er schüttelte den Kopf über sich selbst. Er benahm sich lächerlich. Aber er konnte nichts dagegen tun.

Er bog nach rechts auf die Sixth Street ab und ging immer schneller an den Läden und Mietshäusern vorbei, bis er an seiner Haustür angekommen war. Er drückte auf den Knopf für den Aufzug. Endlich kam er, und er stieg ein. Klirrend schob er das Gitter zu und lief auf und ab wie ein Tier im Käfig, als er nach oben fuhr. Als er den Schlüssel in das Schloss seiner Wohnungstür steckte, hatte er bereits das Jackett ausgezogen.

Drinnen warf er es auf den Boden und trat zum Telefon, das auf dem Tisch neben dem Sofa lag. Er blieb stehen und starrte es an.

Du lieber Gott, wie alt war er – zwölf? Es war ihm doch noch nie schwergefallen, ein Mädchen anzurufen!

Aber Mia Rose war kein Mädchen.

Nein, sie war anders. Und bei ihr kam er sich vor wie ein Kind. Bedürftig. Seine Hand zitterte, als er sie nach dem Telefon ausstreckte.

Er zuckte erschreckt zusammen, als es klingelte.

»Hallo?«

»Jagger?«

O Gott.

»Mia Rose. Hey.« Ja, so war es richtig, ruhig und kühl.

»Hi, Jagger. Äh … ich wollte nur … mit dir reden.«

»Ich bin froh, dass du angerufen hast.«

»Es tut mir leid, dass ich gestern Abend einfach weggerannt bin. Ich hätte nicht so unhöflich sein dürfen. Ich hätte dich heute Morgen schon angerufen, aber ich war …« Sie stieß einen Seufzer aus. »Ich weiß es nicht, ehrlich gesagt. Ich weiß nicht, was mein Problem ist. Ich benehme mich wie ein Idiot. Es tut mir leid.«

»Du bist kein Idiot. Und ich bin wirklich froh, dass du angerufen hast. Ich möchte dich sehen.«

Das hatte er eigentlich nicht sagen wollen; es war ihm einfach so rausgerutscht.«

Ihre Stimme war leise und ein bisschen atemlos. »Okay.«

»Okay? Mehr nicht? Kein Widerspruch?«

Sie lachte, und er musste lächeln. »Kein Widerspruch.«

»Lass mich für dich kochen. Oder nein, wir gehen irgendwohin. Direkt neben meinem Haus gibt es ein altes spanisches Restaurant. Das Essen da ist unglaublich. Und sie haben tolle Musik. Sag, dass du mitkommst.«

»Ja. Wann?«

»Jetzt gleich.«

»Jagger, es ist halb zehn Uhr abends.«

»Sie haben lange geöffnet. Hast du Hunger?«

»Ja, ich habe tatsächlich Hunger. Ich habe noch nichts gegessen.«

»Dann komm.«

»Okay, okay.« Sie lachte. »Ich bin gleich bei dir.«

Sie legten auf, und er sank aufs Sofa. Sein Schwanz begann zu pochen, nur vom Klang ihrer Stimme. Und auch das Herz klopfte ihm bis zum Hals. Aber darüber würde er jetzt nicht nachdenken.

Sie würde bald da sein. Im Moment brauchte er an nichts anderes zu denken.

6

Im Lastenaufzug zu fahren, vor Jaggers Wohnungstür zu stehen war für Mia ein Déjà-vu. Sie räusperte sich, fuhr sich durch die Haare und zupfte an dem hellgrauen Wickelpullover, den sie zu ihren Jeans trug. Sie hatte Schmetterlinge im Bauch, und ihr Puls raste. Einen Moment lang bewegte sie sich nicht, dann klopfte sie an die schwere Tür.

Jagger öffnete sie lächelnd. Er trug einen schwarzen Pullover, aus dessen Ausschnitt ein weißes T-Shirt hervorblitzte, und ausgebleichte Blue Jeans. Er sah echt gut aus. Nein, eigentlich sah er großartig aus. Das tat er immer. Mia war sich sicher, dass er schon morgens beim Aufstehen fantastisch aussah.

Denk besser nicht darüber nach.

Aber es fiel ihr schwer, jetzt, wo sie ihm gegenüberstand. Ihre Wangen wurden heiß.

»Hallo, Mia Rose.« Seine Stimme war leise und weich. Sexy. »Möchtest du noch einen Moment hereinkommen? Oder sollen wir gleich losgehen?«

»Es ist schon spät. Vielleicht sollten wir besser gleich gehen.«

Er trat heraus und zog die Tür hinter sich zu. Der Aufzug war noch da. Er ließ sie vorangehen. Auf dem Weg hinunter schwiegen sie. Aber sie stand so dicht bei ihm, dass sie seinen Duft riechen konnte, und ihr Körper wurde heiß vor Verlangen.

Beinahe war sie erleichtert, endlich das Erdgeschoss erreicht zu haben. Als sie auf dem Bürgersteig nebeneinander hergingen, ergriff er ihren Arm. Eine nette, beschützende Geste, und sie genoss das Gefühl, von ihm berührt zu werden.

»Es ist nicht weit; wir können zu Fuß gehen. Kennst du diesen Teil der Stadt gut?«, fragte er.

»Ein bisschen. Ich war schon einmal zum Essen hier oder in Clubs, aber das ist schon eine Weile her. Aber es fasziniert mich. Es ist ein bisschen schmutzig, aber sehr bunt.«

»Ja, allerdings auch ein bisschen dunkel und gefährlich. Aber hier im Mission District leben viele interessante Leute. Das Viertel erinnert mich an das French Quarter in New Orleans. Und ich habe es gern ein bisschen gefährlich.«

Er lächelte sie an. Sein Lächeln war wundervoll, aber er war genauso gefährlich wie die Straßen der Stadt, weil er sie dazu brachte, die Seite von sich zu erforschen, die sie so lange verdrängt hatte.

Vielleicht sollte sie einmal darüber nachdenken, ob sie sich deshalb so zu ihm hingezogen fühlte. Aber dazu hatte sie jetzt keine Lust. Jetzt wollte sie nur den

Abend mit ihm genießen. Mit ihm essen gehen. Wenn er wüsste, was es bei ihr anrichtete, wenn sie ihn beim Essen, beim Umgang mit Essen beobachtete, während der Geschmack und der Duft ihr im Mund zergingen und sich mit Jaggers sinnlicher Spannung vermischten.

Nein, denk jetzt nicht nach. Du denkst viel zu viel nach.

»Hier ist es. El Oso.«

Er hielt ihr die Tür auf, und sie betrat ein kleines Lokal mit zerkratztem Linoleumboden und gedämpfter Beleuchtung. Es roch wundervoll, leicht scharf und würzig. Ihr Puls summte.

Eine Frau mittleren Alters mit dunklen Haaren, die sie zu zwei Zöpfen geflochten hatte, führte sie zu einem kleinen Tisch in einer Ecke. Jagger rückte Mia den Stuhl zurecht. Seine Manieren entzückten sie. Bis jetzt hatte sich ihr gegenüber noch nie ein Mann so gut benommen, und eigentlich war ihr das auch nicht wichtig gewesen. Aber bei ihm war sie verzaubert.

Sie beobachtete ihn, als er auf Spanisch mit der Kellnerin plauderte und Sangria für sie beide und etwas zu essen bestellte. Sie hatte keine Ahnung, was er bestellt hatte, aber es war ihr auch egal. Kurz darauf kam die Kellnerin mit zwei Gläsern Sangria zurück, der dunkel wie flüssige Diamanten funkelte.

»Es gibt nur ein einziges Lokal, wo man eine bessere Sangria bekommt, und das ist ein wundervolles kubanisches Tapas-Restaurant in der Haight Street. Aber das würde ich den Leuten hier nie laut sagen«, erklärte Jagger mit leiser Stimme. Im gedämpften Licht wirkten seine Augen dunkelgrau. Seine Stimme wurde noch leiser. »Ich bin froh, dass du angerufen hast, Mia Rose.«

»Ich auch.«

»Willst du über gestern Abend sprechen?«

Mia trank einen Schluck Sangria. »Nein, eigentlich nicht, aber vermutlich bin ich dir das schuldig.« Sie trank noch einen Schluck und stellte das Glas ab. »Du bist dir ja sicher im Klaren darüber, dass ich es einfach als unethisch betrachte, privat mit einem Studenten zu verkehren.«

Er nickte. »Ja. Aber andere Leute hält das auch nicht davon ab.«

»Ich bin nicht andere Leute, Jagger.«

»Nein, das stimmt. Das gefällt mir ja gerade so an dir.«

Mia wurde rot.

»Weißt du, Jagger … ich sollte noch nicht einmal jetzt mit dir hier sein.«

»Aber du bist hier.« Er beugte sich vor, bis sie seinen sauberen Duft riechen konnte: Seife und etwas anderes, etwas Dunkles, Exotisches. »Ich verstehe, dass es für dich Konsequenzen hat, wenn du mit einem Studenten gesehen wirst. Aber ich bin mir sicher, dass wir damit umgehen können.« Er berührte ihren Handrücken mit den Fingerspitzen. »Du willst doch nicht behaupten, dass du gar nicht hier sein willst. Oder dass du heute Abend nur hierhergekommen bist, um mir das zu sagen.«

Sie schüttelte den Kopf. Seine Berührung verursachte ihr Gänsehaut. Sie schluckte. »Nein, nein, natürlich nicht. Zum Teil bin ich gekommen, weil ich mich entschuldigen wollte. Und zum Teil ... ach, ich weiß nicht. Ich weiß es einfach nicht.«

»Du brauchst es auch nicht zu analysieren. Ich habe das Gefühl, das tust du häufig, wobei ich das nicht beleidigend meine.«

»Nein, du hast ja recht. Vielleicht hat das etwas mit meinem akademischen Beruf zu tun. Aber es ist auch Teil meiner Natur, und manchmal ist es ganz nützlich.«

»Ja, aber im Moment nicht. Bei mir brauchst du das nicht. Bei mir ist alles ganz einfach. Lass uns den Abend und das Essen genießen. Unsere Gesellschaft. Meinst du, das geht, Mia Rose?«

»Ja, natürlich.«

Er lächelte sie an, und sie erwiderte sein Lächeln. Seine Finger streichelten ihre Hand und glitten zu ihrem Handgelenk.

Dieses Mal würde sie nicht weglaufen.

»Das Essen wirst du lieben. Du bist jemand, der gutes Essen wirklich zu schätzen weiß.«

Unter dem Tisch ballte sie die andere Hand zur

Faust, und ihre Finger umklammerten die Stuhlkante. »Ich … ja, das stimmt.«

Er beugte sich vor. »Wirst du etwa rot?«

»Oh, na ja, es ist nur … Du scheinst mich ziemlich gut zu durchschauen.«

Er zuckte mit den Schultern. »Ich beobachte eben aufmerksam.«

»Ja, das stimmt.« Sie trank noch einen Schluck Sangria.

Er streichelte weiter ihr Handgelenk und beugte sich noch dichter vor. »Ich glaube, du gehörst zu den Menschen, die die sinnliche Natur des Essens schätzen. Irre ich mich?« Er schwieg und blickte sie forschend an. »Ich glaube nicht.«

Was sagte er da? War sie so durchsichtig? Aber wäre es so schlimm, wenn er das wüsste?

»Ich … du hast recht. Ich gehe schrecklich gerne auf den Bauernmarkt und schaue mir einfach nur die Produkte an. Die Farben und die Struktur und so.«

Jagger nickte. »Das ist auch wichtig. Und das Essen muss sich auf deiner Zunge gut anfühlen.«

»Ja, genau.«

Sie wandte den Blick ab. Ihr Magen zog sich plötzlich zusammen. Es bedeutete ihr doch noch so viel mehr. Allein schon bei diesen belanglosen Sätzen brannte ihr Körper vor Verlangen.«

»Was ist los? Was ist gerade passiert?« Er hob ihr Kinn mit dem Finger an.

So eine zärtliche Geste. Sie blickte ihm in die Augen, sah aber nur aufrichtige Besorgnis darin. Sie musste sich dem Thema endlich einmal stellen.

»Jagger, und wenn Essen mir nun mehr bedeuten würde?«

»Das fände ich faszinierend.« Er lächelte, und sie entspannte sich ein wenig. »Erzähl mir davon.«

Sie ergriff erneut ihr Glas und trank einen Schluck. »Das fällt mir nicht leicht, obwohl ich in diesem Gebiet unterrichte. Es ist … es ist etwas anderes, wenn es um Persönliches geht. Gott, ich sollte dir gar nichts erzählen.«

»Warum nicht? Vielleicht bin ich ja der perfekte Gesprächspartner. Ich gehöre nicht zur Familie. Ich bin nicht dein Mann, du riskierst doch nichts. Und ich kann dir mit ziemlicher Sicherheit sagen, dass ich nicht entsetzt sein werde. Aber ich glaube, das ist nicht das Problem, oder?«

»Nein. Es hat eher etwas damit zu tun, dass ich endlich einmal damit aufhören muss, alles nur in meinem Kopf zu bewegen. Ich muss mich einigen Wahrheiten über mich einfach stellen.«

Jagger nickte. »Das geht uns allen so. Wir müssen uns alle von Zeit zu Zeit der Wahrheit stellen.« Er schwieg. »Ich bin nicht zufällig in deinen Kurs gekommen, Mia Rose. Ich will auch ein wenig Selbsterforschung betreiben.«

Sie blickte ihn an und nickte. »Es gibt zwei Arten

von Leuten, die den Kurs für Alternative Sexualität besuchen. Diejenigen, die aus voyeuristischem Interesse kommen, und die, die ein persönliches Interesse daran haben, etwas über Fetische zu erfahren. Als Voyeur habe ich dich nie gesehen.«

Vielleicht hatte er sich deshalb so zu ihr hingezogen gefühlt. Vielleicht konnte sie deshalb jetzt auch mit ihm darüber reden. Und obwohl sie sich auf intellektuelle Weise damit auseinandersetzte, sah er ihr an, wie sehr das Thema sie erregte.

»Möchtest du wissen, was mein Ding ist, Mia Rose? Mein Fetisch?«

Seine Stimme war tief und weich. Sie leckte sich über die Lippen und schmeckte die Sangria dort. »Nur, wenn du es mir erzählen willst.«

»Es ist Wasser. Fast ist es zu einfach. Aber meistens, wenn ich das Verlangen danach habe, ist es nicht da.«

»Verlangen ist nie einfach, auch wenn es oberflächlich betrachtet so scheint.«

»Ja, aber diese ganzen Theorien von Freud, all das über ›Trieb‹ und ›Wünsche‹, das ist mir zu komplex. Mir kommt es eigentlich ganz natürlich vor, aber ich habe festgestellt, dass noch lange nicht jeder so empfindet. Du zum Beispiel.«

»Doch, selbstverständlich halte ich es für natürlich.«

»Ja, aber nur für andere Menschen.«

Sie schüttelte den Kopf, hielt dann aber inne. Er

hatte recht. Noch war sie jedoch nicht bereit, es zuzugeben.

»Ich glaube … ich glaube, es ist natürlich, auch wenn es nicht schön ist. Ich meine, manche Fetische sind ein bisschen albern oder sogar beängstigend.«

Jagger trank einen Schluck Wein. »Ich glaube, Ängste und Verlangen haben denselben Ursprung. Sie kommen aus einem geheimnisvollen, primitiven Ort in jedem von uns.«

»Ja. Selbst die extremeren Formen von Angst und Verlangen, Phobien und Fetische, mögen zwar oberflächlich betrachtet geheimnisvoll sein, aber wenn man tief genug gräbt, dann gibt es immer eine Erklärung.«

»Du betrachtest also Verlangen letztendlich nur unter wissenschaftlichen Gesichtspunkten?«

»Vielleicht. Auf jeden Fall die menschliche Psyche. Darum geht es in der Psychologie oder auch in der Soziologie.«

»Du sagst also, es gibt für alles eine wissenschaftliche Erklärung«, beharrte Jagger.

»Na ja, die Wissenschaft des Geistes, ja.«

Warum empfand sie auf einmal solche Verwirrung? Sie beschäftigte sich doch schon seit Jahren mit diesem Thema.

»Das mit der Wissenschaft verstehe ich, Mia Rose. Aber was ist mit dem emotionalen Inhalt? Wann kommt er ins Spiel?«

Ihr stockte der Atem. Es war, als hätte er in sie hineingegriffen und plötzlich eine Tür aufgerissen, die sie sorgfältig verschlossen gehalten hatte. Sie trank einen Schluck Sangria, damit sie nicht sofort antworten musste.

»Mia Rose? Was habe ich denn gesagt?«

Langsam schüttelte sie den Kopf. Ihr Herz schlug heftig. »Nichts. Nein, das stimmt nicht. Alles. Es ist nur … du hast recht. Gott, du hast wirklich recht. Deshalb habe ich es selbst nicht sehen wollen …«

»Du musst mir nicht alles erklären. Aber du solltest dich selbst fragen, worum es für dich geht. Und dann können wir vielleicht noch einmal darüber reden.«

Mia lächelte verlegen. »Du scheinst dir ja ziemlich sicher zu sein, dass wir uns noch einmal sehen.«

»Ja, das bin ich.«

Er ergriff ihre Hand und fuhr mit den Lippen über ihre Knöchel. Sie erschauerte.

Er hatte seinen Charme wieder eingeschaltet. Und sie fiel darauf herein. Aber es war ihr egal.

Sie fühlte sich einfach besser, seitdem sie laut ausgesprochen hatte, dass Essen ein Fetisch für sie war, auch wenn sie es relativ vage formuliert hatte. Sie wussten schließlich beide, wovon sie redeten, und es war für sie befreiend zu wissen, dass er sie nicht verurteilte. Aber es machte ihr auch Angst, dass er sie so tief erkannt hatte. Allerdings konnte sie jetzt vielleicht beginnen, liebevoller mit sich umzugehen.

Ihr Pulsschlag beruhigte sich, als Jagger ihr Glas erneut füllte und sie anlächelte. Er saß schweigend da, während sie ihren Wein trank, und gab ihr Zeit, sich zu beruhigen.

Die Kellnerin kam an ihren Tisch und stellte zwei Teller mit Paella vor sie hin: Safranreis mit Shrimps und Muscheln, Paprika und Zwiebeln.

»Zeit zu essen. Du wirst es lieben, Mia Rose, das garantiere ich dir.«

Mia schnupperte an dem würzigen Gericht. »Es riecht wundervoll.«

»Und es schmeckt sogar noch besser. Sie machen es hier auf die ursprüngliche Art, indem sie es in der Pfanne karamellisieren. Man nennt es *socarrat.* Um den vollen Geschmack zu entdecken, musst du dich bis zum Boden durchessen. Wusstest du, dass das Gericht ursprünglich von den Dienern der maurischen Könige erfunden worden ist? Manche schreiben es auch den Römern zu, und andere halten es für ein arabisches Gericht. Hier, probier einmal diese Garnele.«

Er hielt sie in den Fingern und schob sie ihr in den Mund. Mia kaute und genoss die exotischen Gewürze.

»Wundervoll«, sagte sie, als sie geschluckt hatte. Er sollte ruhig annehmen, dass sie nur die Garnele meinte.

Jagger lächelte und aß ebenfalls einen Bissen. Er teilte sein Essen ganz unbefangen mit ihr, ihr jedoch kam es so intim vor. Sie musste dabei an Sex denken. *Er* weckte den Gedanken an Sex, ganz gleich, ob sie aßen oder nicht. Aber das Essen machte alles natürlich noch besser.

»Erzähl mir was, Mia Rose.«

»Was denn?« Sie trank einen Schluck von der kühlen Sangria, die sich mit den scharfen Gewürzen in ihrem Mund vermischte.

»Von dir.«

»Haben wir darüber nicht schon gesprochen?«

»Ich bin mir ziemlich sicher, dass wir nur an der Oberfläche gekratzt haben.«

»Ich würde lieber etwas von deinem Leben erfahren. Wie war es denn so in New Orleans mit deinem Dad?«

»Ah, New Orleans ist ein magischer Ort. Es ist wie keine andere Stadt auf der Welt. Es ist schwül und dunkel und ein bisschen traurig, selbst an Mardi Gras. Aber es ist auch bunt und wunderschön. Und es war immer aufregend, wenn ich bei meinem Dad war. Ich habe dir ja schon erzählt, dass er Jazz-Musiker ist, und auch alle seine Freunde sind Musiker und Künstler. Faszinierende Leute.

Die Kellnerin kam erneut und brachte Platten mit dampfenden Fleisch- und Gemüsegerichten, die verlockend dufteten.

»Das sind *alubias verdes con ajo*«, sagte Jagger. »Grüne Bohnen mit viel Knoblauch. Und das ist *cho-*

rizo, Pfefferwurst. Sie ist scharf, du musst also viel Wein trinken.«

»Bist du sicher, dass du keine Hintergedanken hast?«, fragte Mia lachend.

»Würde es dir denn etwas ausmachen?« Er grinste, und bei ihr gingen sämtliche Alarmglocken an. »Ah, das hier sind unsere *patatas a la importancia*. Diese Bratkartoffeln wirst du lieben. Du gehörst doch nicht zu den Frauen, die ständig Diät machen, oder? Nein, das glaube ich nicht. Du bist eher der sinnliche Typ, so wie ich.«

»Jagger, ich platze, wenn ich das alles esse.«

»Du musst wenigstens ein bisschen von allem probieren.«

Sie schüttelte den Kopf, während er ihr Essen auf den Teller schaufelte. »Du wolltest mir von deinem Vater erzählen.«

»Ah, nun, er ist ein wundervoller Musiker. Er spielt vor allem Saxophon und Klavier, aber auch Schlagzeug beherrscht er ein bisschen. Er ist ein guter Mann. Wenn ich ihn früher im Sommer besucht habe, hat er mich immer in die Clubs mitgenommen, in denen er aufgetreten ist. Ich hielt mich backstage auf oder auch schon mal vorne an einem der Tische, wenn einer seiner Freunde dort saß. Ich kann mich noch an diesen Geruch nach Zigarettenrauch und Bier, vermischt mit ein wenig Parfüm, erinnern.« Jagger steckte eine Kartoffel in den Mund und kaute schweigend. »Und die

Frauen. Immer waren Frauen da. Daher kam wohl auch das Parfüm. Aber damals lernte ich schöne Frauen zu schätzen. Dad war schon immer ein Frauenheld. Noch heute.«

»Du hast es wahrscheinlich von ihm geerbt.«

Ein Schatten huschte über Jaggers Miene. Was hatte sie gesagt? Aber rasch hatte er sich wieder in der Gewalt. Er trank einen Schluck Sangria und lächelte sie an. »Ja, vermutlich.«

»Und deine Mutter? Du hast mir erzählt, sie sei Künstlerin.«

»Ja, sie lebt in Berkeley. Sie malt immer noch. Sie reist viel, hat überall in Europa Freunde. Im Moment ist sie auch gerade dort.«

»Keine Geschwister?«

»Dad hat nach der Scheidung von meiner Mutter noch zwei Töchter bekommen, aber sie sind weit weg. Serena lebt in Miami, und Celia ist in New York. Ich kenne sie eigentlich gar nicht richtig. Und du?«

»Nein. Ich bin ein Einzelkind. Ich wollte immer eine Schwester haben. Als ich klein war, tat ich immer so, als hätte ich eine. Es wäre schön gewesen, vor allem jetzt, wo meine Großmutter tot ist.«

Er ergriff ihre Hand. »Es tut mir leid, Mia Rose.«

Sie zuckte mit den Schultern. »Ist schon okay.«

Er blickte sie einen Moment lang an, und seine grauen Augen waren dunkel und undurchdringlich. Dann zog er ihre Hand an den Mund und ließ seine Lippen über die Fingerrücken gleiten. Ein warmer Schauer durchrann sie. Sie war sich nicht sicher, was es bedeuten sollte: dieser Blick, dass er so zärtlich ihre Hand küsste. Aber irgendetwas schien es zu bedeuten. Oder interpretierte sie zu viel hinein? Wenn es um ihn ging, schien sie jedes Gefühl für Objektivität verloren zu haben.

Die Kellnerin trat an ihren Tisch, räumte die Platten ab und füllte erneut ihre Gläser. Schweigend tranken sie, dann widmeten sie sich dem Rest ihrer Mahlzeit und unterhielten sich über belanglose Dinge.

»Sollen wir ein bisschen spazieren gehen?«, schlug Jagger schließlich vor.

Er stand auf, hielt ihr den Stuhl, und dann gingen sie hinaus in die kühle Nachtluft.

»Das war ein wundervolles Essen, Jagger. Vielen Dank.«

»Es war mir ein Vergnügen. Zu Hause habe ich noch Dessert.«

»Oh, ich … nein, ich glaube nicht, dass ich mitkommen sollte.«

»Bis wir dort sind, bist du bereit für etwas Süßes. Wir können zuerst auch noch ein Glas Wein trinken.«

»Nein, ich meine nicht … Jagger, ich sollte nicht mit zu dir kommen. Ich halte das nicht für eine gute Idee. Ich muss mir erst über einiges klar werden, bevor ich …« Unsicher schwieg sie.

»Es ist schon in Ordnung. Ich verstehe. Dann bringe ich dich zu deinem Auto.«

Sie nickte. Ein Teil von ihr war dankbar, dass er ihr nicht widersprach, aber ein Teil von ihr wünschte sich auch, er hätte es getan.

Gott, du weißt auch nicht mehr, was du willst.

Sie gingen die Straße entlang. Die Nachtluft strich kühl über ihr Gesicht, aber Jagger war warm neben ihr. Beim Gehen ergriff er ihre Hand und verschränkte seine Finger mit ihren. Es fühlte sich gut an. Die Empfindung war nicht nur sexuell. Es war *mehr*, eine andere Art von Hitze, die durch ihre Brust zog und ihr das Herz öffnete.

Ein bisschen zu schnell waren sie an ihrem Auto, einem silbernen Mini Cooper, der in der Nähe von Jaggers Haus geparkt war.

»Das ist mein Wagen.« Sie wollte seine Hand loslassen, aber er hielt sie fest.

»Komm mit mir nach oben, Mia Rose«, sagte er leise.

Sie wollte es. Jede Zelle in ihrem Körper wollte nichts lieber als mit ihm hinaufgehen und sich von ihm küssen und berühren lassen. Sie stieß die Luft aus und lehnte sich gegen die Beifahrertür ihres Autos.

»Ich kann nicht, Jagger.«

»Na gut. Aber ich lasse dich nicht gehen, ohne dich geküsst zu haben.«

Er beugte sich zu ihr, und sie hob ihm bereitwillig ihr Gesicht entgegen. Ihre Hände schlangen sich wie von selbst um seinen Hals, und das Gewicht seines Körpers drückte sie gegen das Auto. Seine Zunge schob sich in ihren Mund, und sie zerfloss.

Sie begann zu keuchen. Sein Kuss wurde leidenschaftlicher, die Hitze seines Mundes machte sie wahnsinnig. Sie wollte ihn. Wollte von ihm gefickt werden. Jetzt, auf der Stelle.

Seine Hüftknochen drückten sich gegen ihre, sein harter Schaft bohrte sich in das weiche Fleisch ihres Bauches.

Sie schmiegte sich an ihn, und ihr Geschlecht pochte. Gott, wie sie ihn begehrte. Aber sie durfte das nicht tun.

Immer fordernder wurde sein Kuss, seine Hände umfassten ihre Taille, und sie wollte immer mehr. Sie hatte das Gefühl, schon von seinem Kuss allein kommen zu können.

Schließlich löste er sich von ihr und streifte mit den Lippen über ihre Haare. Er atmete genauso schwer wie sie. Sie stand immer noch fest an das Auto gepresst und konnte sich nicht bewegen. Sie bekam kaum Luft. Aber es war ihr egal.

»Jagger …«

»Scheiße. Es tut mir leid, Mia Rose.«

»Nein. Das meinte ich nicht.«

»Was denn?« Seine Augen glitzerten im Schein der Straßenlaterne.

»Ich will nicht, dass du aufhörst«, flüsterte sie.

Karalee stand vor Gideons Auto und beugte sich über die Haube. Es war ein 1968er Mustang. Schwarz und schnittig. Dieses Auto hätte sie bei ihm nicht erwartet. Nein, er war eher der BMW-Typ. Der Mann war ihr ein Rätsel.

Er ging vor ihr auf und ab, seine Schritte hallten in dem fast leeren Parkhaus. Der Geruch von Motoröl lag in der Luft, der schwache Duft von Abgasen. Hinter ihm sah sie die Lichter an den Hochhäusern des Embarcadero, die Schönheit der Bay Bridge, das samtige Dunkel des Nachthimmels. Es war gegen elf Uhr in der Nacht, aber unten rauschte immer noch der Verkehr. Und doch fühlte sie sich sicher hier bei ihm, obwohl ihr klar war, was er von ihr verlangte.

Er war nicht ungeduldig. Nein, er ging nur auf und ab, weil er so viel Energie besaß. Sie zitterte ein bisschen, aber sie hatte sofort gewusst, wie ihre Antwort ausfallen würde. Als er es vorgeschlagen hatte, hatte ihr ganzer Körper vor Lust gebebt. Er war derjenige gewesen, der darauf bestanden hatte, dass sie einen Moment lang darüber nachdachte.

»Gideon?«

»Ja?« Er blieb vor ihr stehen. »Wie lautet deine Antwort?«

»Ja, ich will es.«

Er lächelte. »Das habe ich mir gedacht.«

»Du wusstest, dass ich nicht nein sagen würde.«

Er nickte stumm, und bevor sie noch einen klaren

Gedanken fassen konnte, hatte er sie um die Taille gepackt und umgedreht. Sie stützte sich mit den Händen auf der Kühlerhaube des Wagens ab. Er brauchte ihr nicht erst zu sagen, dass sie sich vorbeugen und die Beine spreizen solle. Sie tat es einfach.

Er trat dicht hinter sie und schob ihren engen schwarzen Rock hoch. Hitze durchströmte sie, als sie hörte, wie er seinen Reißverschluss öffnete. Sie war bereits jetzt klatschnass.

Es gab kein Vorspiel, genau das, was sie wollte. Er zog ihre Muschilippen auseinander und drang in sie ein.

Sie stöhnte, als sein dicker Schwanz tief in sie hineinglitt.

»Ich ficke dich, Karalee.«

»Oh, ja …«

Sie drückte sich ihm entgegen, damit sie ihn so tief wie möglich aufnehmen konnte. Er zog seinen Schwanz heraus, so dass nur noch die Spitze drinblieb, bis ihr Geschlecht vor Verlangen schmerzte.

»Gideon, bitte …«

Dann rammte er ihn wieder tief in sie hinein. Ein harter Stoß nach dem anderen, und sie stöhnte und keuchte. Ihr ganzer Körper summte vor Verlangen, endlich kommen zu können.

Er packte mit der Hand in ihre Haare, zerrte ihren Kopf hoch, und dieser Moment, in dem er sie völlig beherrschte, ließ sie schwach werden. Sie wäre zu Boden gesunken, wenn er sie nicht um die Taille gehalten hätte.

»Gideon, fick mich. Tu es!«

Seine Hand glitt tiefer, presste sich gegen ihre Klitoris.

»Oh …«

Immer wieder stieß er in sie hinein, und als ihr Orgasmus unvermeidlich wurde, zitterte sie am ganzen Leib. Er kniff fest in ihre Klitoris, und sie kam, wimmernd und keuchend. Sie musste sich auf die Lippen beißen, um nicht laut aufzuschreien. Lust erschütterte ihren Körper, und immer weiter pumpte er mit seinem Schwanz, bis sie glaubte, es nicht mehr aushalten zu können.

Dann erstarrte er einen Moment lang und kam mit einem tiefen Stöhnen.

»Ich muss dich ficken, Karalee. Muss dich immer ficken. Einfach nur ficken …«

Sie brach auf der Haube des Autos zusammen. Er hielt sie immer noch fest um die Taille gepackt, und sie war so schlaff wie eine Lumpenpuppe, vollkommen hilflos. Aber sie fühlte sich wunderbar.

Er war immer noch in ihr, sein Schwanz war noch halb steif.

Er löste sich von ihr, und seine Hand glitt zu ihrem Nacken. Ein Schauer lief ihr über den Rücken, als er sie streichelte. Und erst in diesem Moment wurde ihr klar, dass sie nicht einen einzigen Augenblick daran gedacht hatte, dass jemand sie in dieser kompromittierenden Situation erwischen könnte, dass jemand vorbeifahren und sie sehen könnte. Und auch jetzt war es ihr völlig egal.

Schließlich zog er sich aus ihr zurück, zog ihren Rock herunter, drehte sie zu sich um und gab ihr einen kurzen Kuss.

»Sehr gut, Karalee.«

Sie lächelte. Sie fühlte sich benommen, schläfrig, zugleich aber auch belebt. Wenn er gewollt hätte, hätte er sie auf der Stelle noch einmal ficken können.

Das leise Dröhnen eines Motors ließ sie erschauern. Ein Auto bog um die Ecke und fuhr an ihnen vorbei. Gideon lächelte sie an, ein verschmitztes, schiefes Grinsen, und eine neue Welle der Lust überkam sie.

Oh ja, er war gefährlich, dieser Mann. Aber er hatte ihr beigebracht, die Gefahr zu lieben. Und jetzt gab es kein Zurück mehr.

7

Mia wich vor Jagger zurück. Ihr Atem kam in kurzen, keuchenden Stößen.

»Jagger …«

»Sag mir jetzt nicht, du änderst deine Meinung wieder, Mia Rose«, stöhnte er. »Ich glaube, das halte ich nicht aus.«

»Jagger, wir stehen mitten auf dem Bürgersteig.«

»Ja. Komm.«

Er packte sie um die Taille und zog sie die wenigen Schritte bis zu seinem Haus. Der Aufzug war da, und eng umschlungen fuhren sie zum obersten Stockwerk. Kaum waren die Türen hinter ihnen zugeglitten, als er sie auch schon wieder eng an sich zog und küsste. Mia spürte seine Erektion an ihrem Bauch. Sie musste ihn in sich fühlen.

Seine Hände wühlten in ihren Haaren, seine Zunge tauchte tiefer in ihren Mund, und ihre Körper pressten sich aneinander.

Als der Aufzug oben ankam, küssten sie sich immer noch. Er löste sich gerade lange genug von ihr, um zu murmeln: »Wo ist mein verdammter Schlüssel?«

Aber da hatte er ihn bereits gefunden, sie standen in seiner Wohnung, und erneut senkte sich sein Mund auf ihre Lippen. Seine Hände glitten über ihren Körper, und er drängte sie gegen die Tür. Er knetete ihre Brüste, sie war nass und schwach vor Verlangen.

Rasch half er ihr aus dem Pullover. Seinen zog er ebenfalls aus, und sie sah zum ersten Mal seine muskulösen Schultern, die tätowierten Armbänder auf den Oberarmen, die Begehren in ihr auslösten, und seine dunklen, festen Nippel. Sie leckte sich über die Lippen.

Er umfasste ihre schmerzenden Brüste mit beiden Händen und überschüttete die weiche Rundung mit kleinen Küssen. Sie stöhnte laut. Endlich berührte er sie so, wie sie es sich immer vorgestellt hatte.

Jagger löste den Verschluss ihres Büstenhalters und betrachtete sie.

»Gott, du bist so schön, Mia Rose. Ich wusste es.«

Er nahm einen Nippel in seinen Mund, und sie schrie vor Lust auf. Ihr Geschlecht brannte, ihre Nippel wurden so hart, dass es wehtat.

Wieder hielt er inne, um ihr die Jeans herunterzuziehen. Sie stand in ihrem feuchten Spitzenhöschen da, während er sich ebenfalls rasch von seiner Hose befreite.

Sie konnte nur einen kurzen Blick auf seine dunkelgrauen Boxershorts werfen, als er auch schon vor ihr auf die Knie sank. Eine Hand drückte er auf ihren

Bauch, mit der anderen zog er ihr das Höschen herunter und spreizte ihre Beine.

»So schön«, murmelte er.

Mia erschauerte. Wenn er sie doch endlich dort berühren, dort küssen würde.

Sein Atem blies warm über ihre Löckchen. Aber er berührte sie nicht. Ihr Geschlecht war so heiß und geschwollen. Über die Innenseite eines Oberschenkels rann ein Tropfen Feuchtigkeit.

Er fuhr mit den Lippen über ihren Venushügel.

»Ah! Jagger …«

Sie konnte es kaum noch aushalten. Es war Folter, dass er nicht einfach ihre harte Klitoris zwischen die Lippen zog.

Oh ja …

Er blies über ihre Haut, und ihre Klitoris schwoll weiter an. Mia stöhnte und drückte ihm ihre Hüften entgegen. Mit den Fingern zog er ihre Schamlippen auseinander, und schon die leichte Berührung machte sie wahnsinnig vor Lust.

»Ich werde dich jetzt lecken, Mia Rose«, sagte er leise.

»Ja. Oh, bitte.«

Feucht und warm legten sich seine Lippen um ihre Klitoris, und sie zog keuchend die Luft ein. Als seine Zunge über ihre nasse Spalte glitt, zitterte sie am ganzen Leib.

»Gott, Jagger.«

Sie würde jeden Moment kommen, aber sie wollte nicht, dass es so schnell schon vorüber war. Nicht bei diesem Mann, den sie mehr begehrte als jeden anderen zuvor.

Er begann sie mit langen Zungenschlägen zu lecken. Noch nie in ihrem Leben war sie so nass gewesen. Als er einen Finger in ihre Hitze steckte, schrie sie auf.

Und dann begann er, an ihrer Klitoris zu saugen. Ihre Finger kratzten über das Holz der Tür, als ob sie sich festhalten müsste.

»Jagger, bitte. Ich kann nicht … oh, Gott … hör nicht auf.«

Er saugte an ihrer harten Knospe, und Lust schoss durch ihren Körper hindurch. In wenigen Augenblicken stand sie kurz vor dem Orgasmus. Ihre Hüften pumpten, und sie hatte beide Hände in seine Haare gekrallt. Er saugte immer weiter, bis schließlich eine Welle von Hitze und Lust sie überwältigte. Alles verschwamm vor ihren Augen, und sie rang nach Luft.

Erschöpft rutschte sie am glatten Holz der Tür hinunter. Jagger war sofort über ihr, küsste ihren Hals, ihr Gesicht. Erneut senkten sich seine Lippen über ihren Mund, und sie wollte ihn endlich in sich spüren.

»Jagger, ich muss dich spüren. Ich kann nicht mehr warten.«

»Ah, Mia Rose.«

Er hob sie hoch und trug sie zu seinem großen Bett. Aus der Nachttischschublade nahm er ein Kondom und schlüpfte aus seinen Boxershorts. Dann stand er einen Moment lang neben dem Bett und blickte auf sie herunter. Zum ersten Mal sah sie ihn ganz.

Sein Schwanz war wunderschön. Groß und geschwollen. Ihr Geschlecht begann zu pochen.

»Mia Rose, warte hier.«

»Was? Jagger!«

Er ging jedoch bereits durch die halbdunkle Wohnung in die Küche. Gedämpftes Licht fiel durch die hohen Fenster und warf rote und goldene Schatten auf den Boden, aber in der Küche war es zu dunkel, als dass sie hätte sehen können, was er tat. Es war ihr auch egal. Er sollte zu ihr kommen. *Jetzt.*

Er kam mit einer offenen Flasche Rotwein zurück. Mia stützte sich auf einen Ellbogen. »Jagger, ich möchte nichts mehr trinken. Ich will nur dich.«

»Du wirst ihn auch nicht trinken, sondern ich«, antwortete er.

Er hielt die Flasche über sie, und plötzlich wurde ihr klar, was er vorhatte.

Ihr Geschlecht zog sich zusammen, und einen Moment lang konnte sie keinen klaren Gedanken fassen. Sie wusste nur, dass die Verwirklichung ihres tiefsten Verlangens bevorstand.

Er neigte die Flasche, so dass ein paar Tropfen Wein über ihre Brüste flossen. Sie stöhnte. Er beugte sich über sie, sie warf den Kopf zurück, als er begann, den Wein von ihren Brüsten zu lecken. Seine Zunge war heiß und glatt, der Duft des Weins war berauschend.

Mia konnte kaum glauben, was geschah. Und irgendwo in ihrem Kopf regte sich die Erinnerung an Ben, an den süßen Duft geschlagener Sahne und den Geschmack auf seiner Zunge, wenn er sie küsste, nachdem er ihren Körper abgeleckt hatte.

Aber jetzt war sie mit Jagger zusammen.

Erneut vergoss er ein paar Tropfen Wein, und Mia erschauerte vor Lust. Sie bog sich ihm entgegen und krallte die Finger in die Bettdecke.

»Ah, Jagger.«

Er saugte jetzt an ihrer Haut, an ihren Brüsten, und verteilte den Wein mit seiner Zunge. Mia wand sich unter ihm.

Dann zog er eine Spur über ihren Bauch und folgte ihr mit Lippen und Zunge. Mia erschauerte, stand kurz davor, erneut zu kommen. Sie konnte nicht still halten, konnte nicht aufhören zu stöhnen, aber es war ihr egal.

Er hob den Kopf. »Ich habe geglaubt, besser könntest du nicht schmecken, Mia Rose, und doch ist es so.«

Dieses Mal goss er den Wein direkt in ihre Spalte.

»Oh! Bitte, bitte … Gott …«

Sie kam, noch bevor er sie berührte. Seine Zunge tauchte in sie ein, und er saugte mit seinem heißen Mund den letzten Tropfen aus ihr heraus.

»Jagger, Jagger, Jagger …« Lust überwältigte sie, ihr wurde schwindlig.

Schließlich hob Jagger den Kopf. Mit der Hand massierte er leicht ihre Klitoris und ihre Schamlippen. Immer noch ließen kleine Lustwellen sie erbeben.

»Himmel, Mia Rose, du zitterst ja. Du bist so heftig gekommen, wie ich es noch nie erlebt habe.« Er schwieg, dann fuhr er fort: »Ich möchte, dass du noch einmal so kommst.«

Ihr Höhepunkt schien kein Ende zu nehmen. Sie zog ihn an sich, und er legte sich auf sie. Er fühlte sich so gut an, schlank und muskulös. Sein harter Schaft glitt über ihren Bauch, zwischen ihre Beine und endlich in ihre nasse Spalte.

Sie öffnete die Beine weiter und wollte sie ihm um die Taille schlingen. Aber er drückte sie mit den Händen noch weiter auseinander. »Halt sie so für mich, Mia Rose«, sagte er. Sie hatte das Gefühl, weit offen für ihn zu sein. Lüstern. Ein bisschen schmutzig.

Er stützte sich auf die Ellbogen und blickte sie unverwandt an. Seine Schwanzspitze schlüpfte in sie hinein.

»Oh …«

Lust überrollte sie wie eine ruhige Welle. Immer noch roch sie den Rotwein, empfand die klebrige Flüssigkeit auf ihrer Haut. Aber sie wollte mehr.

Sie fuhr mit den Händen über seine muskulösen Hinterbacken und drückte ihn tiefer in sich hinein.

»Ja …« Seine Stimme war heiser, atemlos. »Du fühlst dich so gut an, Baby.«

Mit den Fingern knetete er ihre Brüste, kniff in ihre Nippel und zog daran. Mit einem schnellen Stoß drang er noch tiefer in sie ein.

»Himmel, Mia Rose. Ich will nicht, dass es so schnell vorbei ist. Aber du fühlst dich … ah … wundervoll an.«

Wie ein Messer durchfuhr die Lust seinen Körper, und er zitterte vor Anstrengung, um seinen Orgasmus zurückzuhalten. Sie war so weich und heiß unter ihm. Und es machte ihn wahnsinnig, wie sie keuchte und sich unter ihm wand.

Noch einmal stieß er tief in sie hinein. Sie seufzte, und ihre Beine zitterten. Sein Schwanz pochte.

Er holte tief Luft und hielt einen Moment lang ganz still. Dann schob er die Hände unter ihre Pobacken und hob sie so hoch, bis er vor ihr kniete. Ihr schöner Körper war ganz offen für ihn, ihre Beine so weit gespreizt, dass er ihre harte, rosige Klitoris sehen konnte. Am liebsten hätte er sie wieder in den Mund genommen. Aber dazu würde später noch Zeit sein.

Er zog sie an sich heran und vergrub seinen Schwanz tief in ihrer feuchten Hitze.

»Ah, Jagger. So ist es gut!«

Er liebte es, dass er sie beobachten konnte: ihren roten Mund, die geröteten Wangen und Brüste. Ihre Brüste, wie zwei vollkommene, weiße Kugeln. Und ihre Nippel waren dunkelrot, so saftig wie ihre verführerische kleine Klit.

Er fuhr mit der Hand über ihren festen Bauch nach unten, bis er auf die geschwollene Knospe stieß. Er presste den Finger darauf und lächelte, als sie keuchend die Luft einzog. Dann pumpte er immer fester in sie hinein. Lust überflutete ihn, und es kostete ihn seine ganze Kraft, sich zurückzuhalten. Aber er wollte warten, bis sie erneut kam.

Er zitterte, und sein Schwanz stand kurz davor zu explodieren, als ihre Muschi sich schließlich um ihn herum zusammenzog und ihn zu melken begann. Und in diesem Moment kam auch er.

»Jesus, Mia Rose.«

Sie keuchten beide. Sein Orgasmus war zwar verebbt, aber immer noch gab es kleine Lustexplosionen in ihm, als ob er mit dem ganzen Körper gekommen wäre.

Sie war so verdammt schön.

Mia beobachtete ihn, ihre Augen schimmerten grün im Mondlicht, das durch die Fenster drang. Ihre Haut war glatt wie Seide, blass und fein. Er konnte nicht aufhören, sie anzuschauen, wollte nicht aufhören, sie zu berühren.

Nie mehr.

Wo zum Teufel war dieser Gedanke jetzt hergekommen?

Auf so etwas wollte er sich nie wieder einlassen.

Sie fühlte sich eben gut an. Sie fühlte sich wundervoll an. Und nach ihrem langen Widerstreben war sie jetzt im Bett völlig offen gewesen. Wild. Und ihre Reaktion, als er den Wein auf sie geschüttet hatte! Er hätte ihr die ganze Nacht zuschauen können, wie sie kam.

Ihre dunklen Haare lagen ausgebreitet auf dem Kissen, ein paar Strähnen über ihrem Gesicht. Er strich sie zärtlich zur Seite. Sie blinzelte, bewegte sich aber nicht.

Als er begann, sich aus ihr zurückzuziehen, packte sie ihn am Handgelenk.

»Nicht. Noch nicht.«

Er nickte, beugte sich über sie und küsste sie. Ihre Lippen waren weich und geschwollen. Er küsste sie erneut. Wenn sein müder Schwanz mitmachte, würde er sie noch einmal ficken. Später. Jetzt war es gut, dass sie da war, dass er sie berühren und küssen konnte. So eine romantische Vorstellung. Aber er beschloss, nicht darüber nachzudenken.

Er legte sich auf sie und küsste die zarte Haut an ihrem Hals.

Ja, viel zu romantisch. Er sollte lieber daran denken, dass er sie gleich noch einmal ficken würde.

Sein Schwanz zuckte.

»Ich muss jetzt raus, Babe«, erklärte er. Er löste sich von ihr und ging ins Badezimmer, um das Kondom abzuziehen. Einen Moment lang starrte er in den Spiegel.

»Sei kein verdammter Idiot«, sagte er zu seinem Spiegelbild. Dann ging er wieder zum Bett.

Sie hatte sich aufgesetzt.

»Hast du meine Kleider gesehen, Jagger?«

»Du gehst hier nicht weg.«

Er drückte sie zurück in die Kissen, und sie lächelte ihn an.

»Nein?«

»Gib mir noch ungefähr drei Minuten, um mich zu erholen, und dann zeige ich dir den Grund.«

Sie schloss die Finger um seinen Schwanz, der schon wieder steif wurde. »Ich glaube, du brauchst mir nichts zu erklären.«

Himmel, diese Frau! Er konnte es kaum erwarten, erneut in sie einzudringen. Alles an ihr war so gut. Der Sex, ihr schöner Körper, ihr Gesicht. Alles!

Ja, alles. Aber jetzt wollte er nicht darüber nachdenken, wie sein Puls hämmerte, wenn er sie bloß anschaute. Wenn er nur mit ihr redete. Nein, jetzt wollte er nur daran denken, dass er sie wieder ficken würde. Immer wieder, sooft sein Körper es zuließ. Mit den anderen Gedanken konnte er sich später noch beschäftigen, wenn er zu müde war, um etwas anderes zu machen. Wenn sie weg war und er nichts Dummes mehr zu ihr sagen konnte.

Er wollte nicht, dass sie ging.

Denk jetzt nicht darüber nach. Berühr sie einfach. Bring sie wieder zum Orgasmus. Ja.

Für heute Nacht konnte er sich noch einreden, dass nur das zählte, auch wenn er insgeheim wusste, dass es nicht stimmte. Es ging um viel mehr als nur um Sex. Er war eben so ein Mann, auch wenn Mia Rose vielleicht nicht so eine Frau war.

Im Moment jedoch war sie genau richtig für ihn. Er vergrub sein Gesicht in ihrem Körper und verlor sich dort. Es wurde Morgen, bevor er wieder an andere Dinge dachte.

Karalee schloss ihre Haustür auf, Gideon umfasste ihre Taille und schob sie hinein, wobei er die Tür mit dem Fuß zuschlug. Sie hatte das Gefühl, immer noch Motoröl und Abgase aus dem Parkhaus zu riechen, und jetzt, im Haus, verstärkte sich das Gefühl noch. Dieser Geruch hatte etwas unglaublich Erregendes.

»Schlafzimmer«, verlangte Gideon.

Lächelnd ergriff Karalee seine Hand und führte ihn ins Schlafzimmer. Der Mann war unersättlich. Sie hatte Glück.

Rasch zog er sie nackt aus und ließ ihre Kleider achtlos auf den Orientteppich sinken.

»Du bist wunderschön, Karalee«, sagte er leise. »Aufs Bett.«

Sie setzte sich auf die Bettkante und wollte in die Mitte rutschen, aber er packte sie und zog sie wieder nach vorne. Mit einer Hand drückte er sie auf den Rücken.

»Hierhin. Genau hier. Grob spreizte er ihr die Beine, ging auf die Knie und vergrub sein Gesicht zwischen ihren Beinen.

Er machte sich direkt an die Arbeit. Seine Zunge glitt über ihre schon harte Klitoris und ihre feuchte Spalte entlang. Er knetete ihre Hüften, und sie keuchte, atemlos, zitternd vor Verlangen.

»Jesus, Gideon.«

Er stieß mit zwei Fingern in sie hinein, während er gleichzeitig an ihrer Klitoris saugte. Immer härter, immer grober. Sie bäumte sich auf, wand sich, wimmerte. Mit der anderen Hand griff er an ihre Brüste, kniff sie fest in einen Nippel. Das Gefühl schoss von ihren Brüsten bis hinunter in ihr Geschlecht wie Feuer, wie flüssige Hitze.

Seine Hände, sein Mund, waren unermüdlich, taten ihr weh, trieben sie an. Ihre Lust wuchs, und dann kam sie, schrie seinen Namen, schrie vor Schmerz, aber sie liebte jeden einzelnen Moment, jede einzelne Empfindung.

Noch bevor sie wieder zu Atem gekommen war, erhob Gideon sich und öffnete seinen Reißverschluss. Er zog ein Kondom aus der Jackentasche – er trug immer noch sein Jackett! – und streifte es sich über. Sie wollte sich aufsetzen, aber er stieß sie zurück, spreizte ihre Beine noch mehr und drang einfach in sie ein.

Erneut wuchs ihre Lust, als er begann, in sie hineinzupumpen. Immer wieder, mit harten, fordernden

Stößen. Er kniff ihr in die Brustwarzen, drückte und knetete grob das zarte Fleisch. Karalee war ihm hilflos ausgeliefert und genoss den Schmerz, der für sie Lust war.

»Himmel, Karalee!«

»Ja, Gideon! Fester!«

»Ich ficke dich, ja …«

Und er fickte sie, und sie kam noch einmal, so heftig, dass sie beinahe besinnungslos wurde. Ihr war es egal. Sie brauchte es. Es war alles, was sie jemals gewollt hatte.

Du weißt ganz gut, dass es viel mehr ist.

Sie schob den Gedanken beiseite. Das war leicht, weil er gerade jetzt erstarrte und dann seinen Schwanz ein letztes Mal in sie rammte, bevor er kam. Anschließend sank er auf ihr zusammen, und sein Reißverschluss drückte sich schmerzhaft in ihr Fleisch. Für sie war es eine süße Erleichterung, dass dieser Mann sie völlig beherrschte.

Das war es, was sie brauchte. Sich diesem Mann völlig hinzugeben.

Diesem Mann, der als Erster so stark war, wie sie es brauchte.

Als Jagger am nächsten Morgen vom Verkehrslärm erwachte, lag er allein im Bett. Er fühlte sich … leer. Ein Gefühl, das er nie wieder hatte empfinden wollen.

Er setzte sich auf und rieb sich mit der Hand über

die Stoppeln an seinem Kinn. Himmel, er konnte sie immer noch an seinen Händen riechen, und ihr Duft hing noch überall im Bett.

Warum war sie ohne ein Wort gegangen? Was zum Teufel bedeutete das? Und warum machte es ihm so viel aus?

Er warf die Decke zurück und stand auf, um sich in der Küche einen Kaffee zu kochen. Der Tag lag endlos vor ihm, so leer wie sein Bett.

Das war doch lächerlich. Er musste aus der Wohnung heraus und sich ablenken. Er stellte die Schachtel mit den Kaffeefiltern wieder in den Schrank. Es war immer noch früh. Er würde auf den Bauernmarkt gehen, sich die Stände anschauen und dort einen Kaffee trinken. Vielleicht würde er ein paar Mangos für Leilani besorgen, um sich für sein schlechtes Benehmen zu entschuldigen. Vielleicht würde er auch Blumen kaufen. Rote Rosen für Mia Rose. Ja. Die würden hervorragend zu ihrer blassen Haut passen.

Ach, du lieber Himmel. Blumen.

Blumen gehörten in eine Beziehung. Blumen schenkte man, wenn einem die Frau etwas bedeutete.

Er fuhr sich mit der Hand durch die Haare. Mia Rose bedeutete ihm also etwas. Und wenn schon. Das hieß ja nicht, dass er sich wieder auf seinem Herzen herumtrampeln ließ. Er würde nicht wieder blind vor Liebe werden. Diese Frau wollte offensichtlich keine Beziehung. Damit konnte er umgehen.

Kopfschüttelnd ging er zum Badezimmer. Eine lange, heiße Dusche würde ihn sicher wieder zu Verstand bringen. Obwohl eine kalte vielleicht effektiver war. Er musste etwas unternehmen. Sonst verlor er wegen Mia Rose noch den Verstand.

Wie zum Teufel war das bloß passiert? Und wichtiger: Was sollte er dagegen tun?

Er stand vor dem Badezimmerspiegel wie am Abend zuvor. Er sah immer noch so aus wie immer, höchstens ein bisschen zerzaust und müde um die Augen.

Er sollte sie nie wiedersehen, das wäre das Beste für ihn. Es hatte über ein Jahr gedauert, bis er gelernt hatte, seine Gefühle zu verbergen, um sich zu schützen. Und was bildete er sich eigentlich ein? Er veranlasste Mia Rose, sich ihm zu öffnen, während er nicht bereit war, offen mit ihr zu sein. Jedenfalls nicht auf dieser tiefen Ebene, die wirklich eine Rolle spielte.

Nein, er sollte sie am besten nie wiedersehen. Aber er wusste nur zu gut, dass ihm das nicht gelingen würde. Denn das Zusammensein mit dieser Frau hatte ihn auf elementare Weise verändert.

Nachdem er mit Mia Rose zusammen gewesen war, war er nicht mehr dieselbe Person. Er würde vielleicht nie mehr so werden wie früher. Und was besonders beängstigend war: Er war sich nicht sicher, ob das überhaupt eine Rolle spielte.

8

Mia ging in ihrer Küche auf und ab, die Arme um ihren Körper geschlungen, als könnte sie sich vor ihren eigenen Emotionen beschützen.

Es war alles nicht richtig. Letzte Nacht hätte nie passieren dürfen. Schlimm genug, dass Jagger ihr Student war, dass sie ihre Karriere gefährdet hatte. Sie hatte auch ihr emotionales Wohlbefinden aufs Spiel gesetzt. Sie hatte gewusst, dass sie bei Jagger mehr als bloße Lust empfinden würde. Aber sie hatte es trotzdem getan.

Sie war eine Närrin.

Die Frage war, was sollte sie jetzt tun? Jetzt, nachdem ihr Körper seinen *kannte*. Jetzt, nachdem sein Duft so fest in ihrem Kopf verankert war, dass sie ihn nie vergessen konnte, diese Mischung aus sauberer Seife und dunklem Patschuli.

Sie hielt inne und setzte den Wasserkessel auf, um sich einen Tee zu kochen. Sie nahm einen Becher und einen Teebeutel aus dem Schrank. Ihre Großmutter war immer der Meinung gewesen, dass es keinen besseren Trostspender gab als eine gute Tasse Tee. Allerdings war Mia klar, dass sie dieses Mal in besonders großen Schwierigkeiten steckte. Ihr Problem mit Jagger erforderte mehr als eine Tasse Tee.

Sie blickte aus dem Fenster in ihren kleinen Garten, wo Tautropfen an den wenigen verbliebenen Rosenblättern hingen. Abgesehen von den rosa, gelben und roten Blütenblättern war der Rest des Gartens üppig grün, nur der Himmel war grau und schwer und spiegelte ihre Stimmung wider.

Sie konnte ihn nicht wiedersehen. Er ging ihr zu sehr unter die Haut. Sie öffnete sich ihm viel zu sehr, und bei ihm musste sie ständig an Ben denken, an ihre erste Liebe. Ihre *einzige* Liebe. Der Beginn ihrer Obsession. Und der riesige Schmerz, als sie ihn verlor. Sie wollte nicht mehr daran denken, aber im Moment konnte sie nicht anders.

Seit sie Jagger begegnet war, war alles wieder aufgebrochen, auf eine schöne, aber auch beängstigende Weise.

Der Kessel pfiff und riss sie aus ihren düsteren Gedanken. Sie schaltete den Herd ab, goss das dampfende Wasser in ihren Becher und sah zu, wie der Tee zog. Sie versuchte ihre Gedanken und ihren Körper zu beruhigen, der immer noch unter den Nachwirkungen der nächtlichen Orgasmen summte.

Mia schüttelte den Kopf. Sie musste aufhören, an ihn zu denken, und hier ging das nicht. Es war zu still. Sie war alleine. Sie musste nach draußen. Am besten machte sie einen Spaziergang im Park oder am Strand. Wenn sie noch eine Minute im Haus blieb, würde sie zum Telefon greifen und ihn anrufen, um sich mit ihm zu verabreden.

Sie nahm ihre Teetasse und ging ins Schlafzimmer, um sich anzuziehen. Nur wenige Minuten später saß sie im Auto. Den Becher mit dem Tee hatte sie in die Halterung am Armaturenbrett gesteckt, so dass sie während der Fahrt immer wieder einen Schluck trinken konnte. Sie wusste immer noch nicht genau, wohin sie eigentlich wollte, aber dann fiel ihr ein, dass es unten am Kai eine großartige Buchhandlung gab, in der sie sich stundenlang aufhalten konnte. Vielleicht würde sie ja ein neues Kochbuch für ihre Sammlung finden. Entschlossen bog sie auf die Van Ness ab und fuhr in Richtung Bucht.

Überrascht stellte sie fest, dass sie Mühe hatte, einen Parkplatz zu finden, aber dann fiel ihr ein, dass sonntagmorgens um die Ecke immer Bauernmarkt war. Vielleicht sollte sie ein wenig über den Markt spazieren, ehe sie in den Buchladen ging. Sie parkte ihren Wagen, schlüpfte in ihre Jacke und ergriff ihre Tasche. Draußen war es neblig, und der schwere Salzgeruch vom Meer hing in der Luft. Sie hörte das leise Murmeln der Menge zwei Blocks weiter. Auf dem Weg zum Markt kam sie an einem Straßenmusiker vorbei und warf ihm ein paar Münzen in den Hut zu seinen Füßen.

Auf dem Markt war es voll. Überall waren leuchtende Farben: Stapel von Gemüse und Obst, frisch gebackenes Brot, Schinken, Honig. Und an fast jedem Stand gab es Blumen.

Sie blieb stehen, um ein paar tief violette Auberginen zu kaufen, einen Strauß frisches Basilikum und ein kleines Bündel Roma-Tomaten. Langsam entspannte sie sich, und ihr Pulsschlag wurde ruhiger, auch wenn sie immer noch Jaggers Gesicht ständig vor sich sah.

Kopfschüttelnd versuchte sie es zu vertreiben, aber sein Duft und der Geschmack seiner Haut auf ihrer Zunge blieben …

»Mia Rose?«

Ihr Herz fing an zu hämmern.

Gott.

»Jagger! Was machst du denn hier?«

»Was ich hier mache? Was tust du denn hier? Bist du gleich hierhin gegangen, nachdem du mich heute früh verlassen hast?«

»Was? Nein, natürlich nicht. Ich bin gerade erst hierhergekommen. Ich …«

Was sollte sie sagen? Sie hatte sich davongeschlichen, als er noch geschlafen hatte. Heute früh war es ihr richtig vorgekommen, aber jetzt wurde ihr klar, wie unhöflich es gewesen war.

»Jagger, es tut mir leid. Ich konnte nicht … ich musste gehen.«

Er nickte düster. Hatte sie ihn verletzt?

»Ja, ist schon gut. Kein Problem.« Er schwieg und fuhr sich mit der Hand durch die Haare. »Ich habe mich nur gefragt, was los war.«

»Nun, wie du siehst, geht es mir gut.«

Was für eine Lüge.

Er nickte. »Ja.«

Unbehaglich schweigend standen sie beieinander. Schließlich fragte er: »Möchtest du einen Kaffee trinken?«

»Ich weiß nicht, ob das eine gute Idee ist.«

Er blickte sie aus seinen grauen Augen aufmerksam an. Dann sagte er ruhig: »Ach, komm, Mia Rose. Ich weiß, warum du gegangen bist. Ich hätte es wahrscheinlich nicht anders gemacht, wenn ich bei dir zu Hause gewesen wäre.«

Sie errötete. »Was sagst du da?«

»Dass es mir auch schreckliche Angst macht.«

Mia senkte den Blick. Was er sagte, war nur allzu wahr. Und sie kam sich vor wie ein absoluter Feigling. Es war mutig von ihm, so aufrichtig zu sein. Er war mutiger als sie. Er benahm sich eigentlich viel erwachsener als sie, obwohl er jünger war.

»Mia Rose«, sagte er leise. Es erinnerte sie daran, wie er mitten in der Nacht ihren Namen geflüstert hatte, bevor er sie in die Arme gezogen und geküsst hatte. Sie erschauerte und bekam Gänsehaut.

Sie blickte ihn an. Gott, seine Augen waren so schön – sie funkelten wie Quarz in der Morgensonne.

»Ich will nicht, dass wir voreinander weglaufen, Mia Rose. Können wir damit nicht aufhören? In gewisser Weise verstehe ich, warum du gegangen bist. Ich weiß, warum *ich* am liebsten weglaufen würde. Und ich möchte mit dir darüber reden. Ich weiß nicht, warum.« Er schwieg und fuhr sich wieder mit der Hand durch die Haare. »Himmel, ich weiß, das macht keinen Sinn.«

»Doch, doch. Und du hast recht, Jagger. Ich habe tatsächlich Angst. Vor vielen Dingen.«

Er ergriff ihre Hand und drückte sie. Sie hätte am liebsten geweint. Und als er sie in die Arme zog und sie sanft auf die Lippen küsste, wehrte sie sich nicht. Stattdessen schmiegte sie sich an ihn und atmete tief seinen Duft ein.

Seine Stimme war leise und sanft wie sein Kuss. »Komm. Ich könnte wirklich einen Kaffee gebrauchen.«

»Okay.«

Sie ließ sich von ihm davonführen, an den Ständen vorbei. Und sie ließ seine Hand nicht los. Sie konnte zwar nicht sofort ihre Angst besiegen, aber zumindest diesen Augenblick zwischen ihnen einfach geschehen lassen. Irgendwie hatte Jaggers Geständnis ihr den Umgang mit ihren eigenen Ängsten erleichtert. Es war eine Offenbarung für sie, dass Ängste in den Hintergrund traten und nicht mehr so wichtig waren, wenn man sie teilte.

Jagger war in vielerlei Hinsicht eine Offenbarung für sie, und sie hatte das Gefühl, noch nicht ansatzweise zu wissen, wer er war und was er zu bieten hatte. Und zum ersten Mal seit vielen Jahren gestattete sie sich, es herauszufinden.

Das Telefon klingelte und weckte Karalee aus einem tiefen, traumlosen Schlaf. Sie rollte sich auf den Bauch. Ihre Arme und Beine schmerzten, aber auf angenehme Weise. Lächelnd dachte sie an die Nacht mit Gideon: auf dem Parkplatz und dann hier in ihrem Haus. Im Bett ging er sogar noch rauer mit ihr um als in der Öffentlichkeit, als ob er das brauchte, wenn die Gefahr nicht bestand, entdeckt zu werden. Aber ihr machte das nichts aus.

Grinsend griff sie zum Hörer. »Hallo?«

»Karalee.«

Gideon.

Ihr Geschlecht zog sich unwillkürlich zusammen, als sie seine Stimme hörte.

»Hi. Guten Morgen.« Beinahe konnte sie schon wieder seine Hände spüren. Sie erschauerte.

»Was tust du?«

»Ich bin gerade aufgewacht. Du hast mich bis nach drei Uhr wachgehalten. Ich war so müde, ich habe noch nicht einmal gehört, wie du gegangen bist.«

»Wie schnell kannst du fertig sein?«

»Für was?«

Er schwieg. Dann sagte er: »Du glaubst doch nicht wirklich, dass ich das beantworte, oder?«

Karalee lachte. »Gib mir eine halbe Stunde Zeit. Wo sollen wir uns treffen?«

»Ich hole dich ab.«

Er legte auf, sie drehte sich auf den Rücken und fuhr mit den Händen über ihren Körper. Sie umfasste ihre Brüste, ihre Nippel waren hart und groß unter ihren Fingerspitzen. Himmel, er hatte sie in eine Nymphomanin verwandelt.

Sie ließ die Hände zwischen ihre Schenkel gleiten. Ihre Spalte war nass und geschwollen, aber sie nahm sich jetzt nicht die Zeit, sich darum zu kümmern. Das würde Gideon schon tun.

Seufzend stand sie auf und lief ins Badezimmer, um sich zu duschen. Es war beinahe zu verführerisch, sich den Duschkopf zwischen die Beine zu halten und es sich selbst zu besorgen. Früher hatte sie das häufig getan. Dieser Duschkopf war der beste Freund einer alleinstehenden Frau. Und es war fast zu quälend, auf Gideon warten zu müssen.

Sie duschte sich und trocknete sich die Haare. Dann schlüpfte sie in ein Seidenhemdchen und einen passenden Tanga in Hellblau, was gut zu ihrer Haut passte. Darüber zog sie Jeans und Pullover im gleichen Farbton. Um den Hals schlang sie sich einen schmalen cremefarbenen Schal. Sie war gerade in ihre braunen Lederstiefel gestiegen, als es an der Tür läutete.

Sie öffnete, ihre Tasche und ihre kurze braune Lederjacke bereits in der Hand.

Gideon sah wie immer fantastisch aus. Heute war er lässig gekleidet, in khakifarbenen Cargohosen und einem Troyer. Trotzdem wirkte er wie geradewegs einer Ralph-Lauren-Werbung entsprungen.

»Gut, Karalee, du bist fertig.«

Er lächelte sie strahlend an und sah dabei aus wie ein Filmstar.

»Es käme mir nie in den Sinn, dich warten zu lassen.« Sie lächelte bei diesen Worten, aber es stimmte. Gideon strahlte Autorität aus, der sie sich nicht widersetzen konnte. Sie wollte es auch gar nicht.

Er reichte ihr die Hand; sie ergriff sie und ließ sich von ihm zum Auto führen. Er öffnete ihr die Wagentür und half ihr hinein. Sie liebte diese galanten Gesten, wie sie alles liebte, was er tat.

Er setzte sich hinters Steuer und fuhr los. Er war ein sicherer Fahrer, und seine Bewegungen wirkten sinnlich. Sie hätte ihm den ganzen Tag beim Autofahren zusehen können, wenn sie nicht so großes Verlangen danach gehabt hätte, von ihm berührt zu werden.

»Gibst du mir noch nicht einmal einen Hinweis, Gideon?«, fragte sie.

Er warf ihr einen Blick zu und lächelte. Aber er sagte nichts.

Seufzend schüttelte Karalee den Kopf. Sie wusste natürlich, dass sie es bald herausfinden würde.

Sie fuhren die Fulton Street am Golden Gate Park entlang, dann bog er in den Park ein und fuhr an weiten Rasenflächen unter den uralten Eukalyptusbäumen entlang. Karalee ließ die Scheibe herunter, um den Duft einzuatmen. Bei feuchter Luft, was in San Francisco häufig vorkam, war der Geruch besonders intensiv.

»Sie riechen gut, nicht wahr?«

Überrascht blickte sie Gideon an. »Ja. Ich liebe den Geruch und die kühle, feuchte Luft. Dann herrscht eine ganz besondere Atmosphäre in der Stadt.«

»Diesen Duft habe ich ganz besonders vermisst, als ich weg war.«

Sie wurde nicht schlau aus ihm. Er war in vieler Hinsicht so geheimnisvoll und verschlossen, und doch gab es Momente wie diesen, wo er seine sensiblere Seite zeigt, die er normalerweise hinter einer glatten Fassade verbarg. Es machte ihr meistens nichts aus, dass er sich mit dieser geheimnisvollen Aura umgab, aber wenn er ihr diese Einblicke gewährte, wollte sie auch mehr wissen.

»Erzählst du mir mal, warum du weggegangen bist, Gideon?«

»Irgendwann einmal. Warum musst du es wissen?«

»Ich muss es nicht wissen. Ich bin nur … neugierig. Menschen interessieren mich. Ich will halt einfach Dinge wissen. Meine Mutter konnte das früher nie ausstehen. Ich habe als Kind ständig Fragen gestellt.«

»Vielleicht wusste sie ja nicht, wie sie sie beantworten sollte.«

»Vielleicht.«

»Es gibt nicht auf jede Frage eine vorgefertigte Antwort, Karalee.«

Plötzlich wusste sie, dass sie nicht mehr über ihre Mutter sprachen. »Ja, da hast du recht. Das Leben ist selten eindeutig. Manchmal verstehe ich meine eigenen Beweggründe nicht.«

»Wir sind da.«

Er parkte den Wagen an der Straße neben einem langen Grasstreifen, der einen baumbestandenen Hügel hinaufführte.

»Wo sind wir denn?«

»Du wirst schon sehen.«

Er stieg aus dem Auto, kam auf ihre Seite und half ihr hinaus. Sie kannte ihn mittlerweile so gut, dass sie wartete, statt alleine auszusteigen.

Er legte ihr leicht die Hand auf die Taille, und sie gingen den Bürgersteig entlang. Als sie um die Ecke bogen, sah sie auf der anderen Straßenseite das große Gebäude, in dem sich die Academy of Sciences befand. Ein Stück weiter befand sich hinter hoch aufragendem Bambus das rot gestrichene Tor zum japanischen Teegarten.

»Ich wusste gar nicht, dass du so gerne Tee magst«,

scherzte sie, aber er lächelte nur und führte sie hindurch, wobei er an dem kleinen Kassenhäuschen am Tor für sie beide bezahlte.

»Mir gefällt es hier«, sagte er, als sie den gewundenen Pfad zwischen den beschnittenen Zypressen und schlanken Weiden entlanggingen. In den Teichen mit ihren Steinlaternen und den bemalten Holzbrücken schwammen orangefarbene und schwarze Kois. »Mir gefällt diese Art von japanischem Design, auch wenn ich es hier ein bisschen übertrieben finde. Am liebsten bin ich früh am Morgen hier oder außerhalb der Saison, wie jetzt, wenn nicht so viele Touristen hier sind. Wenn es ruhig ist.«

Sie gingen ein paar Stufen hinauf und betraten das Teehaus, das eigentlich eher eine lange, überdachte Terrasse über den Teichen war. Eine Kellnerin in einem bestickten Seidenkimono führte sie zu einem langen, lackierten Holztisch nahe am Geländer. Sie stellte eine Kanne mit duftendem Tee und einen kleinen Teller Reis-Cracker und Mandelplätzchen auf den Tisch, noch bevor Karalee ihre Jacke ausgezogen und sich hingesetzt hatte. Das Teehaus war fast leer; nur noch ein weiteres Paar saß am anderen Ende der Terrasse.

Gideon schenkte Karalee Tee ein und reichte ihr den Becher.

»Es ist friedlich hier«, sagte sie und beobachtete die Kois, die träge im Wasser schwammen.

»Ja.« Er trank einen Schluck Tee und spielte mit einem Reis-Cracker, steckte ihn aber nicht in den Mund. »Und?«, sagte er nach einer Weile. »Was an dir verstehst du denn nicht?«

»Wie bitte?«

»Du sagtest im Auto, du verstündest auch nicht immer deine eigenen Beweggründe.«

»Ah. Nun …« Die Frage traf sie unvorbereitet, und es dauerte einen Moment, bis sie ihre Gedanken geordnet hatte. »Na ja, ich glaube zum Beispiel nicht an die Liebe. Ich meine, für mich nicht. Und es kommt mir auch unwahrscheinlich vor, dass sie etwas Dauerhaftes sein soll. Für jeden von uns. Ich weiß wirklich nicht, woher das kommt. Ich meine, ich komme aus einer ziemlich normalen, durchschnittlichen Familie. Meine Eltern sind seit fast vierzig Jahren verheiratet. Aber ich hatte nie das Gefühl, dass sie sich liebten. Natürlich drücken Menschen das unterschiedlich aus, aber bei ihnen habe ich es einfach nie gesehen. Und ich kenne viele Paare, die genauso sind. Sie existieren in einem lieblosen, leidenschaftslosen Vakuum, und ihre Kinder hoffen trotzdem auf Liebe und glauben daran. Aber ich habe der Liebe immer irgendwie … gleichgültig gegenübergestanden. Das klingt vielleicht jetzt kalt, aber ich habe einfach nie Liebe erfahren, also ich meine, romantische Liebe.

Allerdings glaube ich nicht, dass ich dadurch traumatisiert bin. Ich habe einfach nur ein bestimmtes

Glaubenssystem entwickelt. Nein, Unglaube ist der bessere Begriff. So viele Leute werden geschieden, und mir erscheint ewige Liebe einfach nicht realisierbar. Letztendlich sind wir alle allein, ob wir nun in einer Beziehung sind oder nicht, findest du nicht auch?«

Sie blickte ihn an. Er hatte finster das Gesicht verzogen, und seine Augen waren dunkel und unergründlich.

»Gideon? Habe ich was Falsches gesagt?«

Er wandte sich ab und blickte in den Garten. »Es gibt die Liebe, Karalee«, sagte er gepresst.

Das war das Letzte, was sie von ihm erwartet hätte. Es schockierte sie irgendwie. Und ihr wurde klar, dass unter seinem glatten Äußeren ein Schmerz steckte. Er verbarg etwas. Es dauerte einen Moment, bis sie wieder sprechen konnte. Sie räusperte sich.

»Es tut mir leid, Gideon«, sagte sie.

Er schüttelte den Kopf, als wollte er die düstere Stimmung abschütteln. »Du brauchst dich nicht zu entschuldigen«, sagte er. »Ich wollte nicht so barsch zu dir sein.«

»Und ich wollte die Liebe nicht so in Bausch und Bogen abtun. Vielleicht habe ich ja auch Unrecht. Ich wollte dich nicht kränken.«

Er schwieg einen Moment lang. »Lass uns nicht mehr darüber sprechen.«

Er legte seine Hand über ihre, drehte sie um und fuhr mit einem Finger über die Innenseite ihres Handgelenks. Sie wusste nicht, was gerade passiert war, war aber ganz froh, dass sie das Thema nicht weiter verfolgten. Sie genoss die süßen Schauer, die seine Berührung in ihr auslösten.

Sie tranken ihren Tee, redeten über die Arbeit und aßen die Plätzchen. Der Nebel lichtete sich nicht, der Himmel war schwer und grau, aber Karalee hatte das Gefühl, im Teehaus wie unter einer schützenden Hülle zu sitzen. Am liebsten wäre sie sitzen geblieben, als er vorschlug, aufzustehen und ein wenig spazieren zu gehen. Aber dann folgte sie ihm, weil sie sich nur in seiner Nähe so wohlfühlte.

Was zum Teufel bedeutete das denn?

Ach was, heute wollte sie nichts in Frage stellen. Sie wollte einfach alles genießen. Auch Gideon.

Sie schlenderten durch den Park, blieben stehen, um den riesigen Bronze-Buddha zu bewundern und Pennys in den Wunschbrunnen zu werfen. Überall duftete es nach Eukalyptus, Pinien, Wacholder und frischem Gras. Sie stiegen die steilen Stufen zur Pagode hinauf, dem höchsten Punkt im Park, dann den schmalen Pfad hinunter, der dahinter zu einer Plattform führte, die teilweise von den Ästen der Bäume verdeckt war. Gideon zog sie in eine Ecke und ließ sie über den niedrigen Holzzaun, der das Deck umgab, in den wilden Teil des Parks klettern.

»Wohin gehen wir?«

»Schscht. Komm einfach mit, Karalee.«

»Wir dürfen hier nicht entlanggehen, Gideon.«

»Ich weiß.«

Er grinste sie verschmitzt an.

»Oh …«

Sie lächelte, als er sie gegen die raue Rinde einer kleinen Pinie drängte. Die leise Angst, erwischt zu werden, sein befehlsgewohnter Tonfall, all das machte sie auf der Stelle geil und nass. Sie spürte die raue Rinde selbst durch ihre Jacke hindurch. Flüchtig durchschoss sie der Gedanke, wie verrückt das alles war, aber da küsste er sie schon, und sie dachte gar nichts mehr.

Sein Kuss war hart und leidenschaftlich, und sie erschauerte vor Verlangen. Seine Hände glitten unter ihren Pullover, umfassten ihre Brüste, kniffen in ihre Brustwarzen. Sein Schwanz drückte sich hart und bereit gegen ihren Oberschenkel. Sie musste ihn in sich spüren. Er packte vorne an ihre Jeans, und auf einmal war ihr alles egal.

Er zog ihr die Jeans herunter, ihr Höschen folgte. Karalee keuchte bereits. Eine Hand schob er zwischen ihre Oberschenkel, und seine Finger versanken in ihrer feuchten Spalte.

»Ah, immer bist du für mich bereit, Karalee. So verdammt nass für mich.«

»Ja …«

Sie hörte, wie er seinen Reißverschluss herunterzog, dann spreizte er grob ihre Beine noch weiter. Sie hob ein Bein und schlang es ihm um die Taille, und er drang in sie ein.

»Gideon … ah!«

Er zog sich ein wenig zurück, dann stieß er tiefer in sie hinein und begann mit einem harten, hämmernden Rhythmus, während er gleichzeitig mit der Hand ihre Klitoris reizte. Lust schoss durch sie hindurch. Und je härter er sie fickte, desto größer wurde ihre Lust. Immer größer. Ihr Hintern schlug gegen die raue Rinde des Baums, die ihr die Haut zerkratzte. Aber das war Karalee egal. Der kleine Schmerz gehörte dazu, so wie es dazugehörte, dass er sie hart und gefährlich fickte.

Als sie Stimmen ganz in der Nähe hörte, nahm die Intensität noch zu. Ihr Körper explodierte und krampfte sich fest um seinen dicken Schwanz. Er drückte ihr eine Hand auf den Mund, als sie stöhnte, wodurch sie noch heftiger kam. Heiße Lust pulsierte tief in ihren Adern. Sie erschauerte in seinem festen Griff und rieb sich mit den Hüften an ihm.

Dann stöhnte auch er in ihr Ohr und zitterte am ganzen Leib, als er seinen harten Schwanz tief in ihr entlud.

»Karalee … ich ficke dich.«

Er vergrub sein Gesicht in ihren Haaren, und einen Moment lang überschwemmte sie eine warme, schöne Empfindung. Dann löste er sich von ihr und half ihr, Höschen und Jeans wieder hochzuziehen. Sie knöpfte ihre Jeans gerade zu, als ein Mann in der dunkelgrünen Uniform eines Gärtners auf der anderen Seite des niedrigen Holzzauns auftauchte.

»Hey, Sie da! Sie dürfen sich dort nicht aufhalten.«

»Nein, natürlich nicht«, antwortete Gideon höflich und schirmte sie mit seinem Körper vor den Blicken des Mannes ab. »Meine Freundin hat sich nicht wohlgefühlt. Wir gehen jetzt nach Hause.«

Der Gärtner nickte und trat einen Schritt zurück, während Gideon Karalee über den kleinen Zaun half. Sie spürte die Blicke des Mannes im Rücken, als sie den Pfad hinuntergingen.

»Er war nicht allzu glücklich über uns«, murmelte Karalee.

»Machst du dir darüber Gedanken?«, fragte Gideon lächelnd.

Sie lachte. »Nein, nicht wirklich.«

Er legte ihr einen Arm um die Taille und zog sie an sich. »Sollen wir nicht an einen Ort fahren, wo ich dich in aller Ruhe ficken kann?«, schlug er leise vor. »Wo ich dich den ganzen Tag ficken kann? Wo ich dich in Grund und Boden ficken kann?«

Ihr wurde heiß, als sie ihn so reden hörte, und ihr Geschlecht wurde nass und hungrig. Sie konnte nur noch nicken.

Sie gingen zu seinem Auto, stiegen ein und fuhren zu ihrem Haus. Karalee dachte immer wieder daran, wie sie beinahe erwischt worden wären, und das Herz schlug ihr bis zum Hals. Auch das andere Gefühl drängte sich immer wieder vor. Sie verstand es nicht, schob es aber instinktiv lieber weg, bevor sie es ergründen konnte.

Jetzt nicht.

Sie blickte Gideon an; er lächelte, und ein kleiner Schauer rann ihr über den Rücken. Nein, jetzt wollte sie nur mit ihm nach Hause fahren und sich von ihm ficken lassen, wie er gesagt hatte. Mehr brauchte sie doch nicht von einem Mann, oder?

Für sie war das immer genug gewesen. Nur wenige Männer hatten das verstanden. Manche hatten gemeint, sie sei wie ein Mann, wenn es um Beziehungen ging. Welche Ironie, dass sich das gerade jetzt änderte, wo sie mit einem Mann zusammen war, der ganz bestimmt nicht mehr von ihr wollte. Und auch traurig, dachte sie.

Lass dich auf diese Gedanken nicht ein.

Nein, sie würde im sicheren Bereich bleiben: ein bisschen distanziert, nicht zu sehr emotional involviert, so dass sie einfach nur ein bisschen Spaß hatten. Etwas anderes gab es nicht. Sie glaubte nicht an die Liebe.

Oder doch?

9

Jagger ließ eine Crêpe aus der Pfanne auf einen kleinen Teller gleiten und besprenkelte sie mit einer dünnen Schicht Puderzucker. Seine Mutter hatte ihm beigebracht, wie man Crêpes machte, und sie gelangen ihm jedes Mal perfekt.

»Ich bin froh, dass wir uns heute Morgen auf dem Bauernmarkt begegnet sind, Mia Rose.«

»Ich auch. Es tut mir leid. Ich bin manchmal so … eigensinnig. Eigensinnig und neurotisch.«

»Vielleicht gefällt mir gerade das an dir.«

Er lächelte sie an, und sie lachte.

Er wickelte sich ein Geschirrtuch um die Hand, hob die feuerfeste Schüssel mit Erdbeerkompott, das er gerade gemacht hatte, aus dem Topf mit heißem Wasser und löffelte ein bisschen über die Crêpes. Um den Tellerrand herum setzte er frische Erdbeeren.

»Das sieht wundervoll aus.« Mia Rose hockte auf einem Barhocker und stützte sich auf die Küchentheke. Sie hatte einen erfreuten Ausdruck im Gesicht. Ihrem schönen Gesicht, das bezaubernd war, wenn sie lächelte. Und das tat sie jetzt. Und es fühlte sich verdammt gut an, für sie zu kochen. So gut war es ihm schon lange nicht mehr gegangen.

Er schlang sich das Küchenhandtuch über die Schulter. »Es geht nichts über selbst gemachte Crêpes. Die meisten Leute wissen gar nicht, wie leicht sie herzustellen sind. Ich habe sie schon als Zehnjähriger selbst gemacht.« Er stellte den Teller auf die Küchentheke und setzte sich neben sie auf den Hocker. »Hier, du musst sie probieren, solange sie noch heiß sind.«

Er nahm ein Stück auf die Gabel. Überrascht stellte er fest, dass Mia errötete. Aber sie öffnete gehorsam den Mund und ließ sich von ihm füttern. Es hatte etwas Sinnliches, ihr beim Essen zuzuschauen. Wenn sie es in den Mund nahm, zwischen diese roten Lippen …

Mia Rose stöhnte leise und schloss die Augen, während sie kaute. »Oh, das ist köstlich, Jagger.«

Es klang, als würde sie über Sex reden. Sein Vater hatte ihm erklärt, er müsse einer Frau Schokolade geben, wenn er sie ins Bett bekommen wolle. Aber seit ihrem Gespräch gestern Abend wusste er, dass Essen Sex für sie *war*. Und plötzlich empfand er es genauso.

Er lächelte und aß ebenfalls einen Bissen. »Ja, es schmeckt wirklich gut. Diese Crêpes mache ich gerne mitten in der Nacht. Warum, weiß ich nicht. Sie schmecken nach Mitternacht irgendwie besser.«

»Vielleicht muss ich den Grund herausfinden.«

Er blickte sie an. Ihre tiefgrünen Augen glänzten. Ein seltsames Gefühl durchzog ihn, etwas Sexuelles, aber auch eine Art Erkenntnis. Sie verband mit Essen eindeutig mehr als die übliche Lust an Geschmack und Konsistenz. Bei ihr ging es tiefer, und ihr Verlangen war plötzlich sein eigenes, weil er sich auf dieser Ebene mit ihr verband.

Er blickte sie unverwandt an und gab ihr einen weiteren Bissen. Erneut schloss sie die Augen, und ihre dunklen Wimpern warfen Schatten auf ihre hohen Wangenknochen. Er hörte das leise, lustvolle Seufzen, als er ihr eine der reifen Erdbeeren in den Mund steckte. Sie biss hinein, und der Anblick war reiner Sex.

Oh ja. Sex und Essen.

Er wurde hart. Noch härter, als er selbst einen weiteren Bissen nahm und die Süße der Frucht seinen Mund erfüllte. Dabei beobachtete er sie immer weiter: ihre roten Lippen, ihre leuchtenden Augen. Ohne nachzudenken legte er die Gabel beiseite und tauchte die Finger in die warme Erdbeersauce. Mit der Fingerspitze berührte er ihre Lippen. Sie öffnete sie, leckte mit der Zunge über seine Fingerspitze und nahm den Finger in den Mund. Lust stieg in ihm auf, und er sah ihr an, dass auch sie von Verlangen erfüllt war.

»Hier, probier das mal«, murmelte er und nahm den Behälter mit dem Puderzucker.

Er gab etwas auf einen Löffel, hielt ihn ihr an die

Lippen, und sofort kam ihre rosa Zungenspitze heraus. Er sprenkelte ein wenig darauf, beobachtete, wie sie den Mund schloss und lächelte.

»Oh, das ist schön, Jagger.«

Ihre Stimme hatte einen leicht heiseren Klang bekommen, und ihre geröteten Wangen, ihr schneller Atem waren nicht zu übersehen und zu überhören. Auch Jagger war erregt.

Er beugte sich vor, bis er nur noch wenige Zentimeter von ihrem Mund entfernt war. Sie lächelte, als er sie küsste. Sie schmeckte nach Zucker und Erdbeeren und Mia Rose. Die süßesten Lippen, die man sich nur vorstellen konnte.

Er umfasste ihr Gesicht mit beiden Händen, und sein Kuss wurde leidenschaftlicher. Ihr Geschmack machte ihn jetzt schon verrückt vor Verlangen. Und sein Schwanz war hart, bereit für sie.

Er stand auf, schob den Hocker mit dem Fuß beiseite und begann sie auszuziehen. Sie wehrte sich nicht, als er ihr den Pullover über den Kopf zog. Er wollte ihre nackten Brüste sehen, aber er hielt einen Moment inne, bevor er sie vom Büstenhalter befreite, weil es so ein schöner Anblick war zu sehen, wie ihre Nippel unter der dünnen weißen Spitze hart wurden. Ihm lief das Wasser im Mund zusammen.

Rasch zog er sein T-Shirt über den Kopf, dann berührte er ihre Brüste durch den Büstenhalter hindurch. Sie schmiegte sich an ihn und stöhnte leise. Und als er den Vorderverschluss öffnete und die blassen Kugeln in seine Hand fielen, zuckte sein Schwanz.

Er griff nach dem Behälter mit dem Puderzucker und streute den feinen weißen Staub über ihre Brüste. Sie keuchte, Schock und Lust malten sich auf ihren Zügen. Lächelnd beugte er sich über die bepuderten Brüste und fuhr mit der Zunge darüber. Sein Schwanz pochte. Mit den Händen drückte er ihre Brüste zusammen, saugte den Zucker erst von einem harten Nippel, dann vom anderen, bevor er mit langen Zungenschlägen die übrige Haut reinigte. Mia wand sich stöhnend unter seinen Berührungen.

»Gott, Jagger … Oh …«

Sie packte mit beiden Händen in seine Haare, und er hielt es kaum noch aus.

Er musste sie ficken. Er zog sich zurück.

»Versprich mir, dass du dich nicht bewegst.«

»Ja, ich verspreche es.« Ihre Stimme war atemlos.

Rasch lief er zum Bett, um ein Kondom aus der Nachttischschublade zu holen. Sein Schwanz war so hart, dass er kaum gehen konnte. Als er zurück war und seine Hose ausgezogen hatte, half er ihr aus ihrer Jeans und setzte sie wieder auf den Hocker. Sie sah wunderschön aus in seiner Küche, nackt bis auf die Spuren von Puderzucker an den Brüsten und zwei großen silbernen Kreolen.

Nein, sie war zu schön, er musste noch warten. Lächelnd fuhr er mit dem Finger in die Schüssel mit dem

Erdbeerkompott und verrieb es auf ihren Brüsten mit dem Zucker.

»Jagger …«

»Ich weiß.«

Er wusste, dass das Essen zu ihrer Erregung noch beitrug. Und das zu sehen machte es auch für ihn besser. Er verstand zwar nicht warum, aber es war so.

Er massierte die rote Masse auf ihren Brüsten ein, wobei er sie unverwandt ansah. Sie hatte die Augen geschlossen, den Kopf zurückgeworfen, und ihr Atem kam in keuchenden Stößen. Unglaublich. Er musste sie unbedingt ficken, sich tief in ihre enge Muschi graben. Aber jetzt noch nicht.

Er beugte sich vor und begann, die süße Masse abzulecken. Er spürte ihre Haut unter seiner Zunge, ihre harten Nippel, an denen er saugte. Sein Schwanz wurde immer härter.

Er hob den Kopf und küsste sie, steckte ihr seine Erdbeerzunge tief in den Mund. Sie war so heiß und so nass, er konnte sich nicht mehr zurückhalten. Rasch nahm er das Kondom aus der Folie und zog es sich über. Er konnte schon kaum noch seine eigenen Hände an seinem Schwanz ertragen. Er drückte ihr die Beine auseinander und drang in sie ein. Lust übermannte ihn.

»Mia Rose …«

»Ja. Bitte, Jagger.«

Sie schlang die Beine um ihn, und er packte ihre

Hüften und stieß sie fest. Ihre Möse umklammerte ihn wie Stahl und Samt, wie flüssige Hitze. Innerhalb weniger Augenblicke zitterte er am ganzen Leib.

Reiß dich zusammen!

Er musste einen Moment lang innehalten, die Augen schließen und sich sammeln. Und dann spürte er ihre Hände auf der Brust, und sie bestrich seine Nippel mit Erdbeerkompott. Als sie einen der Nippel zwischen die Lippen zog, war er verloren. Die Lust schoss direkt in seinen pulsierenden Schwanz. Stöhnend pumpte er in sie hinein.

Mia biss in einen seiner Nippel, und er wäre beinahe gekommen. Aber er nahm sich zusammen. Und ihre Muschi schloss sich so eng um ihn, er hielt es kaum aus.

Mit einer Hand umfasste er ihren Hinterkopf, packte in ihre Haare und zog ihren Kopf nach hinten. Gleichzeitig zog er ihre Hüften näher heran. Und dann begann er sie erst richtig zu ficken. Mit starken Stößen trieb er seinen Schwanz in sie hinein. Er küsste sie, spürte erneut die Süße ihres Mundes und wusste, er würde jetzt jeden Moment kommen.

Ihr Geschlecht zog sich um seinen Schwanz zusammen, und als sie aufschrie, kam auch er. Er zitterte am ganzen Leib, stöhnte und keuchte. Eine Welle der Lust überrollte sie beide, und die ganze Zeit über schmeckte und roch er sie. Reiner Zucker. Reiner Sex.

Als es vorbei war, blieb er erst einmal regungslos

stehen. Er wollte sie nicht loslassen. Sie keuchten beide und hielten einander umklammert. Schließlich sank Mia auf den Hocker zurück. Sie war mit rotem, klebrigem Erdbeerkompott bedeckt, aber sie kam ihm noch schöner vor als sonst, mit ihren wirren Haaren und ihren dunkelroten, geschwollenen Lippen.

»Mia, Mia Rose ...« Er lächelte sie an. Sie blickte ihn benommen an. Er strich ihr die Haare aus dem Gesicht. »Bist du okay?«

»Ja.« Sie schwieg einen Moment lang und schloss die Augen. »Ja, mir geht es gut.«

Er hätte schwören können, dass er einen Schatten in ihren Augen gesehen hatte, aber er wollte sie jetzt nicht danach fragen.

»Wir haben eine ganz schöne Schweinerei hier gemacht. Was hältst du davon, wenn wir jetzt aufräumen?«

»Okay.«

Langsam glitt er aus ihr heraus, lächelte, als sie erschauerte. Dann ergriff er ihre Hand und führte sie ins Badezimmer. Er drehte das heiße Wasser auf und zog sie mit unter die Dusche.

Das Wasser rauschte aus der großen Regendusche, die er eingebaut hatte, auf sie herunter. Sein Schwanz begann wieder zu pochen, als er sah, wie das Wasser in Bächen über sie rann. Wenn er nicht gerade eben erst gekommen wäre, dann wäre er bei ihrem Anblick sofort wieder hart geworden.

Er streckte die Hand aus und rieb über ihren klebrigen Körper, um die Überreste von Zucker und Erdbeerkompott im warmen Wasser abzuwaschen. Sie stand ganz still und ließ ihn gewähren.

»Bist du sicher, dass alles in Ordnung ist, Mia Rose?«

»Ja. Wirklich. Es ist nur … Gott, ich weiß gar nicht, ob ich das sagen soll.«

»Na komm, du musst es mir jetzt sagen.«

Sie lachte ein bisschen, ein hohles Geräusch.

Er legte ihr die Hand über die Schultern und zog sie zu sich heran. »Hey. Was ist los?«

»Jagger … du weißt ja, dass alternativer Sex mein Forschungsgebiet ist. Aber ich habe nie wirklich … Gott, ich höre mich jämmerlich an.«

»Wir haben doch darüber geredet, jedenfalls so am Rande. Du hast dein Verlangen nie wirklich zugelassen.« Er strich ihr eine nasse Haarsträhne von der Wange. »Das ist doch nicht jämmerlich. So ist es eben manchmal. Wir haben alle unser Päckchen zu tragen. Ich schleppe auch meine Geschichte, meinen eigenen Mist mit mir herum. Ich habe mir viel zu oft das Herz brechen lassen, und so langsam beginne ich zu verstehen, wie das mein Leben beeinträchtigt hat. Aber ich lerne auch, es zu akzeptieren.«

»Gott, es tut mir leid, Jagger.«

»Ja, so bin ich eben. Aber das ist Teil meines Lebens. Mir ist kürzlich klar geworden, dass wir die ganze blöde Scheiße loslassen müssen, weil sie sonst wie Gift an uns klebt.«

»Ich weiß«, sagte Mia leise. »Ich versuche es ja. Aber … ich … Ich komme einfach nicht über diese sinnlose … Scham hinweg. Und es ist mir peinlich, dass ich so bin. Gerade ich!«

Sie wandte sich ab, aber in der Dusche konnte sie sich nirgendwo verstecken.

»Du solltest nur bedauern, dass du das nicht schon früher ausprobiert hast.« Er strich ihr über die feuchte Wange. »Es tut mir leid.«

»Was denn?« Er war so nett, sie konnte es kaum aushalten. Seine Zärtlichkeit gab ihr ein warmes Gefühl.

»Es tut mir leid, dass du glaubst, diesen Teil von dir verstecken zu müssen. Und ich schwöre, dass du das bei mir nicht nötig hast.«

Sie schüttelte den Kopf. »Ich kann es selbst nicht verstehen. Ich stehe im Hörsaal und rede über alles: Analsex, Sadomasochismus, alles. Ich weiß nicht, warum ich mich so schwertue. Nur wenn es passiert, natürlich nicht. Dann bin ich einfach … hilflos. Vielleicht ist das ein Teil des Problems.«

Du hast es doch selbst gesagt – wenn es um persönliche Dinge geht, ist es etwas anderes, weil es dann etwas bedeutet.« Er küsste sie auf den Stirn und fuhr leise fort: »Was bedeutet es dir, Mia Rose?«

Wieder schüttelte sie den Kopf. Gott, sie konnte es

ihm nicht erzählen. Sie konnte ihm nicht von Ben erzählen, mit dem alles angefangen hatte.

»Müssen wir jetzt darüber sprechen, Jagger?«

»Nein, wir müssen überhaupt nicht darüber sprechen. Du sollst nur wissen, dass du mit mir jederzeit darüber reden kannst.«

»Okay. Okay.« Sie nickte und senkte den Blick. Sie hielt den Atem an, weil sie erwartete, dass sie den vertrauten Knoten in ihrem Brustkorb spüren würde, stellte jedoch überrascht fest, dass nichts geschah.

Vielleicht lag es daran, dass Jagger sie im Arm hielt. Eines Tages würde sie es ihm vielleicht erzählen. Aber jetzt nicht. Es war zu viel: Ben und alles, was heute Nacht mit ihrem Körper geschehen war. Mit ihrem Geist. Mit ihrem Herzen.

Es hatte Jahre gedauert, bis sie Ben verziehen hatte. Und jahrelang hatte sie versteckt, dass für sie zum Sex Essen dazugehörte. Sie hatte Sex und Fetischismus studiert, wusste alles über chemische Zusammenhänge im Körper und im Gehirn. Sie kannte alle psychologischen Theorien über Fetischismus. Aber alles machte nur Sinn, solange es nichts mit ihr selbst zu tun hatte. Jagger hatte recht. Sie hatte zwar gewusst, *warum* sie sich zu diesen Dingen hingezogen fühlte, hatte sie aber nie tatsächlich mit einem Mann erlebt, weil ihr das nicht sicher vorgekommen war.

Bis heute. Sie konnte es immer noch nicht fassen, dass es tatsächlich geschehen war.

»Komm, Mia Rose. Ich wasche dir die Haare.«

»Das hat außer meinem Friseur noch nie jemand anderer für mich getan.«

»Du weißt ja nicht, was dir da entgeht. Komm, dreh dich um.«

Sie tat, was er sagte, während er Shampoo in ihre Haare einmassierte. Es roch ein wenig wie Weihrauch, aber vor allem roch es sauber. Es roch wie Jagger.

Es war so schön, seine Hände an ihrem Kopf zu spüren. Es war überhaupt so intim, mit ihm in der Dusche zu stehen, noch intimer, als nackt mit jemandem zusammen zu sein. Sie fühlte sich seltsam sicher in der duftenden, dampfenden Luft unter dem warmen Wasserstrahl. Und seine Hände waren die reinste Magie und wuschen die Spannung aus ihrem Körper.

Er trat dichter an sie heran, und erneut stieg Lust in ihr auf, als sie seine Haut an ihrer spürte. Seine seifigen Hände glitten nach vorne zu ihrem Körper, über ihre Brüste. Ihre Nippel wurden hart, ihr Geschlecht schwoll an und wurde feucht. Sie gab sich dem Augenblick einfach hin und genoss seine Berührungen.

Es war ein wundervolles Gefühl, seine seifigen Hände zu spüren, fast so gut wie Erdbeerkompott und Zucker. Sie stöhnte.

Er knetete ihre Brüste fester, und sein harter Schwanz drückte gegen ihren Rücken.

»Habe ich dir schon von meinem Fetisch erzählt, Mia Rose?«, fragte er sie leise.

»Ja … nein, nicht in allen Einzelheiten«, murmelte sie. Hoffentlich hatte es etwas mit diesen seifigen Händen zu tun, denn sie wollte nicht, dass er jemals wieder aufhörte.

»Ich habe eine Vorliebe für Wasser, das habe ich dir ja erzählt. Wenn ich eine Frau unter der Dusche sehe und nasses Fleisch spüre, dann erregt mich das. Hier unter der Dusche bist du für mich zehn Mal nackter. Aber ich glaube, ich habe dir nicht gesagt, wie wahnsinnig es mich erregt, dich so zu sehen. Ich bin völlig außer mir.« Seine Finger spielten mit ihren Nippeln, rieben und zupften.

»Oh …«

»Spürst du, wie hart ich bin? Wie sehr ich dich brauche?«

»Gott, Jagger.«

Seine Hände glitten tiefer, über ihren Bauch. Sie schmiegte sich an ihn und keuchte, als eine seiner Hände zwischen ihre Schenkel glitt und über ihre Spalte.

»Ja, genau so, Mia Rose. So heiß und nass.« Er drückte ihr seinen Schwanz an den Rücken. »Merkst du, wie mich das erregt? Ich könnte auf der Stelle kommen, und ich glaube, das werde ich auch. Und du wirst auch kommen.«

Mit einer Hand zog er ihr die Schamlippen auseinander, mit der anderen rieb er ihre Klitoris. Hart und schnell überwältigte sie die Lust. Und irgendwie machte das Wasser es noch besser.

Jagger rieb seinen Schwanz an ihrem Rücken, und als er zwei Finger in ihre Spalte stieß, schrie sie auf und drückte ihre Hüften in seine Hand. Sein Schwanz drückte so heiß und hart gegen ihre Hinterbacken, dass sich die Hitze immer schneller in ihr ausbreitete. Brennend heiße Lust breitete sich in ihrem Geschlecht aus und schoss durch ihren Körper. Es dauerte nicht lange, und sie stand kurz vor dem Höhepunkt.

»Jagger … hör nicht auf.«

»Ah, Baby, ich höre nicht auf … ich kann gar nicht mehr aufhören.«

Seine Finger bearbeiteten sie gnadenlos, während sein Schwanz sich immer fester an ihrem Rücken rieb. Und dann explodierte ein Sternenregen hinter ihren Augen, sie schrie auf, als Hitze ihre Haut überflutete, und sie kam unbeschreiblich intensiv.

»Jagger!«

Er vergrub seinen Kopf an ihrem Nacken und biss zärtlich in die zarte Haut an ihrem Hals. Schwer atmend lehnte sie sich an ihn.

»Mia Rose.«

»Mmmm …«

»Das möchte ich noch einmal tun.« Seine Stimme war leise. »Immer wieder.«

»Ja.«

Sex mit Jagger war so ungeheuer sinnlich. Das Essen, die Dusche, wie er sie berührte und mit ihr redete. Wundervoll. So war es für sie noch nie gewesen.

Dieser Augenblick sollte nie vergehen, so gut fühlte sie sich. Es war ihr sogar egal, dass er jetzt ihr Geheimnis kannte, die Seite an sich, die sie so lange verborgen hatte. Aber nein, das stimmte so nicht. Es war ihr nicht egal, sondern es schien wichtig zu sein, dass er sie jetzt so erlebt hatte.

Vielleicht würde sie morgen anders darüber denken, wenn sie wieder alleine war. Aber im Moment war sie froh, mit ihm zusammen hier zu sein. Das Wasser rauschte um sie herum, und der Dampf lag wie ein Schleier auf ihrer nackten Haut.

10

Karalee blickte von den Unterlagen auf ihrem Schreibtisch auf, als es an der Tür klopfte.

»Herein.«

Die Tür ging auf, und Gideon trat ein. Er schloss die Tür hinter sich. Heute trug er eine schwarze Hose und ein blaues Oxford-Hemd. Ihr Körper reagierte sofort auf ihn, auf seinen bloßen Anblick.

Sie lächelte. »Hi.«

Er erwiderte ihr Lächeln, und sein Raubtierblick ließ sie erbeben, als hätte er ihre nackte Haut gestreichelt.

»Ich musste dich einfach sehen, Karalee.«

»Weswegen?«

Er stand jetzt direkt neben ihr, drehte ihren Stuhl zu sich herum und zog sie hoch. Er küsste sie so leidenschaftlich, dass sie zu zittern begann. Warum reagierte sie nur so heftig auf ihn?

Aber sie hatte keine Zeit, darüber nachzudenken. Er drehte sie um, schob ihr den Rock hoch und zog ihr das Höschen herunter.

»Gideon …«

»Schscht!« Er drückte sie über den Schreibtisch, und sie hörte, wie er den Reißverschluss an seiner Hose öffnete. Dann legte er ihr die Hand auf den Nacken, sie beugte sich vor und stützte sich mit den Händen auf dem Schreibtisch ab.

»Mach die Beine breit, Karalee.«

Sie gehorchte, schwach vor Lust. Sie würde tun, was er wollte.

Gideon packte ihre Hüften und drang in ihre feuchte Hitze ein. Ihre inneren Muskeln schlossen sich um seinen dicken Schaft, und Lust stieg in ihr auf. Er begann sofort, hart und schnell in sie hineinzustoßen, wobei er sie mit einem Arm fest umschlungen hielt. Karalee bekam kaum Luft, und sie kam fast sofort.

»Gideon!«

Sie zitterte am ganzen Leib, als er seinen Schwanz aus ihr herauszog und ihre Hinterbacken mit einer Hand auseinanderzog.

»Was … was tust du da, Gideon?«

»Sei still.«

Eine Hand glitt über ihr Kinn, und er schob ihr seine Finger in den Mund. Sie saugte daran.

»Ja, so ist es gut, Karalee«, murmelte er.

Er nahm seine Hand weg und schob sie ihr von hinten zwischen die Beine. Er rieb über ihre nasse Spalte, bis zu ihrem anderen, engen Loch. Eine neue Welle der Lust überflutete sie.

Sie hatte schon einmal Analsex gehabt, und es hatte ihr gefallen. Aber so wie jetzt hatte sie ihn noch nie gewollt.

»Ja, Gideon«, flüsterte sie. »Tue es, bitte.«

Er schob einen Finger hinein, der nass von ihren Säften war. Mit der anderen Hand reizte er ihre Klitoris und streichelte über die Falten ihrer Muschi. Sie war klatschnass und zitterte am ganzen Leib. Gierig drängte sie sich seiner Hand entgegen.

»Mehr, Gideon.«

»Ah, du bist so gut, Karalee. Du kannst alles aufnehmen, oder?«

»Ja. Bitte …«

Er schob einen zweiten Finger in das enge Loch. Sie wartete schon begierig darauf, entspannte die Muskeln, um ihn aufnehmen zu können. Mit der anderen Hand fickte er ihre Muschi. Sie stöhnte.

»Mehr, Gideon.«

Er zog die Hände weg und spreizte ihre Hinterbacken. Dann spürte sie die Hitze seines Schwanzes hinter sich.

»Oh, ja …«

»Ich ficke dich jetzt, Karalee.«

»Ja!« Sie konnte es kaum erwarten.

Mit den Fingern befeuchtete er die enge Öffnung und führte seinen Schwanz ganz langsam ein. Sie holte tief Luft, als er den engen Muskelring überwand.

Er griff um sie herum und rollte ihre Klitoris zwischen zwei Fingern und kniff sie, bis sie erschauerte.

Es war alles so gut, seine Hand an ihrer Klitoris, sein Schwanz, der in ihren Arsch hineinstieß. Es schien eine Ewigkeit zu dauern, bis er schließlich ganz tief in ihr vergraben war, aber jeder Moment war wundervoll, und sie fühlte sich zutiefst erfüllt. Er atmete tief und keuchend, und als er schließlich mit der ganzen Länge in ihr drin war, hielt er inne.

»Sag mir, was du willst, Karalee«, befahl er.

»Ich will, dass du mich fickst. Fick mich fest. Ich kann es aushalten. Tu es einfach.«

»Du bist toll, Karalee.«

Er packte mit einer Hand in ihre Haare und zog ihr so heftig den Kopf zurück, dass es wehtat. Aber sie liebte den Schmerz. Und dann begann er sich zu bewegen, pumpte auf und ab und kniff gleichzeitig in ihre Klitoris. Lustvolle Empfindungen überwältigten sie, ließen sie zittern und wimmern. Er hatte sie völlig in der Gewalt.

Sie umklammerte die Schreibtischkante so fest, dass sie in ihre Hand schnitt. Aber das war egal. Nichts spielte eine Rolle außer Gideons Schwanz, der sie so komplett erfüllte und in sie hineinstieß, während seine Finger gnadenlos ihre Klitoris quälten.

Bald kam sie erneut, noch heftiger dieses Mal. Sie schluchzte und zitterte, und Gideon stieß grunzend tiefer in sie hinein.

»Himmel, Karalee.«

Stöhnend zog er seinen Schwanz aus ihr heraus und

ließ ihre Haare los. Sie musste sich am Schreibtisch festhalten, um nicht zu Boden zu sinken. Ihr Rock lag immer noch um ihre Taille.

Sie erwartete, dass er seinen Reißverschluss schließen und aus dem Zimmer gehen würde, aber stattdessen spürte sie seine Hände auf der Haut. Zärtlich streichelte er ihre Hinterbacken, ihre Schenkel. Dann beugte er sich vor, schob ihre Haare beiseite und küsste sie auf den Nacken. Karalee bekam Gänsehaut. Und erneut überkam sie dieses merkwürdige Gefühl, das sie schon im Park empfunden hatte. Ihr ganzer Brustkorb war von Wärme erfüllt.

Nein.

Schließlich hörte sie, wie er seinen Reißverschluss zumachte. Er zog ihren Rock herunter, drehte sie zu sich um und küsste sie sanft auf den Mund. Diese zärtliche Geste schockierte sie beinahe, und das Herz schlug ihr bis zum Hals.

Seine Lippen waren so weich; er küsste sie einfach, immer und immer wieder. Dann strich er ihr die Haare aus dem Gesicht. Sie verstand es nicht und blickte fragend in seine dunklen Augen, als er sich schließlich von ihr löste. In ihnen stand etwas, das sie noch nie zuvor darin gesehen hatte. Sie bekam einen Kloß im Hals.

»Ich muss gehen«, sagte er leise.

»Ja. Klar. Ich muss … ich habe gleich Vorlesung.«

Er nickte und ließ sie los. Einen Moment lang stand

er da und sah sie einfach nur an. Ihr Puls raste, ihr Kopf drehte sich. Dann ging er und schloss die Tür zu ihrem Büro hinter sich.

Karalee blickte ihm benommen nach. Sie konnte noch nicht ganz fassen, was sie in seinen Augen gesehen, in seiner Berührung gespürt hatte.

Unmöglich. Sie war für solche Beziehungen nicht geschaffen. Sie wollte nichts Ernstes. Sie wollte nicht jahrelang mit jemandem zusammen sein, nur um dann so elend zu enden wie ihre Eltern. Solche Beziehungen hatte sie ihr ganzes Leben lang vermieden. Aber bei Gideon war es anders. Anders für sie. Und wenn sie sich nichts einbildete, wohl auch für ihn. Es jagte ihr Angst ein.

Sie setzte sich wieder an ihren Schreibtisch, glättete ihren Rock. Dabei fiel ihr flüchtig auf, dass ihr Höschen noch auf dem Boden lag.

Der Mann brachte sie völlig durcheinander.

Gideon war ein Spieler. Das hatte sie gewusst, als sie sich auf ihn eingelassen hatte: distanziert, ein bisschen schmutzig. Sie hatte gedacht, sie könnten Spaß miteinander haben und sich dann mit einem Lächeln trennen. Das Problem war nur, dass sie nicht wusste, ob sie ihn überhaupt wieder loswerden wollte. Jetzt jedenfalls noch nicht.

Vielleicht nie mehr.

Sei nicht albern.

Dabei verhielt sie sich bei Männern normalerweise

so nüchtern. Sie war nicht wie andere Frauen, die hinter einer Bindung herjagen, und die meisten Männer liebten sie dafür. Vielleicht war es bei Gideon genauso, und deshalb wäre es nicht klug, gerade jetzt die Einstellung zu ändern.

Kopfschüttelnd griff sie nach ihrer Tasche, die neben dem Schreibtisch stand, und holte ihre Haarbürste heraus. Das sah ihr doch gar nicht ähnlich. Kein Mann änderte ihre Einstellung zu Beziehungen, auch nicht Gideon Oliver.

Aber ein winziger Teil von ihr wusste, wenn einer sie verändern würde, dann wäre er es.

Heftig fuhr sie sich mit der Bürste durch die Haare.

Sei nicht dumm!

Sie riss an einem Knoten in ihren Haaren, und das Herz hämmerte in ihrer Brust. Vor Angst. Vor Entsetzen. Denn sie wusste, dass sie wegen Gideon Oliver den Kopf verlor. Den Kopf und vielleicht noch etwas anderes.

Jagger verließ den Kurs am Montagabend früh. Es fiel ihm zu schwer, Mia Rose zuzuhören und ihr zuzuschauen. Er konnte sich nicht konzentrieren. Und ständig wurde er hart, wenn er sie bloß anschaute, ihrer Stimme lauschte und daran dachte, wie ihre Brüste sich unter seinen Händen angefühlt hatten, wie heiß und eng sie war. Sie unterrichtete noch, als er schon aufstand und ging, was er nie getan hätte, wenn sie ihm nicht vorher eine Nachricht hätte zukommen lassen, in der stand, dass sie heute Abend gerne allein sein wollte, um Klarheit in ihre Gedanken zu bekommen.

Er war nach Hause gefahren, hatte sich unter die Dusche gestellt und sich von einem Höhepunkt zum nächsten gestreichelt. Wenn das Wasser nicht kalt geworden wäre und er noch gekonnt hätte, hätte er es noch ein viertes Mal getan.

Er wollte sie anrufen, obwohl es fast schon Mitternacht war. Aber sie schlief vermutlich schon, ihr Handy war ausgeschaltet. Jetzt jedoch war es Dienstagabend, und er hatte noch nichts von ihr gehört. Wie ein liebeskranker Jugendlicher lungerte er in seiner Wohnung herum und wagte kaum, sein Handy aus den Augen zu lassen.

Er konnte sich immer noch auf nichts konzentrieren. Er hatte versucht, Hausaufgaben zu machen, aber es war ihm nicht gelungen. Dann hatte er es mit einem Film versucht, aber auch darauf konnte er sich nicht konzentrieren. Frustriert stand er auf und eilte in die Küche. Ohne nachzudenken, holte er Dinge aus dem Kühlschrank und reihte sie auf der Küchentheke auf.

Er wollte wieder Crêpes machen. Wenn doch nur Mia Rose hier wäre, um sie mit ihm zu essen. Nein, er musste etwas anderes kochen, sonst bekam er nachher noch einen Steifen, schließlich wusste er, wie ihr Körper sich anfühlte und wie er schmeckte.

Nachdem er so intim mit ihr gesprochen hatte, fühlte er sich beinahe schuldig, dass sein Körper so reagierte. Es kam ihm nicht sensibel genug vor. Aber er war schließlich ein Mann und konnte nichts dafür.

»Scheiße.« Er presste die Hand auf seinen halb erigierten Schwanz. Er holte tief Luft, dann wandte er sich zur Spüle und wusch sich die Hände mit kaltem Wasser.

Schließlich trat er wieder an die Theke, öffnete ein kleines Päckchen von seinem kubanischen Lieblingsmetzger unten an der Straße, ergriff sein Lieblingsmesser und begann das Hühnchen zu entbeinen und in Stücke zu schneiden. Mit einem kleinen Fleischhammer klopfte er so lange auf die Hühnerbrüste, bis sie zu zartesten Filets geworden waren. Während er Fett in einer Pfanne erhitzte, würzte er sie.

Erneut wurde er hart, als er mit der Sauce begann. Er konnte nur daran denken, sie über Mia Roses nackten Körper zu gießen und dann von ihr abzulecken. Sie würde es lieben. Und er auch: wie sie stöhnen würde, wenn er sie ableckte.

Bald lag ein kleiner Stapel Hühner-Piccata auf einem Teller. Er wollte es nicht essen. Und ruhiger war er durch das Kochen auch nicht geworden.

Erneut wusch er sich die Hände, ergriff sein Handy und wählte die Nummer seiner Nachbarn. Leilani nahm nach dem ersten Klingeln schon ab.

»Hallo?«

»Leilani? Ich bin es, Jagger. Hast du Hunger?«

»Ich habe immer Hunger. Außerdem bist du die einzige Person, die genauso gut kochen kann wie ich. Was hast du denn anzubieten?«

»Ich habe Hühner-Piccata gemacht und wollte gerade noch Reis aufsetzen.«

»Ich habe gestern Abend eine schöne Minestrone gekocht. Ich bringe sie mit. Jean muss jeden Moment nach Hause kommen. Ich hinterlasse ihr eine Nachricht.«

»Okay, gut. Bis gleich.«

Ein wenig erleichtert klappte er sein Handy zu. Gesellschaft würde ihn von Mia Rose ablenken. Vielleicht.

Mann, er war völlig durcheinander. Wegen einer Frau. Schon wieder.

Sein Magen zog sich zusammen.

Aber es war sowieso zu spät, warum sollte er es also bekämpfen? Es war doch unnötig, sich so aufzuregen. Ebenso gut konnte er sich ins Unvermeidliche ergeben.

Er füllte Wasser in einen Topf, gab ein wenig Salz und Butter dazu und maß den Reis ab. Die Küchenfenster waren vom Dampf beschlagen, die Luft war weich und warm und erinnerte ihn an Mia Rose in der Dusche. Wie sie sich angefühlt hatte, glatt und schlüpfrig …

Er stöhnte, als sein Schwanz zum Leben erwachte und zu pochen begann. Er schüttelte den Kopf. Bevor Leilani kam, musste er sich wieder beruhigt haben.

Er schenkte sich ein Glas Wein ein und trank einen Schluck. Dann räumte er auf und wischte die Küchentheke ab.

Die Türklingel summte. Als er öffnete, standen Jean und Leilani vor der Tür, beide in Jeans, schwarzem T-Shirt und schweren schwarzen Stiefeln.

»Hey, kommt rein.«

Er trat einen Schritt zurück. Jean ließ ihrer Partnerin den Vortritt. Leilani, eine kleine Hawaiianerin, die ihre schwarzen Haare zu zwei Pferdeschwänzen gebunden trug, stellte einen großen Topf auf die Küchentheke. Jean, eine große, athletische Frau mit kurzen, weißblonden Haaren, tätschelte Jagger im Vorbeigehen die Schulter.

»Was ist los mit dir, Babe? Wir haben dich in der letzten Zeit kaum gesehen.«

»Ja, ich weiß, Jean. Ich war einfach … Ach, ich weiß nicht.«

Leilani hob den Deckel des Reistopfs, schnüffelte und setzte ihn wieder darauf. »Wann willst du uns sagen, was los ist, Jagger?«

»Nichts ist los.« Er rieb sich das Kinn, trat in die Küche und schenkte den beiden Frauen Wein ein.

Jean nahm ihr Glas von ihm entgegen. »In der letzten Zeit haben wir dich kaum gesehen, dabei warst du seit unserem Einzug wie ein Adoptivsohn für uns.« Leilani verdrehte die Augen, und Jean fuhr fort: »Auch wenn wir zu jung für dich als Sohn sind. Zufrieden, Leili?« Sie wandte sich wieder an Jagger. »Du gehst nicht mehr aus. Und glaub bloß nicht, dass wir das Mädchen in deiner Wohnung nicht gesehen haben.«

»Ja. Nun …«

»Wow«, sagte Jean.

»Was ist?«

»Du magst diese Frau wirklich.«

Jagger zuckte mit den Schultern. Sie hatte ja recht. Warum sollte er es leugnen? Er trank noch einen Schluck Wein. »Ja.« Er stellte sein Glas auf die Theke und fuhr sich mit beiden Händen durch die Haare. »Ja, das stimmt. Und ich weiß nicht, was ich tun soll.«

Leilani legte ihm die Hand auf den Arm. »Jagger, so habe ich dich ja noch nie erlebt.«

»Ich kenne mich selbst nicht mehr. Ich bin völlig durcheinander wegen dieser Frau, wenn ihr die Wahrheit wissen wollt. Ich kann nicht aufhören, an sie zu denken. Ihr wisst doch von Elena, wisst, was das mit mir gemacht hat. Ich hatte mir geschworen, so etwas nie wieder zuzulassen. Niemals. Aber jetzt ist es passiert.« Er schwieg und schüttelte den Kopf. »Nein, mit dieser Frau ist es sogar mehr. Sie heißt Mia Rose.

Und ich komme mir bei ihr vor, als hätte ich die Kontrolle über mich verloren. Als ob ich ohne Bremsen bergab rollen würde.«

»Ich kenne das Gefühl.« Leilani blickte Jean an, und ihre braunen Augen wurden weich.

Er schüttelte den Kopf, trat an den Herd und schaltete den Reis ab. »Vielleicht rege ich mich ja auch wegen nichts auf.«

»So hört es sich aber nicht an, Jagger«, sagte Leilani.

»Ich werde schon darüber hinwegkommen. Ich muss einfach.«

Er begann, Reis auf die Teller zu löffeln, legte Hühnchen darauf und gab Sauce darüber. Als er aufblickte, musterten Jean und Leilani ihn aufmerksam.

»Was ist?«

»Du siehst nicht so aus, als ob du so bald über diese Frau hinwegkommen würdest«, sagte Jean ruhig.

»Ich bin schon okay. Ich weiß gar nicht, warum ich es überhaupt erwähnt habe. Kommt, lasst uns essen.«

Du liebe Güte, jetzt log er sie auch noch an. Und machte sich selbst etwas vor.

Er war genauso verwirrt wie Mia Rose.

Was ihn jedoch wirklich verwirrte, war die Tatsache, dass er sich auf einmal so verändert vorkam. Und er war sich nicht sicher, ob er jemals wieder der Alte werden könnte. Allerdings wusste er auch gar nicht, ob er das wollte, denn wenn er mit ihr zusammen war, mit ihr redete und sie berührte, dann fühlte sich alles absolut richtig an.

Entweder würde er das Nirwana auf Erden erlangen, oder er würde zur Hölle fahren.

Es war schon elf Uhr abends, aber Mia konnte nicht schlafen. Sie saß mit einem Glas Wein an dem kleinen Tisch in der Küche. Eingehüllt in ihren Satinmorgenmantel, blickte sie aus dem Fenster auf ihren Rosengarten, der nur vom Licht auf der hinteren Veranda schwach beleuchtet war. Aber sie schaute sowieso nicht richtig hin. Vor ihrem inneren Auge sah sie nur Jagger.

Als sie am Montagmorgen gegangen war, war er so verdammt sexy gewesen. Er hatte im Bett auf dem Bauch gelegen, die Decke war bis zur Taille gerutscht, und sein schöner brauner Rücken war nackt gewesen. Wie ein Kunstwerk.

Sie schlug die Beine übereinander, weil sich nur bei der Vorstellung schon wieder Druck aufbaute. Er war so sexy. Und dann diese Tätowierungen um den Bizeps.

Sie trank einen Schluck Wein und schob sich die Haare aus dem Gesicht. Ihre Wangen fühlten sich heiß an. Ihr ganzer Körper war heiß. Sie öffnete den Gürtel des Morgenmantels und ließ ihn offen. So war es besser. Jetzt konnte die Luft ihre Haut kühlen. Ihre Nippel wurden hart.

Was dieser Mann bloß mit ihr machte. Ständig musste sie an ihn denken, und ihr Körper brannte Tag und Nacht für ihn. Es war die reine Qual, ihn im Hörsaal zu sehen und nicht anfassen zu dürfen.

Erneut ergriff sie ihr Weinglas, trank einen Schluck und leckte sich über die Lippen. Sie dachte an seine Lippen, an seine Zunge in ihrem Mund.

Der Mann konnte küssen. Und er hatte wunderbare Hände, Hände, die es verstanden, mit ihrem Körper zu spielen wie noch niemand zuvor. Und er teilte auch ihre Faszination am Essen.

Ihr Geschlecht zog sich zusammen, als sie daran dachte, wie er den Zucker von ihren Brüsten geleckt hatte, wie heiß und nass sein Mund gewesen war. Sie stöhnte leise. Ihre Hände glitten zu ihren Brüsten und umfassten das heiße, schmerzende Fleisch. Sie rollte ihre Nippel zwischen den Fingern und stöhnte erneut, als ihr Geschlecht sich zusammenzog. Mit einer Hand fasste sie zwischen ihre Beine. Sie war nass, und als sie die Augen schloss, sah sie Jaggers Gesicht vor sich.

Oh ja …

Sie rieb ihre Spalte, dann umfasste sie mit zwei Fingern ihre harte, schmerzende Knospe. Sie lehnte sich auf dem Stuhl zurück und spreizte die Beine. Mit einer Hand spielte sie immer noch an ihrem Nippel, zupfte an ihm, und die andere Hand streichelte über ihre geschwollenen Schamlippen. Sie bog die Hüften und tauchte ihre Finger tief in ihre nasse Höhle ein.

Stöhnend spürte sie, wie die Lust in ihr zunahm. Aber sie brauchte mehr.

Sie griff nach ihrem Weinglas, tauchte ihre Finger hinein und benetzte ihre Brüste. Erneut tauchte sie die Fingerspitzen in den Wein, um ihre heiße Spalte damit einzureiben.

Oh, Gott … ja …

Sie schob sich zwei Finger tief hinein. Es machte sie wahnsinnig, ihre Brüste mit ihren vom Wein feuchten Fingern zu streicheln. Sie zitterte und stand bereits kurz vor dem Orgasmus. Sie stieß in ihre Hand, und schließlich kam sie, ihr Körper bebte vor Lust. Und die ganze Zeit über sah sie Jagger vor ihrem geistigen Auge.

Ihr Handy auf dem Küchentisch begann zu vibrieren, aber immer noch überrollten sie intensive Wellen der Lust. Zitternd ergriff sie das Gerät und sah den Namen auf dem Display.

Jagger.

Sie klappte es auf.

»Jagger?« Sie wusste, dass sie atemlos klang, aber es war ihr egal. Mehr als alles auf der Welt wollte sie jetzt seine Stimme hören.

»Mia Rose, hey.«

»Was hast du …? Ich meine, es ist spät. Und ich habe nichts von dir gehört.«

Sie wollte nicht so anklagend klingen. Schließlich war sie ja diejenige gewesen, die Zeit zum Nachdenken gebraucht hatte. Aber plötzlich wollte sie unbedingt mit ihm reden, ihn sehen.

Ihr Geschlecht zog sich zusammen.

»Ja. Hör mal, ich ... ich muss dich sehen, Mia Rose.«

»Okay.«

Sie war immer noch verwirrt und desorientiert. Sie konnte sich nicht vorstellen, warum er sie gerade jetzt anrief, was er wollte. Er klang so merkwürdig. Sie ergriff ihr Weinglas und trank einen Schluck.

»Jetzt, sofort.«

»Was? Was soll das heißen, ›sofort‹? Jagger, ist alles in Ordnung?«

»Ja ... nein. Ich weiß nicht. Ich komme vorbei.«

Er legte auf.

Er kam vorbei? Jetzt? Und warum hatte er so angespannt geklungen? Ihr Magen zog sich zusammen. Und ihre Möse wurde wieder feucht.

Sie war völlig durcheinander.

Sie strich sich die Haare aus dem Gesicht und setzte sich auf. Was sollte sie tun? Sie blickte sich in der dunklen Küche um. Sie zog ihren Morgenmantel enger um sich zusammen und knotete den Gürtel zu. Erneut brummte ihr Handy.

»Hallo?«

»Ich weiß gar nicht, wo du wohnst.«

»Was?« Warum konnte sie keinen klaren Gedanken fassen?

»Gib mir deine Adresse, Mia Rose.«

Er klang auch ein bisschen atemlos. Ihr Körper begann zu summen.

Sie sagte ihm, wo sie wohnte, und legte erneut auf. Dann ging sie ins Wohnzimmer. Ihr Weinglas nahm sie mit. Sie fühlte … sie wusste nicht, was sie fühlte. Sie freute sich natürlich, und auch der schöne Orgasmus wirkte noch nach, aber es war noch etwas anderes. Etwas, das sie lähmte. Sie wusste noch nicht einmal, ob sie sich etwas anderes anziehen oder Kerzen anzünden sollte. Ihm ein Glas Wein einschenken sollte. Oder ob sie Angst davor haben sollte, dass er vorbeikam, um ihr zu sagen, dass alles aus war und er sie nicht wiedersehen wollte.

Ihr Magen zog sich zusammen.

Nein. Das nicht.

Sie wollte nicht darüber nachdenken, warum diese Vorstellung ihr so schreckliche Angst einjagte. Ja, sie hatte Angst. Und sie war so erregt, dass sie kaum atmen konnte, weil alle ihre Muskeln angespannt waren.

Im Zimmer war es dunkel. Nur der blasse Schein der Straßenlaterne drang durchs Fenster. Mia saß auf ihrem weichen Sofa mit dem weißen Damastbezug und den zahlreichen Kissen, die in beruhigenden Weiß- und Elfenbeintönen bezogen waren. Und sie wartete.

11

Es kam ihr so vor, als wären nur ein paar Minuten vergangen, als es an ihrer Tür klopfte; das Geräusch hallte in ihrem Körper nach. Sie stand auf und ließ ihn herein. Jagger schloss die Tür hinter sich. Sie spürte förmlich die Hitze, die er ausstrahlte, obwohl er einige Meter von ihr entfernt stehen blieb.

Er trug ein T-Shirt in einer dunklen Farbe mit einem aufgedruckten Schriftzug vorne auf der Brust, diese verwaschenen Jeans, die so gut saßen, und die schweren schwarzen Stiefel, die ihr so gut gefielen. Allein bei seinem Anblick wurden ihr die Knie weich. Und sie spürte sofort, dass er nicht hier war, um Schluss zu machen. Nein, er war genauso heiß und erregt wie sie.

Mia blinzelte. Sie wusste nicht, was sie sagen sollte. Kurzes Schweigen, dann riss er sie in die Arme und küsste sie. Sie schmiegte sich an ihn und fühlte sofort seine Erektion an ihrem Bauch.

Oh … ja.

Er stieß ihr seine Zunge in den Mund, und zugleich öffnete er ihren Morgenmantel und begann, ihre Brüste zu streicheln. Seufzend bog sie sich seiner Berührung entgegen, und ihre Möse begann vor Lust zu pochen.

Er beugte sich zu ihr herunter und nahm einen ihrer Nippel in den Mund.

»Jagger, bitte …«

Sie hatte keine Ahnung, worum sie bat, aber er wusste es anscheinend. Er hob den Kopf, umfasste ihr Gesicht und murmelte unter Küssen: »Hast du Honig da, Mia Rose?« Mit den Fingerspitzen streichelte er ihre Nippel.

»Honig? Äh … oh, hör nicht auf.«

Er grinste. »Ich habe einiges mit dir vor. Honig?«

»Ja. In der Küche.«

Mia begann zu zittern, als sie sich vorstellte, was er wohl mit ihr vorhatte.

»Zeig ihn mir.«

Mit weichen Knien ging sie in die Küche. Jagger folgte ihr. Aus einem Schrank holte sie eine Flasche mit Honig und reichte sie ihm schweigend.

»Und jetzt ins Badezimmer.«

Sie schluckte, nickte und zeigte ihm die Tür. Er lächelte sie an, trat an ihr vorbei und schaltete das Licht ein.

»Ah, das ist perfekt. Ich dachte an die Dusche, aber diese alte Badewanne mit den Klauenfüßen. Sie wird einen viktorianischen Porno aus der Sache machen.«

Mia lachte ein wenig, aber ihr ganzer Körper prickelte vor Lust. Sie konnte es kaum erwarten, dass er sie anfasste.

Sie zog ihm das T-Shirt über den Kopf. Dann kamen die Jeans herunter, und er stand nackt vor ihr. Sein Schwanz war wunderschön, hart und golden, mit einer geschwollenen Eichel. Sie leckte sich über die Lippen, als sie den Morgenmantel zu Boden gleiten ließ. Ah, es war so gut, mit ihm nackt zu sein. Sie war nass.

Er strich ihr die Haare aus dem Gesicht, ergriff eine Haarspange aus dem Korb am Waschbecken und steckte ihr die Haare hoch. Dann küsste er sie leicht auf die Lippen und flüsterte: »Und jetzt geh in die Wanne, Mia Rose.«

»Oh. Oh …«

Sie gehorchte. Als sie mitten in der alten Wanne stand, kam sie sich so nackt vor wie noch nie in ihrem Leben.

»Setz dich, Baby. Ja, so. Bleib so.«

Er ergriff die Honigflasche und leckte sich über die Lippen. Mia sehnte sich nach seiner Berührung, danach, dass er den klebrigen Honig über sie goss.

»Weißt du, Mia Rose«, sagte er leise, »bis du mir begegnet bist, hatte ich meine Leidenschaft für Essen verloren. Ich war so ausgebrannt, dass ich nichts mehr empfunden habe. Aber du hast sie mir zurückgebracht, so wie ich es nie erwartet hätte. Das wollte ich dir noch sagen, damit du weißt, ich tue das nicht nur für dich, sondern auch für mich.«

Sie nickte. Sagen konnte sie nichts. Ihr Geschlecht schmerzte vor Erwartung so sehr, dass sie kaum einen klaren Gedanken fassen konnte. Das Metall der alten Badewanne war kühl an ihrem nackten Hintern, aber selbst das schien irgendwie dazuzugehören.

Jagger beugte sich vor, hob die Flasche und drückte einen Strom goldenen Honigs auf ihre Schulter. Sie zitterte, als er über ihre Haut rann und eine klebrige Spur zog. Auf einmal bewegte sich alles wie in Zeitlupe: Jaggers Lächeln, ihr eigener Atem, der Honig, der ihr über Schulter, Schlüsselbein und die Rundung der Brust glitt. Und die Hitze, die in ihr aufstieg.

»Gott, Jagger«, hauchte sie.

Er hielt die Flasche tiefer, drückte noch einmal, und der Honig floss über ihre Brüste. Wie erstarrt sah sie zu. Ihre Möse schwoll an, pochte und pulsierte.

Geschah dies wirklich?

Er beugte sich noch tiefer, ließ den Honig über ihren Bauch, ihre Schenkel tropfen. Mia hielt es kaum noch aus. Sie wollte die Beine spreizen, ihm ihre Brüste darbieten und ihn anflehen, den Honig von ihrer Haut zu lecken. Was für ein köstlicher Gedanke, dass er genau das gleich tun würde.

Und dann streckte er die Hand aus und begann, die goldene Flüssigkeit auf ihr zu verstreichen: ihren Arm entlang, was sich genauso sinnlich anfühlte, als wäre seine Hand zwischen ihre Beine geglitten. Mia gab sich seinen Berührungen ganz hin.

»Ah, Jagger«, seufzte sie.

»Ja, Baby. Du liebst das, nicht wahr? Ich sehe es dir an. Gleich werde ich dich schmecken und jeden Millimeter deiner Haut ablecken. Aber jetzt noch nicht.«

Ein Zittern durchlief sie bei seinen Worten.

Ja.

Und dann waren seien Hände überall und massierten den Honig in ihre Brüste ein. Er spielte mit ihren Nippeln und rieb sie, bis sie vor Verlangen schmerzten. Aber es war so gut, wie er sie berührte, wie er sie quälte, ja, sogar das Warten war gut.

Er verrieb den Honig auf ihrem Bauch, dann glitten seine Hände tiefer, in ihre dunklen Löckchen. Sie erschauerte und stöhnte.

Seine Stimme war leise und heiser. »Ja, das ist es.«

Mit dem Daumen presste er den Honig auf ihre Klitoris. Sie wand sich keuchend. Er beugte sich über sie und fuhr mit seiner Zunge über ihren Hals zu ihren Brüsten hinunter, nahm einen Nippel zwischen die Lippen und saugte daran.

»Jagger!«

Sie packte in seine Haare, in seine dunklen, seidigen Haare mit den goldenen Spitzen. Er saugte fester, knabberte und biss. Ihr ganzer Körper drängte sich ihm entgegen. Immer stärker wurde die Lust in ihr, und sie war benommen vor Verlangen.

Er zog seine Lippen über ihre Brüste, und ihr Geschlecht pulsierte immer heftiger. Die Spannung in ihrem Körper wuchs, sie stand kurz vor dem Höhepunkt. Ein Bild von Ben zuckte ihr durch den Kopf. Er hatte vor vielen Jahren das Gleiche mit ihr gemacht, nur mit Schlagsahne, und dabei an ihren Nippeln gesaugt, bis sie kam.

Sie öffnete die Augen, blickte auf Jaggers Kopf und wusste, dass *er* es war, der jetzt diese Dinge mit ihr machte. Er war es, den sie wollte.

Lust überflutete sie, heiß und dunkel, und ihre Säfte liefen ihr über die Oberschenkel. Sie hielt seinen Kopf fest an ihre Brust gepresst, er saugte immer stärker, und seine Zunge wirbelte über die geschwollene Brustwarze. Sie war sich des Honigs, der über ihren heißen Körper rann, nur zu bewusst. Und sie konnte ihn riechen. Er roch wie Sex für sie.

Jagger biss in den Nippel, und mehr brauchte sie nicht, dass sie kam.

Es begann mit einem Beben tief in ihrem Bauch und ihrer Möse und strahlte dann auf ihre Brüste, ihre Arme und Beine aus. Sie brach zusammen wie eine Stoffpuppe. Jagger fing sie auf und lehnte sie behutsam gegen die Seitenwand der Wanne. Ihren Nippel ließ er dabei jedoch nicht los. Und dann war er, nackt und schön, bei ihr in der Wanne und kniete zwischen ihren gespreizten Beinen. Und noch während die Wellen des Orgasmus sie überfluteten, begann er, den Honig von ihrem Geschlecht zu lecken.

Lust durchschauerte sie, sie stieß einen keuchenden

Schrei aus, als er ihre Klitoris zwischen die Lippen zog und daran saugte wie an ihrem Nippel. Und sie kam erneut. Hinter den geschlossenen Lidern explodierte ein Feuerwerk, und sie rief seinen Namen.

»Jagger! Jagger!«

Immer weiter bearbeitete er sie mit seiner Zunge. Seine Hände hielten ihre Hüften umfasst und drückten ihren Körper in seinen Mund. Sie kam und kam. Die andauernden Lustwellen machten sie schwach, aber er war noch nicht fertig mit ihr.

Er streichelte sie, ihre Schenkel, ihren Bauch, und dann setzte er sich auf sie und drückte sich Honig auf den Schwanz.

»Ja, oh, Gott …«

Sie richtete sich auf und nahm ihn in den Mund. Er war süß und so verdammt hart. Sie begann, den Honig abzulecken. Er war so groß, dass ihr die Tränen in die Augen traten, aber sie zwang sich, sich zu entspannen und ließ ihn noch tiefer hinein. Er keuchte und pumpte seinen Schwanz in ihren Mund.

»Mia Rose, Mia, Mia … Ja, Baby.«

Sein Geschmack erregte sie, und als er einen mit Honig bedeckten Finger neben seinem Schwanz in ihren Mund steckte und sie auch daran saugen ließ, wuchs ihre Lust erneut.

Er stieß in ihren Mund hinein, und sie wollte, dass er in ihrem Mund kam, wollte aber gleichzeitig auch, dass er sie fickte. Sie wollte alles.

»Baby, Baby … ich muss aufhören.«

Er zog sich zurück, und sie war so benommen vor Lust, dass sie nicht mehr klar sehen konnte. Nur vage nahm sie wahr, dass er sich aus der Wanne beugte und ein Kondom aus seiner Hosentasche zog.

Er wollte sie ficken. Das war auch genau das, was sie wollte.

Er zog sie hoch und drehte sie um, so dass sie wieder in der Wanne stand, vornübergebeugt, die Hände auf dem Wannenrand, die Beine für ihn gespreizt.

Zuerst drang er mit den Fingern ein, dann zog er die feuchten Falten ihrer Möse auseinander und führte die Spitze seines Schwanzes ein. Einen Moment lang verharrte er so, dann stieß er kraftvoll zu.

Sie kam erneut.

Sie spürte, wie er sich hinter ihr verkrampfte und tief in sie hineinstieß. In diesem Moment überwältigte sie ihr Höhepunkt, und sie stöhnte laut, seine honiggetränkten Finger noch im Mund.

Auch er keuchte und zitterte. Sein Körper drückte sich an ihren, und sie hielten sich gegenseitig aufrecht.

Nach einer Weile glitt er aus ihr heraus, drehte sie um und ließ sie erneut auf den Boden der Wanne gleiten.

Er konnte nicht fassen, was diese Frau bei ihm bewirkte. Das Herz schlug ihm bis zum Hals, und sein Körper bebte noch unter den Nachwirkungen seines Orgasmus.

Er drehte den Hahn auf und ließ Wasser in die Wanne laufen, wartete darauf, dass es heiß wurde, bevor er den Stöpsel einsteckte. Sie sah so schön aus, wie sie benommen dasaß. Ihre Haare hatten sich gelöst, und ihre Augen leuchteten. Er konnte einfach nicht genug von ihr bekommen.

Das konnte er akzeptieren. Der Sex mit ihr war großartig, spektakulär. Was er nicht begreifen konnte, das war dieses absolute *Bedürfnis*, sie ständig in den Armen zu halten.

Vielleicht sollte er einfach nicht darüber nachdenken. Im Moment konnte er sowieso keinen klaren Gedanken fassen. Jetzt sollte er es einfach nur tun. Nachdenken konnte er später immer noch.

Er hockte sich auf die Knie und zog sie an sich. Sie roch nach Sex. Sie war so weich und biegsam in seinen Armen. Ihr Atem kam noch immer in keuchenden Stößen. Er fuhr mit den Händen über all ihre Rundungen: ihre Schultern, die Seiten, die Hüften. Über ihren schmalen Rücken.

Sie schwiegen, während sich die Wanne füllte. Sie schmiegte sich an ihn und ließ den Kopf auf seine Schulter sinken. Er bekam einen Kloß im Hals. War noch halb benommen von seinem Orgasmus, aber sein Puls begann zu rasen, als Mia Rose sich so entspannt und vertraut an ihn schmiegte. Er konnte nicht damit umgehen. Zu nahe. Zu …

Er drehte sie so, dass sie ihm wieder den Rücken

zuwandte, dann lehnte er sich gegen die Rückwand der Wanne und zog sie an sich. Aber auch mit dem Rücken zu ihm war es nicht besser. Auch jetzt wollte er sie nur küssen.

So etwas hatte er in seinem ganzen Leben noch nicht empfunden.

Verdammt.

Er streichelte ihre glatte Haut, an der noch Reste von Honig klebten. Dann drehte er das Wasser ab. Mia Rose hatte geschwiegen. Jetzt stieß sie einen kleinen Seufzer aus und sagte: »Wäschst du mich, Jagger?«

Sie nahm einen Schwamm und eine Flasche mit flüssiger Seife vom Badewannenrand und reichte sie ihm. Die Seife duftete nach Vanille. Wie sie. Er gab ein wenig auf den Schwamm und fuhr damit über ihren Körper. Erneut wurde ihm wieder heiß. Es reichte schon, dass er mit ihr im Wasser saß und ihre seidige Haut unter seinen Händen spürte.

Er fuhr mit dem Schwamm über ihre Brüste und spürte, wie sie sich wand. Ihre Brüste waren perfekt. Aber er hätte sie wohl auch geliebt, wenn sie nicht perfekt gewesen wären. Es spielte keine Rolle.

Er fuhr mit der freien Hand über ihre seifige Haut. Oh ja, das war sogar noch besser als nur Wasser auf ihrer Haut. Aber sie schien es zu lieben, wenn der Schwamm über ihre Haut glitt. Er wurde schon wieder hart. Am liebsten würde er sie auf der Stelle ficken. Oder sich an ihrer heißen, nassen Haut reiben und auf ihren Körper abspritzen. Ja.

Er fuhr mit dem Schwamm über ihre Spalte. Sie seufzte erneut, spreizte die Beine und ließ den Kopf an seine Brust sinken. Und während er ihre Muschi mit dem Schwamm wusch, reizte er ihre harten, kleinen Nippel mit der freien Hand. Sie begann zu keuchen, und sein Schwanz, der sich zwischen ihre Hinterbacken presste, war knallhart.

Mia richtete sich auf.

»Ja, Jagger, nimm mich.«

Er bewegte den Schwamm schneller über ihre Spalte, und sie pumpte im gleichen Rhythmus mit den Hüften. Es war ein wundervolles Gefühl, wie sein Schwanz sich dabei zwischen ihren nassen Arschbacken rieb. Lust erfasste ihn. Mia Rose erstarrte und kam wimmernd. Und diese leisen Geräusche der Lust ließen ihn explodieren. Sein Schwanz wurde ganz hart, und er stieß schneller zu. Sein Orgasmus war so heftig, dass er ihn fast schmerzhaft erschütterte. Und er kam und kam, in das Wasser, das er so liebte, auf ihren Körper, den er ebenfalls liebte.

Mia Rose keuchte und wand sich, und es schien eine Ewigkeit zu dauern, bis die letzten Wellen des Orgasmus verebbt waren.

Zitternd schlang er die Arme um Mia und hielt sie fest.

Denk nicht darüber nach, Mann. – Zu spät. Zu spät.

Nach diesem Orgasmus war er zu schwach, um dagegen anzukämpfen. Er würde später darüber nachdenken. Jetzt ging es erst einmal um ihren weichen Körper, den Duft ihres Haars und den verdammten Honig.

Mia erwachte in der Dunkelheit vor der Dämmerung. Die Bettdecke lag am Fußende, und sie waren beide nackt. Sie konnte ihn riechen. Er roch nach Honig, nach ihrer Seife. Nach Jagger. Wundervoll.

Einen Moment lang lag sie nur da und atmete seinen Duft ein.

Sie wollte die letzte Nacht nicht hinterfragen. Sie wagte nicht, ihn und erst recht nicht sich selbst zu fragen, was passiert war. Während sie in der Wanne gesessen hatten, hatte sich etwas verändert. Sie hätte schwören können, dass etwas anders geworden war …

Oder bildete sie sich das nur ein? Sie war schließlich an solche Momente nicht gewöhnt. Woher sollte sie es also wissen?

Seit sie mit Jagger zusammen war, hatte sich alles für sie auf subtile Art geändert. Sie empfand sich auch als Frau anders. Besser. Freier. Selbst ihr Kurs fühlte sich anders an, so als ob sie auf einmal eine tiefere Einsicht in die Dinge hätte, die sie seit Jahren unterrichtete. Es war, als ob all ihre Forschungen zu diesem Augenblick mit ihm geführt hätten. Und die beiden

Dinge schienen untrennbar miteinander verbunden, als ob das Eine ohne das Andere nicht möglich gewesen wäre.

Es war ein wenig beängstigend zu wissen, dass dieser Mann sie veränderte, ihr Leben veränderte.

Aber hier lag sie, und er lag neben ihr. Es war wundervoll, beängstigend und tröstlich auf eine Weise, der sie noch nicht recht traute. Normalerweise hatte sie es nicht gerne, wenn ein Mann über Nacht blieb. Sie liebte ihren Freiraum. Aber ihn wollte sie bei sich. Sie wollte ihn berühren, sich an ihn schmiegen.

Sie schüttelte den Kopf. Wahrscheinlich verlor sie den Verstand.

Vorsichtig streckte sie die Hand aus und fuhr mit der Fingerspitze über seine bloße Schulter, den Hals hinauf bis zu seinem Kinn. Sie berührte seinen Mund. Ein Sehnen erfüllte sie, so tief, dass sie am liebsten geweint hätte.

Er rührte sich und flüsterte: »Hey.« Seine Stimme war schlaftrunken.

»Es tut mir leid, ich wollte dich nicht wecken.«

»Mmm.«

Er legte einen Arm um sie und zog sie an seine Brust. Sein Herz schlug in langsamem, stetigem Rhythmus. Er war so ruhig, so gefestigt. Ihr hingegen gingen tausend Gedanken durch den Kopf. Sie konnte ihr Gehirn nie abschalten, musste alles analysieren und bedenken. Aber Jagger verstand es, ruhig zu bleiben. Vielleicht konnte er ihr beibringen, wie es ging.

Er brachte ihr ja jetzt schon etwas bei, zeigte ihr, wie sie loslassen musste. So wie ihr Körper auf ihn reagierte, musste sie es einfach tun, ob sie wollte oder nicht. Aber sie war sich ziemlich sicher, dass es ihr guttat. So wie ihre Freundschaft zu Karalee sie lehrte, sich anderen gegenüber zu öffnen und wieder Vertrauen zu empfinden. Vielleicht war das mit Jagger genauso.

Lass dich nur nicht zu sehr darauf ein.

Nein, das würde sie schon nicht. Noch nicht einmal bei ihm.

Ihr Herz zog sich zusammen. Vielleicht hatte sie sich ja schon zu sehr darauf eingelassen. Aber in diesem Moment wollte sie es nur genießen. Wollte seine Nähe genießen und nur den Augenblick leben, so wie Jagger es auch tat.

Wie hatte Scarlett O'Hara gesagt? Morgen wäre auch noch ein Tag.

Und dieses eine Mal wollte sie auch so leben.

12

Karalee holte tief Luft, als Gideon von hinten in ihre nasse, bereite Möse stieß. Nach ihrer letzten Erfahrung wusste sie nicht, ob er ihre Muschi oder ihren Arsch ficken wollte. Ihr war es egal. Alles war gut. Alles, was er wollte.

Sie stützte sich mit den Händen an der Marmorwand der Toilettenkabine ab und bog sich ihm entgegen. Er sollte tiefer in sie hineinstoßen; sie erschauerte jetzt schon vor Lust. Und er hatte seine Finger auf ihrer Klitoris, immer an der richtigen Stelle.

Er stieß fester und tiefer. Er war so gut! Umso besser, wenn sie nicht erwischt wurden. Aber sie kam jetzt gleich, heftiger als jemals zuvor in ihrem Leben.

Sie biss sich auf die Lippe. Durfte sich keinen Ton entschlüpfen lassen. Trotzdem stieß sie einen leisen, wimmernden Laut aus. Sofort legte er ihr seine große Hand auf den Mund. Gott, sie liebte das! Dieses Gefühl, dass er sie beherrschte.

Die Spannung baute sich immer stärker auf, während er sie mit der Hand und mit seinem Schwanz gnadenlos bearbeitete. Lust erfasste ihren gesamten Körper.

Er flüsterte ihr ins Haar: »Ich liebe es, dich zu ficken, Karalee. Ich liebe es, deinen nackten Arsch zu sehen. Und deine Muschi ist so eng und nass.« Er stieß seinen Schwanz tiefer hinein. »Ich liebe es, dich so hart zu ficken, wie ich nur kann. Gerade. So. Wie. Jetzt.«

Jedes seiner Worte wurde von einem Stoß begleitet. Sie schrie stumm hinter seiner Hand auf. Ihr Körper verkrampfte sich, ihr Geschlecht zog sich zusammen, und dann kam sie. Sie konnte kaum aufrecht stehen, weil Gideon so fest in sie hineinstieß. Dann grunzte er, und seine Hand sank herunter.

Kurz darauf hörte sie, wie er seinen Reißverschluss zuzog. Sie konnte sich nicht bewegen. Ihr Kleid war noch um ihre Taille zusammengeknüllt, ihre Beine gespreizt, ihre Oberschenkel schmerzten. Gideon fuhr mit einem Finger über ihre nassen Schamlippen.

»Mach dich sauber. Und dann komm in die Bar.«

Er ging. Es dauerte ein paar Minuten, bis sie sich bewegen konnte. Sie ließ sich auf die Toilette sinken, weil ihre Knie immer noch weich waren. Als sie ihre Kleidung wieder gerichtet hatte, öffnete sie die Tür der Kabine und spähte hinaus in die Damentoilette. Sie war leer. Sie ergriff ihre Tasche vom Haken an der Tür und schlüpfte hinaus, um sich in dem riesigen Spiegel mit Bronzerahmen zu betrachten.

Die Toilette des Clift Hotels war fast lächerlich luxuriös. Die Wände waren rot lackiert, Akzente setzten Bronze- und Goldtöne. Die Sofas im Ruhebereich waren mit karamellfarbenem Wildleder bezogen. Selbst die rote Marmorkabine war prachtvoll. Der glatte Marmor hatte sich wundervoll unter ihren Händen angefühlt, als Gideon seinen Schwanz in sie gerammt hatte …

Erneut zog sich ihr Geschlecht zusammen. Der Mann konnte ficken wie ein Satyr. Sie konnte einfach nicht genug von ihm bekommen. Und sie begann, diese schmutzigen kleinen Begegnungen in der Öffentlichkeit wirklich zu lieben. Es machte sie beide noch heißer, und bis sie dann zu Hause waren, waren sie immer bereit für mehr.

Sie zog eine kleine Bürste aus der Tasche und bürstete sich die Haare. Dann kramte sie noch einmal in ihrer Tasche und holte einen Lippenstift heraus. Ihr Mund wirkte geschwollen, obwohl er sie gar nicht besonders lange geküsst hatte. Rosig und geschwollen wie ihre Schamlippen. Sie drückte die Oberschenkel zusammen.

Sie wusch sich die Hände und ließ das Wasser über ihre heiße Haut rinnen. Schließlich zupfte sie das schwarze Strickkleid glatt, das sie zu ihren hochhackigen Stiefeln trug, richtete die schwere Kette aus Silber und Perlen und ging wieder in die Bar.

Der Redwood Room war eine der berühmtesten

Bars in San Francisco. Die Wände waren mit poliertem Redwood-Holz getäfelt, die Theke angeblich aus einem einzigen massiven Stamm gefertigt. In den letzten Jahren war die Bar ein wenig renoviert und modernisiert worden, mit roten Ledersofas und niedrigen Fliesentischchen, aber trotzdem herrschte eine Atmosphäre vergangener Eleganz.

Karalee trat zu Gideon an die Theke.

»Ich habe einen Martini für dich bestellt«, sagte er.

Sie nickte. Sie würde trinken, was er für sie für richtig hielt.

Das gehörte zu den Machtspielen zwischen ihnen, und manchmal fragte sie sich, ob das, was sie für ihn empfand, nur etwas mit diesen Spielchen zu tun hatte, oder ob es ihr wirklich um *ihn* ging.

Gideon war so geheimnisvoll. So zugeknöpft. Aber das machte ihn nur noch attraktiver für sie. Zugleich jedoch verwirrte es sie. Und die Tatsache, dass er ihr so heftige Orgasmen bescherte, half ihr nicht dabei, klar zu denken.

Sie setzte sich auf den Hocker neben ihn und schlug ihre Beine übereinander. Unerwartet beugte er sich vor und gab ihr einen Kuss auf die Wange. »Du bist wirklich spektakulär, Karalee«, sagte er leise. »Am liebsten würde ich dich hier auf der Stelle ficken. Meine Hand zwischen diese damenhaft übereinandergeschlagenen Beine schieben und dich wieder zum Höhepunkt bringen.«

Ihre Möse zog sich zusammen, und sie wurde nass. Er beobachtete sie lächelnd, als würden sie sich ganz normal unterhalten, und trank einen Schluck. Immerhin – für sie war es ja auch eine normale Unterhaltung.

Karalee lächelte ihn an. »Das hätte ich furchtbar gerne, Gideon. Das weißt du.«

Er lachte. »Ja, in der Tat.« Er stellte sein Glas ab und fuhr mit dem Daumen über den Rand, wobei er sie aus seinen dunklen Augen beobachtete. »Du bereitest mir so viel Freude.«

Seine Worte wärmten sie. Er klang absolut ernst. Sie wusste nicht, was sie sagen sollte. Wenn es nicht ausschließlich um Sex ging, fehlten ihr immer die Worte.

Sie trank einen Schluck. Der Gin rann brennend ihre Kehle hinunter. »Fahr mich nach Hause und fick mich, Gideon.«

Er grinste. »Sag bitte.«

»Bitte.« Leiser fügte sie hinzu: »Oh, bitte.«

Er lachte wieder und trank seinen Scotch aus. »Dann trink aus, Liebling.«

Warum erschauerte sie? Nur weil er sie Liebling nannte? Lächelnd trank sie ihren Martini, dann stellte sie ihr Glas auf die Theke. »Ich bin bereit.«

Er half ihr vom Barhocker und führte sie zum Hoteleingang. Der Portier brachte den Wagen. Karalee sank tief in den schwarzen Ledersitz, während er durch die Nacht fuhr.

»Ich liebe diese alten Autos«, sagte sie. »Habe ich dir das jemals gesagt?«

»Nein«, erwiderte er. »Ich dachte, du liebst es nur, das Metall der Kühlerhaube an deiner nackten Haut zu spüren.«

Sie lachte. »Na ja. Aber wenn du im Mittleren Westen aufwächst, sind das die Traumautos. Die Autos, die absolut unerreichbar bleiben. Klar, ein paar von den Jungs haben sich alte Schrottkisten gekauft und versucht, sie aufzuarbeiten. Aber sie wurden hauptsächlich von Draht und Lack zusammengehalten, jedenfalls in dem Ort, in dem ich lebte.«

»Das Auto hier hat auch einmal so ausgesehen.«

»Und du hast es wieder herrichten lassen?«

»Das Meiste habe ich selbst gemacht.«

»Du machst Witze.«

»Warum sollte ich Witze machen?«

Einen Moment lang studierte sie sein Profil, das starke Kinn, die ausgeprägten Wangenknochen, die eleganten grauen Schläfen.

»Du kommst mir nicht so vor wie ein Mann, der an seinem Auto herumbastelt.«

»Meinst du, ich mach mich nicht gerne schmutzig?« Er grinste sie an.

»Oh, ich weiß schon, dass du es gerne schmutzig hast.«

»Du auch.«

Gideon streckte die Hand aus und schob den Saum

ihres Kleides hoch. Darunter war sie nackt. Er grinste. »Mach die Beine breit.«

Sie gehorchte, und er steckte zwei Finger in ihre nasse Hitze.

»Ah ... Gideon, du fährst Auto!«

»Ich kann gut mehrere Dinge gleichzeitig erledigen.«

»Jesus. Ich komme gleich wieder«, stöhnte sie mit zusammengebissenen Zähnen.

»Das will ich doch hoffen.«

Sie schloss die Augen und ließ den Kopf gegen die Kopfstütze sinken. Tief atmete sie den Duft von Leder und Gideons Eau de Toilette ein. Er stieß seine Finger in sie hinein. Schnell und gekonnt. Mit dem Handgelenk rieb er ihre Klitoris, und sie drückte sich auf seine Hand. Lust schoss durch sie hindurch, und sie erbebte. Hinzu kam das vibrierende Brummen des Motors, das alles nur noch erotischer machte.

Sie warf einen Blick auf Gideons Profil. Er sah so verdammt gut aus. Zwar konzentrierte er sich aufs Fahren, aber gleichzeitig fickte er sie mit den Fingern, und als sie kam, schrie sie laut auf und klammerte sich an ihrem Ledersitz fest.

»Oh, Gideon!«

Wieder lächelte er sie an. Seine Augen waren dunkel und glitzerten. Er wartete, bis die letzten Wellen ihres Orgasmus verebbt waren, dann zog er die Finger aus ihr heraus, steckte sie in den Mund und leckte sie ab.

»Wunderschön«, murmelte er.

Karalee zitterte immer noch. Ihr drehte sich der Kopf. Lag das nur am Sex, dass sie das Gefühl hatte, sie würde alles für ihn tun?

Alles.

Allein schon bei der Vorstellung wurde ihr schwindlig. Aber sie konnte jetzt einfach nicht klar denken. Am besten wartete sie ab, wie es weiterging. Gideon schien es mit einer Beziehung nicht eiliger zu haben als sie, warum also sollte sie sich Sorgen machen?

Vielleicht weil du mehr willst?

Sie schüttelte den Kopf. Unmöglich.

Oder nicht?

Sie hielten vor dem Haus, und er half ihr aus dem Wagen. Dann nahm er die Hausschlüssel, schloss auf und führte sie hinein.

Er war eben ein Gentleman.

Sie hatte eine Lampe im Wohnzimmer brennen lassen. Er trat bereits auf sie zu und zog sich das Jackett aus. Darunter trug er ein klassisches, gestärktes weißes Hemd, das sich gegen seine gebräunte Haut makellos abhob. Er rollte die Ärmel hoch und blickte sie unverwandt an, als er sie über die Armlehne aufs Sofa drückte, so dass sie auf der Kante saß. Sie spürte die Hitze seines Körpers, und sein harter Schwanz drückte sich durch den Stoff seiner grauen Hose hindurch an ihren Oberschenkel. Er küsste sie auf den Nacken, ließ seine Zunge über die zarte Haut gleiten und biss dann zu.

»Verdammt, Gideon, das hat wehgetan!«

»Ja«, murmelte er.

Aber ihr wurde bereits wieder ganz heiß, und ihre Möse zog sich zusammen.

Er drückte sie in die Sofakissen, schob ihr Kleid hoch, spreizte ihr die Beine und begann, ihre nasse Spalte zu lecken.

»Ah, Gideon …«

Wie immer verlor er keine Zeit. Grob hielt er ihr die Beine auseinander, seine Zunge glitt über ihre Spalte, leckte fest über ihre Klitoris und tauchte dann in ihr Loch. Alles geschah so hart und so schnell, dass sich ihr der Kopf drehte. Sie bestand nur noch aus Empfindungen. Sein Mund auf ihr. Die Hitze. Die Nässe. Seine weiche, schlüpfrige Zunge.

Lust flimmerte durch ihren Bauch. Sie legte die Hände über ihren Kopf, gab sich ihm und ihren Gefühlen ganz hin und genoss die Hilflosigkeit unter seinen Händen.

Wild stieß seine Zunge in sie hinein, er rieb mit dem Daumen über ihre Klitoris, und erneut kam sie, schreiend und atemlos.

Ein gewaltiger Orgasmus erschütterte sie. Gideon zog sich aus ihr zurück und starrte sie im Dämmerlicht des Raums an, wie sie mit gespreizten Beinen und weit offenem Geschlecht dalag.

In seinen Augen stand ein Fieber. Sie sah, dass sein Schwanz unter der Wollhose hart und bereit war. Und ganz gleich, wie oft sie heute Abend schon gekommen war, sie wollte ihn.

Sie machte Anstalten, die Beine zu schließen, aber er sagte scharf: »Nein.« Also ließ sie sie gespreizt und spürte ihre lüsterne Nacktheit wie eine Hand, die ihre geschwollene Möse liebkoste.

Er ging auf und ab und beobachtete sie. So war sie noch nie angeschaut worden. Sie liebte es.

Gideon trat näher, streichelte mit einem Finger über ihre Spalte und tauchte ihn ein. Erneut stieg Lust in ihr auf, und ihr Magen zog sich zusammen.

»Du reagierst so gut, Karalee. Auf alles, was ich tue. Auf alles, was ich sage. Wirklich wundervoll.« Er redete so leise, als ob er alleine im Zimmer wäre und mit sich selbst spräche. »Ich weiß nicht, was ich noch mit dir tun soll.«

»Fick mich, Gideon«, sagte sie leise und atemlos.

»Ja, das ist kein Problem. Ich könnte dich die ganze Nacht lang ficken.«

Sie wollte sich aufsetzen, weil sie sich fragte, was mit ihm los war, aber er drückte sie zurück in die Kissen. Seine Hand ließ er zwischen ihren Brüsten liegen. Sie hätte Angst bekommen, wenn in seiner Stimme etwas Bedrohliches gelegen hätte, aber er klang eigentlich ein bisschen vage.

»Ich kann dich ficken, Karalee, aber dann? Ich kann dich immer wieder zum Orgasmus bringen, das ist bei dir ganz leicht. Oh, das soll keine Beleidigung sein. Im

Gegenteil. Ich genieße es, dich immer wieder kommen zu lassen und dich dabei zu beobachten.«

Sie blickte ihn an, sah, wie er sie mit seinen Blicken verschlang. Er zog ihr Kleid auseinander und entblößte ihre Brüste. Als er sie streichelte, seufzte sie. Und doch verfolgte ein Teil von ihr aufmerksam seine Stimmungsänderung.

»Siehst du?«, sagte er. »Ich berühre dich, und dein Körper reagiert sofort. Und du bist bereit, alles zu tun, nicht wahr?«

»Ja«, erwiderte sie. Sie hatte auf einmal einen trockenen Mund. »Ja, das bin. Was immer du willst.«

Sie zitterte jetzt am ganzen Leib, aber es ging nicht mehr um Sex. Worauf wollte er hinaus?

»Die perfekte Frau. Die Frau, von der jeder Mann träumt. Warum will ich mehr von dir?«

»Ich gebe dir mehr«, antwortete sie. Ihr Puls raste. Ja, genau das wollte sie. Aber inwiefern mehr? Sie konnte es sich nicht vorstellen.

Kopfschüttelnd trat er einen Schritt zurück und ging erneut im Zimmer auf und ab. Dabei wandte er ihr den Rücken zu. Sie setzte sich auf und raffte ihr Kleid an der Brust wieder zusammen.

»Gideon? Sag mir, was los ist. Worüber reden wir eigentlich?«

Er blieb vor einem kleinen antiken Sekretär stehen und strich mit den Fingern über die Holzoberfläche. Er schüttelte den Kopf. »Über nichts.«

»Das stimmt nicht, das sehe ich doch. Bitte, rede mit mir.«

»Wir haben noch nie so besonders viel geredet, oder?«

»Was? Doch, natürlich. Wir haben über die Vergangenheit geredet … über alles Mögliche.«

»Ach, wirklich?«

Karalee überlegte einen Moment lang. Sie hatte zwar von ihrer Kindheit erzählt, aber er war ziemlich vage gewesen hinsichtlich seiner Vergangenheit, und sie wusste fast nichts von ihm. Das Meiste blieb ein Geheimnis.

Leise fragte sie: »Warum hast du mich nie in dein Haus mitgenommen, Gideon?«

Noch bevor sie sah, wie sich seine Schultern verkrampften, wusste sie, dass sie das Falsche gesagt hatte. Sie verstand auch nicht, warum ihr die Beantwortung der Frage auf einmal so wichtig war.

Ein langes Schweigen trat ein. Dann sagte er leise: »Ich gehe jetzt.«

»Was?«

Er schwieg und ergriff sein Jackett. Seine Miene war wie versteinert.

»Gideon, du kannst doch nicht einfach … einfach so gehen. Was habe ich denn getan? Was habe ich denn gesagt? Sag es mir. Das macht doch keinen Sinn.«

»Ich möchte diese Diskussion nicht führen, Karalee.«

»Du willst also einfach gehen? Gehen, ohne mir zu sagen, was los ist. Das ist nicht fair.«

»Das Leben ist nicht fair, Karalee.«

»Du lieber Himmel, hör doch auf.« Sie war jetzt wütend, und ihr Zorn verlieh ihr Kraft. »Hör doch mal mit der Geheimniskrämerei auf, Gideon. Oder bin ich etwa nur zum Ficken da, ohne dass du dich mit mir unterhalten musst? Ist es das?«

Jetzt war er auch wütend. »Wenn es so wäre, wäre ich nicht hier. Dann gäbe es überhaupt kein Gespräch. Dann hätte ich dich in der Abstellkammer gefickt und basta. Dann wäre ich nicht immer wieder gekommen.«

»Aber du bist wiedergekommen.«

Er schwieg und rieb sich den Nacken. »Ja. Himmel, Karalee.«

Er setzte sich auf die Sofalehne, wo er sie gerade noch gevögelt hatte. Ihr kam das Ganze sehr merkwürdig vor. Wieso war der Abend so im Chaos geendet?

»Sag mir, was los ist«, verlangte sie.

Er schüttelte erneut den Kopf. »Ich nehme niemanden in mein Haus mit. Das geht nicht.«

»Warum nicht?«

»Weil es ihr Haus war. Das Haus meiner Frau. Sie hat in diesem Haus gelebt und ist dort gestorben.«

Karalee war fassungslos. Sie schwieg einen Moment lang.

»Ach, du lieber Himmel, Gideon. Es … es tut mir so leid.«

Er zuckte mit den Schultern, aber er wirkte völlig erstarrt. Als sie ihm die Hand auf den Arm legte, reagierte er nicht, aber sie spürte, dass er sich ein ganz klein wenig entspannte.

Ohne aufzuschauen fuhr er fort: »Ich habe Alicia direkt nach dem College geheiratet. Wir hatten ein gutes Leben. Ein tolles Leben. Wir hatten die gleichen Ziele, den gleichen Lebensstil. Es war eine lächerlich ideale Ehe, wenn du die Wahrheit wissen willst. Wir verreisten jeden Sommer, verbrachten viel Zeit mit ihrer Familie.« Er rieb sich mit der Hand übers Kinn. Als sie krank wurde, waren wir gerade mit ihren Eltern in Italien. Wir mussten den Urlaub abbrechen. Es war Bauchspeicheldrüsenkrebs, und es ging ganz schnell. In der einen Minute waren wir noch in Italien, und in der nächsten war sie … gegangen. Damals bin ich nach Santa Barbara gezogen. Hier konnte ich nicht bleiben.«

Karalee hatte einen Kloß im Hals. Sie bekam kaum Luft. Sie sah an den harten Linien um seinen Mund, dass es ihm schwerfiel weiterzureden.

»Du brauchst nichts weiter zu sagen, Gideon. Es tut mir leid, dass ich dich gezwungen habe, es mir zu erzählen.«

»Irgendwann hättest du es ja doch erfahren müssen, wenn ich dich weiter sehen wollte.«

»Und willst du das? Mich weiter sehen, meine ich.«

Er blickte sie an. Sie konnte seinen Gesichtsausdruck nicht deuten. »Ja.«

Ihr ganzer Körper wurde warm und schwerelos, als ob sie sehr lange die Luft angehalten hätte. Vielleicht hatte sie das ja auch.

Sie fuhr mit der Hand über seinen Unterarm, über die weichen, dunklen Haare, den glatten Muskelstrang. »Komm mit mir ins Bett, Gideon.«

Er fuhr sich mit beiden Händen durch die Haare und stieß die Luft aus. »In Ordnung.«

Er stand auf, warf sein Jackett über die Sofalehne und half ihr auf die Füße. Er führte sie den Flur entlang ins Schlafzimmer, entkleidete sie und dann sich. Ihr Körper reagierte auf ihn wie immer: Ihre Nippel wurden hart, ihre Möse feucht und voller Verlangen. Aber sie war sich nicht sicher, wo er gerade mit seinen Gedanken war.

Sie legten sich in ihr großes Bett, und er zog sie eng an sich. Tief atmete sie seinen eleganten Duft ein, roch ihre Säfte immer noch auf seiner Haut. Sie wollte ihn. Daran bestand kein Zweifel. Sie wollte ihn so sehr, dass es beinahe schmerzte. Aber sie war auch so voller Emotionen, dass sie gar nicht klar denken konnte. Sie konnte nur fühlen.

Sein Körper war warm, und er fühlte sich gut an. Solche stillen Momente hatten sie noch nie gehabt, weil es bei ihnen immer nur ums Ficken gegangen war. Aber es war schön, allerdings auch verwirrend. Sie konzentrierte sich auf seinen Atem und versuchte, den eigenen ihm anzupassen.

Nach einer Weile drehte er sich mit dem Gesicht zu ihr und begann sie zu küssen. Langsam und zärtlich, wie noch nie zuvor. Sie schlang ihm die Arme um den Hals, und er zog sie über sich.

Sein Schwanz war weich unter ihr. Zuerst war sie enttäuscht, aber dann erwachte er zum Leben und wurde zwischen ihren Beinen hart. Sie rieb ihren Körper an seinem, und ihre Erregung wuchs.

Er küsste sie immer noch, in einem stetigen, sanften Rhythmus, seine Lippen lagen weich auf ihren, und sie schmolz dahin. Alles war auf einmal so anders. Aber sie wollte nicht darüber nachdenken.

Kurz löste sie sich von ihm und nahm ein Kondom aus der Nachttischschublade, dann griff sie nach unten und zog es über seinen harten Schaft. Er stöhnte, umfasste ihre Hüften mit den Händen und dirigierte sie so, dass er in sie eindringen konnte.

Sie verharrte, so dass nur die Spitze seines Schwanzes in ihr war, aber selbst in dieser Position liefen Schauer der Erregung durch sie hindurch. Im Halbdunkel sah sie sein Gesicht, sein Kinn, seine dunklen Haare, die ihm in die Stirn fielen, und sie musste lächeln.

Er zog sie ein wenig hoch und drückte sie dann erneut auf seinen Schwanz, der tiefer in sie eindrang.

Und sie begann ihn zu reiten. Sie spürte jeden Lustschauer, die Hitze ihrer Körper, die kühle Nachtluft, die über ihre Haut strich. Und sie empfand ein seltsames Gefühl der Vertrautheit, gemischt mit dem fremden Gefühl der Zärtlichkeit zwischen ihnen.

Als ihre Lust wuchs, traten ihr Tränen in die Augen. Benommen ritt sie ihn härter. Bei jedem Stoß presste sich ihr Venushügel auf sein Schambein, und sie flog immer höher.

Als ihr Höhepunkt sie überwältigte, packte sie ihn an den Schultern, und seine Hände schlossen sich um ihre Handgelenke und hielten sie fest. Ihre Blicke trafen sich, und sie beobachtete die exquisite Qual auf seinem Gesicht, als er kam, spürte, wie er erstarrte und erschauerte. Er stöhnte, und sie stöhnte mit ihm. Zusammen erlebten sie den Orgasmus und sahen sich dabei unverwandt an. Und zum ersten Mal in ihrem Leben verstand sie, was Intimität bedeutete.

13

Jagger hatte drei Tage gewartet, bevor er mit ihr redete. Am Mittwochabend war er nicht im Seminar gewesen. Es fiel ihm zu schwer, sie zu sehen. Er wollte nicht in ihrem Kurs sitzen und ihrer Stimme lauschen, ohne sie berühren oder mit ihr reden zu können. Allein schon den Gedanken daran fand er quälend. Er hatte Distanz gebraucht. Perspektive.

Es hatte nichts genützt.

Heute Abend war es hart gewesen, obwohl er sich ganz nach hinten gesetzt hatte, wo er ihr nicht in die Augen zu blicken brauchte. Ihre moosgrünen Augen. So schön. Er hatte so getan, als konzentrierte er sich und machte sich Notizen, aber eigentlich hatte er nur jede ihrer Bewegungen beobachten wollen.

Sie hatte einen Vortrag über dunklere Fetischpraktiken gehalten, amputierte Gliedmaßen, Kot, Sodomie, alles Dinge, die er widerlich fand. Aber es spielte keine Rolle. Er hatte die ganze Zeit über eine Erektion gehabt, nur weil er ihre Stimme hörte.

Kaum war das Seminar beendet, war er auch schon gegangen. Während alle anderen noch ihre Sachen einpackten, war er schon durch die schweren Flügeltüren des Gebäudes nach draußen in die kalte Abendluft getreten. Er hatte tief Luft geholt und war eine Viertelstunde über den Campus gelaufen, um ihr ein bisschen Zeit zu geben. Die anderen Studenten hatten Fragen an Mia, und er musste sie ihren Job machen lassen. Aber schließlich hatte er es nicht mehr ausgehalten und zum Handy gegriffen.

»Hey, Mia Rose.«

»Hi.« Sie klang atemlos. Sexy.

»Was machst du? Bist du noch im Hörsaal?«

»Ich verlasse gerade das Gebäude. Wo bist du?«

»Musst du noch in dein Büro, bevor du wegkannst?« Warum hämmerte sein Herz, als er auf ihre Antwort wartete?

»Nein, ich gehe zu meinem Auto. Ich wollte gerade nach Hause fahren.«

»Komm mit mir, Mia Rose.«

Er trat um die Ecke des Gebäudes und sah sie an der Tür stehen. Das fluoreszierende Licht von drinnen schimmerte blau auf ihren Haaren. Sie sah so professionell aus in ihrem engen schwarzen Rock, ihrem cremefarbenen Pullover. Nur ihre Absätze waren ein bisschen zu hoch, und ihre Beine sahen lang und schlank aus.

Sie blickte auf, als er näher kam. Lächelnd steckte sie ihr Handy in die Tasche. Ihr Lächeln war offen. Sie freute sich, ihn zu sehen.

»Mia Rose. Hi.«

»Hi.« Sie blickte ihn forschend an.

»Ich hätte dich anrufen sollen«, begann er.

»Nein. Ich habe ja auch nicht angerufen. Ich war … ich weiß nicht. Ich musste nachdenken.«

Er nickte. »Ja.«

»Danke, dass du mir den Raum gelassen hast.« Sie blieb stehen und lachte leise. »Gott, das klingt vielleicht blöd.«

»Nein, tut es nicht. Ich weiß, was du meinst. Ich kann nicht klar denken, wenn ich in deiner Nähe bin.« Es stimmte, und es machte ihm nichts aus, es ihr zu sagen. »Komm mit mir«, sagte er noch einmal.

»Wohin?«

»Irgendwohin. In ein Café. Wir trinken ein Glas Wein und reden.«

Sie nickte. »Okay.«

Es war beinahe zu leicht. Aber er brauchte das. Er konnte jetzt nicht zu sehr darüber nachdenken, dafür war später noch Zeit. Jetzt war sie ganz nahe bei ihm. Er konnte den Vanilleduft auf ihrer Haut, in ihren Haaren riechen. Und bald konnte er sie berühren. Alles andere konnte warten.

In dem kleinen Café war es warm, die Scheiben waren beschlagen, so dass Mia kaum erkennen konnte, wer draußen am Fenster vorbeiging. Selbst die Straßenlaternen schimmerten nur verschwommen durch das Glas.

Sie saßen an einem Tisch in einer Ecke am Vorderfenster, auf samtbezogenen Lehnstühlen an einem kleinen, runden Marmortisch. Die Wände waren mit Bücherregalen bedeckt. Wenn Mia an Jaggers Kopf vorbeiblickte, sah sie Goethe, Virginia Woolf, Hemingway und Gedichtbände.

»Das ist hier wirklich ein Lokal für die Intelligenzbestien der Stadt, was?«, sagte sie und drehte ihr Weinglas zwischen den Fingern. »Hier halten sich bestimmt die Literaten auf.« Der Cabernet in ihrem Glas schimmerte wie flüssige Rubine, und sie versuchte angestrengt, nicht daran zu denken, wie Jagger Wein über ihre Brüste gegossen und abgeleckt hatte …

»Ja, vermutlich. Oder zumindest die, die gerne für Literaten gehalten würden. Ich weiß gar nicht, ob hier tatsächlich jemand liest.«

Er beobachtete sie aus seinen rauchgrauen Augen, und sie hatte das Gefühl, er würde sie berühren, mit seinen Händen über ihre Haut fahren. Sie erschauerte.

Sie wandte den Blick ab und trank einen Schluck Wein. Dann wandte sie sich ihm wieder zu. Er legte seine Hand über ihre, und da war er wieder, der mittlerweile vertraute Stromstoß, wenn er ihre Haut berührte.

»Jagger …« Aber ihr Mund war plötzlich so trocken, dass sie nicht weitersprechen konnte.

Er nickte und leckte sich über die Lippen. »Ja. Ich

dachte, wir setzen uns hierhin und reden einfach. Trinken ein Glas Wein und reden.«

»Ich weiß.«

»Ich möchte nicht den Eindruck erwecken, ich wäre nicht daran interessiert, mit dir zu reden.«

»Nein, nein, natürlich nicht.«

Sie starrten einander einen Moment lang an. Mia schlug das Herz bis zum Hals.

»Lass uns gehen, Mia Rose.« Seine Stimme war leise, drängend. »Lass uns gehen.«

Sie nickte. Sie erhoben sich, und er half ihr in den Mantel. Gemeinsam gingen sie hinaus in den Abend. Ihr Auto war in der Nähe geparkt. Er hielt ihr die Tür auf, als sie einstieg, dann ging er um den Wagen herum und setzte sich auf den Beifahrersitz. Sie fuhr los, und einmal blickte sie ihn an; er lächelte, und sie spürte alles in diesem Lächeln. Alle Hitze, die ganze köstliche Spannung zwischen ihnen. Ihre Brüste spannten, und sie musste sich zwingen, auf den Verkehr zu achten.

Sie fand einen Parkplatz an der Sixth Avenue, nur wenige Meter von seinem Gebäude entfernt. Jagger half ihr aus dem Wagen, und schon diese kleine Berührung an ihrem Ellbogen ließ sie erschauern.

Sie gingen hinein und warteten auf den Lastenaufzug. Jagger legte den Arm um ihre Taille und zog sie so dicht an sich, bis sie die Hitze seines Körpers durch ihre Kleidung hindurch spüren konnte. Er drückte ihr einen Kuss auf den Scheitel und murmelte: »Ich kann es kaum erwarten, mit dir alleine zu sein.«

Ihr Geschlecht zog sich zusammen bei seinen Worten. Auch ihr ging es nicht schnell genug.

Sie blickte ihn an. Seine Augen glänzten, und er zog sie noch enger an sich.

Der Aufzug kam, und sie traten ein. Er zerrte sie fast zu sich und begann sie hart und fordernd zu küssen. Seine Zunge war heiß und nass und machte sie wahnsinnig vor Begehren.

Sein einzigartiger, wundervoller Duft mischte sich mit dem Geruch von altem Holz und Metall im Aufzug.

Mia keuchte, bekam keine Luft mehr, als seine Hände unter ihrem Mantel über ihren Körper glitten. Er zog ihr den Mantel aus, und seine Daumen rieben fest über ihre Nippel unter ihrem Büstenhalter.

Sie schlang ihm die Arme um die Taille, ließ sie auf seinen knackigen Hintern gleiten und drückte seine Hüften so fest an sich, dass sich seine harte Erektion in ihren Bauch bohrte. Sie wollte ihn in sich spüren, *brauchte* ihn.

»Jagger …«

»Ja, Baby.«

Er drückte auf einen Knopf, und der Aufzug kam rumpelnd und quietschend zum Halten. Dann waren seine Lippen wieder auf ihren, und er küsste sie leidenschaftlich. Seine Hände glitten unter ihren Pullover, lösten den Verschluss ihres Büstenhalters, schließlich umfasste er ihre nackten Brüste, während Mia mit seinem Gürtel kämpfte, um ihm die Hose auszuziehen.

»Ah, Jagger.«

Sie fuhr mit den Fingern über die Ausbuchtung unter seiner Jeans. Er stöhnte leise, griff nach unten und befreite seinen Schwanz aus dessen Gefängnis. Er lag schwer in ihrer Hand, warm und fest. Sie drückte ihn, und Jagger stöhnte erneut.

Alles war ein wenig verzweifelt: wie er sie küsste, wie er sie berührte. Und auch sie küsste, berührte und schmeckte ihn, als wäre es das letzte Mal.

Jagger zog ihren Rock hoch, und sie schlüpfte aus ihrem Höschen. Er küsste sie immer weiter, während er sie gegen die Wand des alten Aufzugs drückte. Sie schlang ein Bein um seine Hüfte und hielt sich an seinen Schultern fest, während er eine Hand unter ihren nackten Hintern legte. Mit der anderen streichelte er ihre tropfnasse Spalte. Sie stöhnte in seinen Mund, als er mit den Fingern ihre geschwollenen Schamlippen auseinanderzog, so dass sein Schwanz hineingleiten konnte.

Bei jedem seiner harten Stöße wuchs ihre Erregung. Sie zitterte vor Lust. Und dann löste er sich von ihr und flüsterte: »Mia Rose, mach deinen Mund auf.«

»Was? Jagger …«

Seine Finger glitten zwischen ihre Lippen, und er

schob ihr etwas in den Mund. Es dauerte einen Moment, bis sie erkannte, dass es Schokolade war, die sündig auf ihrer Zunge schmolz.

Ihr drehte sich alles vor Augen. Und als er ihre Klitoris mit den Fingern rieb, kam sie, während er weiter in sie hineinstieß und die Schokolade sich in ihrem Mund auflöste.

Nur noch ein paar Stöße, und auch er stöhnte und erschauerte. Er zog sie an sich und überschüttete sie mit Küssen.

Schließlich verebbten die letzten Wellen des Orgasmus, und er löste sich von ihr. Zärtlich lächelnd half er ihr, ihre Kleider wieder anzulegen. Dann drückte er auf den Knopf, und der Fahrstuhl setzte sich wieder in Bewegung. Jagger ließ sie nicht los, bis sie in seiner Wohnung waren.

Er nahm ihr den Mantel aus den Händen und warf ihn mit seiner braunen Lederjacke über die Rückenlehne eines Barhockers an der Küchentheke. Er ergriff ihre Hand und führte sie in die Küche. Dann zog er seinen Pullover aus und begann, auch sie zu entkleiden.

»Mia Rose, bleib hier.«

Ihre Augen folgten ihm, als er den Kühlschrank öffnete, ein paar Dinge herausholte und auf die Küchentheke stellte.

»Was tust du da, Jagger?«

»Du wirst schon sehen.«

Und sie sah es bereits. Er hatte eine Drückflasche mit Schokoladensirup in der Hand und außerdem noch ein Glasgefäß. Sie zitterte schon wieder, weil sie sich fragte, was er mit diesen Dingen wohl anfangen mochte.

Rasch stellte er beides in die Mikrowelle, und als ein paar Augenblicke später die Glocke ertönte, zuckte sie zusammen. Sie war sich nur zu deutlich bewusst, dass sie fast nackt in seiner Küche stand. In der Luft lag der Duft von geschmolzener Schokolade. Selbst wenn sie gewollt hätte, hätte sie sich nicht bewegen können.

Er wandte sich wieder zu ihr, zu schön in seinen verwaschenen Jeans und seinen schweren, schwarzen Stiefeln. Seine Tätowierungen folgten der Linie seines Bizeps, und ihr Geschlecht zog sich zusammen. Sie musste ihn unbedingt berühren. Worauf wartete er? Es war quälend.

Er lächelte sie an. »Noch etwas. Beweg dich nicht.«

Er trat hinter die Theke. Sie konnte nicht sehen, was er machte, aber sie konnte es riechen: den scharfen Geruch frischer Zitrone. Dann trat er vor sie, küsste sie leicht und flüsterte: »Ich glaube, das wird dir gefallen. Und mir wahrscheinlich auch.«

Er kniete sich vor sie und zog ihr langsam den feuchten Slip herunter. Sein heißer Atem strich über ihren Schritt, und ihre Möse schwoll unter seinen Blicken an.

»Kannst du hier stehen bleiben, Mia Rose?«

»Ja.«

Er fuhr mit einer Hand über ihren Körper: ihren Bauch, ihre Oberschenkel, und eine Spur reiner Lust folgte seiner Berührung.

»Bitte, Jagger.«

»Ich bin hier, Baby«, sagte er ruhig. »Ich bin hier.«

Er griff hinter sich. In seiner Hand hielt er eine Zitronenhälfte. Er drückte sie aus.

»Was … was hast du vor?«

»Schscht. Spreiz die Beine für mich. Ja, genau so.«

Sie gehorchte, wobei sie am ganzen Leib zitterte. Er verrieb die saftige Zitrone auf ihrem Bauch, und ein Schock aus purer Lust raste durch sie hindurch.

»Gott, Jagger.« Sie umklammerte die Kante der Küchentheke.

Er schwieg und bewegte die Zitrone tiefer. Mit den Fingern hielt er ihre Schamlippen auseinander und fuhr mit der Zitrone über ihre Spalte, über ihre Klitoris. So etwas hatte sie noch nie erlebt. Es brannte ein bisschen, war aber zugleich kühl und duftete. Und zu wissen, was er benutzte, um sie zu berühren. Und zu wissen, dass *er* es war.

Jagger.

Sie blickte auf seine breiten braunen Schultern, und erneut überlief sie ein Schauer. Er war so verdammt schön. Und er gab ihr genau, was sie wollte und brauchte.

Er fuhr mit der Frucht über ihre Spalte, und sie schrie auf. Gleich würde sie kommen.

Er hörte auf.

»Nein, Jagger, bitte. Gott, bitte.«

»Ich bin da.«

Sie wusste, was er meinte. Aber es fiel ihr schwer zu warten. Er stand auf und ergriff das Glasgefäß. Erst jetzt sah sie, dass es Karamellsirup enthielt. Er hielt es über sie und beobachtete sie aufmerksam. Und dann tröpfelte er den warmen Sirup auf ihre Brüste.

Sie keuchte, als er über ihre Haut auf ihre Nippel tropfte. Der starke Duft von Zucker war kaum zu ertragen. Erneut keuchte sie, als er sich über ihre Brüste beugte, um den Sirup abzulecken. Er umfasste ihre Brüste mit beiden Händen. Sie hatte das Gefühl, noch nie etwas so Gutes erlebt zu haben.

Ihre Brüste schmerzten, auch ihre Nippel waren so hart, dass sie wehtaten. Und dann nahm er einen in den Mund. Und wieder glaubte sie, auf der Stelle kommen zu müssen. Er hielt inne, saugte an dem anderen Nippel, bis sie sich wand und die Lust in Wellen über sie hereinbrach, und sie glaubte, es nicht mehr aushalten zu können.

Sie packte mit beiden Händen in seine Haare. Zitternd versuchte sie, dem Orgasmus zu widerstehen.

»Ja, Baby, so ist es gut. Lass uns langsamer machen.« Er löste sich von ihr, blickte sie an. »Du bist so schön, weißt du das? Ich muss dich einfach berühren. Dich küssen.«

Er küsste sie. Seine Zunge schmeckte nach Karamell. Dann zog er sich zurück und flüsterte: »Du machst mich wahnsinnig, Mia Rose.«

Er zog rasch die Jeans und seine Stiefel aus, bis auch er nackt vor ihr stand. Dann ergriff er die Plastikflasche mit dem Schokoladensirup und drückte sie über ihren Brüsten und seinem Brustkorb aus. Er drängte sich an sie, drückte sie gegen die Theke, dann rieb er sich an ihrem Körper, und alles war nur noch warme, klebrige Süße.

Er drückte sich mehr von der Masse in die Hände und begann, sie überall einzureiben. Mia war völlig überwältigt. Sie zitterte so heftig, dass sie kaum noch stehen konnte.

»Jagger …«

»Hmm, was ist, Baby?«

»Ich …« Er keuchte. »Ich wusste ja gar nicht, wie gut das sein würde.«

Er lächelte sie an, ihre Blicke begegneten sich, und zwischen ihnen entstand ein gemeinsames Verständnis, das eine tiefe Bindung schuf.

Und immer noch wütete die Lust in ihr. Sie stand kurz vor dem Höhepunkt.

Jagger fuhr mit der Zunge über ihre Brust, Mia erschauerte und stöhnte. Dann glitt er tiefer, zog eine Spur von Küssen über ihren Bauch, um dann in die geschwollenen Falten ihrer Spalte einzutauchen. Sie brannte lichterloh.

Als er ihre Klitoris zwischen die Lippen zog, hielt sie es nicht mehr aus. Sie schrie auf und krallte ihre Finger in seine Schultern.

»Jagger! Gott, Gott, Gott …«

Es hörte nicht mehr auf: sein saugender Mund, die Schokolade auf ihrer Haut, und sie kam und kam und kam.

Schließlich sank sie in seine Arme. Er fing sie auf und trug sie in sein großes Badezimmer. In der Dusche drehte er das Wasser auf. Dann nahm er ein weißes T-Shirt von einem Haken an der Tür.

»Mia Rose, ziehst du das bitte für mich an?«

»Ich tue alles, was du willst.«

Ihre Stimme klang schwach und zitterig, und immer noch ließen Schauer ihre Möse erbeben, ihren gesamten Körper.

Lächelnd hängte er das T-Shirt über die Tür der Dusche. Zuerst verstand sie nicht, was er vorhatte, aber sie konnte ohnehin nicht mehr klar denken. Er zog sie mit sich in die Dusche, nahm die Handbrause und wusch ihr die Schokolade und den Karamellsirup von der Haut. Dann zog er ihr das T-Shirt über den Kopf. Es roch nach ihm. Er richtete die Brause darauf, und bald schon klebte die weiße Baumwolle an ihrem Körper.

»Oh ja, Baby, so ist es gut. Das liebe ich. Himmel.«

Jagger streichelte den nassen Stoff. Dass es sein eigenes T-Shirt war, machte die Sache sogar noch besser. Sein Schwanz war so hart, dass er das Gefühl hatte, er würde gleich platzen. Es war wie eine fantastische Qual, dass er noch nicht in ihr war.

Sie sah unglaublich aus. Das T-Shirt klebte an ihren Rundungen, und die Nippel stachen hart und prall heraus. Er drückte ihre Brüste, kniff in ihre Nippel. Dann zog er sie fest an sich und rieb sich an ihr.

»Du fühlst dich so verdammt gut an, Mia Rose.«

Sie war so warm und nachgiebig, fast wie eine Puppe. Und doch war sie aus Fleisch und Blut.

Er schob seinen Schwanz zwischen ihre Schenkel.

»Ah, Jagger. Ja …«

Sie machte die Beine für ihn breit und schlang ein Bein um seine Taille.

Er drang in sie ein, und ihr Anblick in dem nassen weißen T-Shirt überwältigte ihn vor Lust.

Eigentlich wollte er langsam beginnen und den Moment genießen, aber sie fühlte sich so heiß und eng an. Einfach zu gut.

Er hob sie hoch, bis sie beide Beine um seine Taille geschlungen hatte, dann stieß er tief in sie hinein. Immer tiefer. Fester. Härter. Das Wasser floss über seine Haut, über ihre, über das weiße T-Shirt, das wie angegossen an ihr klebte.

»Jagger, fester. Ich brauche es heute Abend. Bitte.«

»Alles, was du willst, Baby.«

Er drückte sie gegen die Wand und rammte seinen Schaft in sie hinein. Jeder Stoß jagte ihm einen Lustschauer durch den Körper. Wie ein Stromstoß.

Sie wand sich stöhnend. Und als sich ihre heiße kleine Muschi eng um ihn legte, kam er, schrie ihren Namen, packte ihren Arsch mit beiden Händen. Er konnte nicht aufhören, sie zu ficken.

Liebe mit ihr zu machen.

»Mia Rose … Baby, Baby.«

Er sank mit ihr an der Fliesenwand herunter, seinen harten Schwanz immer noch in ihr. Das Wasser rauschte auf sie herab, und sie legte den Kopf an seine Brust. Er hielt sie fest an sich gedrückt. Sein Atem kam in keuchenden Stößen. Es war wunderbar, sie so in den Armen zu halten.

Wie sollte er diese Frau jemals loslassen?

Er musste über so vieles nachdenken. So vieles fühlen. Aber er konnte nicht mehr davor weglaufen.

Er liebte sie. Er liebte Mia Rose Curry.

14

Mia schlug die Augen auf. Sie hatte unruhig geschlafen. Es war späte Sonntagnacht, vielleicht auch schon früher Montagmorgen. Und sie konnte den Gedanken, ihn am Morgen verlassen zu müssen, kaum ertragen.

Sie lag in Jaggers großem Bett, es roch nach ihm, nach ihnen beiden. Genau wie sie hatte er weiße Bettwäsche. Sie liebte dieses saubere Gefühl weißer Bettwäsche. Es war erstaunlich, wie ähnlich sie sich in solchen Details waren.

Sie hatten das Wochenende im Bett verbracht. Oder vielmehr in der Küche, in der Dusche, auf dem Fußboden von Jaggers Wohnraum. Einmal waren sie zu Mias Haus gefahren, damit sie sich frische Kleidung holen konnte, aber sie hatte sie kaum gebraucht.

Dann waren sie wieder zurück in seine Wohnung gefahren, hatten stundenlang mit Essen gespielt, verschiedene Strukturen, Geschmäcker, Empfindungen ausprobiert. Er hatte sie mit Crêpes um Mitternacht gefüttert, mit Pasta mit frischem Pesto und mit scharfen Chicken Wings mit einer fruchtigen Barbecuesauce, die er selber machte und die er in der großen Dusche auf ihr verrieben hatte. Noch einmal hatte er ihre Haut mit Schokolade bedeckt, weil es einfach zu gut war. Das hatte zu Schokoladenpudding geführt, kalt aus dem Kühlschrank, was ihrer sinnlichen Erforschung eine neue Dimension verliehen hatte.

Jagger stellte sie mindestens einmal am Tag in die Dusche, in einem seiner gestärkten Baumwollhemden, in seiner blau-weiß gestreiften Pyjamahose, in seinen T-Shirts. Und sie hatte sich in ihrem Seidenhemdchen und ihrer Trainingshose in die Wanne gelegt.

Sie liebte es, wenn er diese Dinge mit ihr machte, liebte es zu sehen, was sie bei ihm bewirkten, liebte seinen Gesichtsausdruck, wenn er die Kontrolle verlor.

Und anschließend war er immer so liebevoll mit ihr. So sanft. Sie hatte versucht, nicht darüber nachzudenken, um nicht erkennen zu müssen, dass auch dieser Teil von ihr bisher vernachlässigt worden war.

In der Wohnung war es dunkel, nur der Schein der Straßenlaternen drang durch die Fenster.

Sie hielt sich gerne hier auf, stellte sie fest. Sie fühlte sich in seiner Wohnung wohl.

Sie fühlte sich zu Hause.

Das lag an Jagger. Sie lauschte seinen leisen, regelmäßigen Atemzügen. Wie so oft lag er auf dem Bauch, einen Arm über ihren Körper geschlungen. Seine Haut war warm und duftete.

Sie hätte ewig da liegen und ihn beobachten können. Ein Teil von ihr wollte jedoch, dass er aufwachte und mit ihr zusammen war, bevor der Wecker klingelte und sie ihren Tag beginnen mussten.

Was hatte das überhaupt alles zu bedeuten?

Plötzlich hatte sie einen Kloß im Hals. Sie fuhr mit der Hand über seinen Arm, damit er aufwachte.

Das ganze Wochenende über hatte sie verzweifelt versucht, nicht zu analysieren, was zwischen ihnen passierte. Was mit ihr passierte. Sie wurde im Innern irgendwie weicher. Alles war ihr so leicht erschienen, bis ihr eingefallen war, dass sie diesen sicheren Kokon ja auch wieder verlassen musste.

Und draußen war die wirkliche Welt, in der ihre Beziehung verboten war. In dieser Welt war sie nicht die Frau, die sich in einen Mann verlieben wollte, nur um ihn dann wieder zu verlieren. Nicht noch einmal.

Unwillkürlich packte sie seinen Arm fester, und er drehte sich um.

Sie biss sich auf die Lippen. Tränen traten ihr in die Augen.

Das würde sie nicht tun. Sie wusste nur zu gut, was passieren konnte, wenn sie jemanden liebte. Und sie war nicht bereit, das noch einmal durchzumachen. Es war zu hart.

Aber mit ihm zusammen zu sein war so leicht.

Gott verdammt!

Erneut krallte sie sich in seinen Arm, Jagger murmelte etwas und zog sie in die Arme. Und dann kamen die Tränen. Heiße, bittere Tränen.

Sie wollte das nicht fühlen! Sie unterdrückte ihr Schluchzen. Was war nur los mit ihr?

Aber sie konnte es nicht zurückhalten. Die Tränen liefen ihr über die Wangen und brannten eine schmerzliche Spur in ihre Haut. Sie bekam kaum Luft, die Kehle war ihr wie zugeschnürt, und schließlich entschlüpfte ihr doch ein Schluchzen.

Verdammt!

»Mia Rose! Baby, was ist los?«

Seine Stimme war schlaftrunken. Er klang so besorgt, dass sie es kaum ertragen konnte. Sie versuchte, sich aufzusetzen, sich abzuwenden, aber er hielt sie nur noch fester.

»Baby, schscht! Sag mir, was los ist.«

Sie schüttelte den Kopf. »Nein«, krächzte sie.

Er ließ sie erst einmal weinen. Hielt sie einfach in den Armen, wie sie bisher nur zweimal in ihrem Leben gehalten worden war. Ihre Großmutter hatte sie so im Arm gehalten, an dem Tag, nachdem ihre Mutter gegangen war. Und dann noch einmal, als Ben gestorben war.

Seitdem hatte sie es niemandem mehr erlaubt.

»Jagger«, keuchte sie schließlich. »Ich … ich brauche das nicht. Von niemandem.«

Aber sie zitterte in seinen Armen.

»Hab keine Angst«, sagte er leise.

»Ich habe keine Angst! Ich habe keine Angst!«

»Sag mir, was mit dir los ist, Baby.«

»O Gott, nenn mich nicht so. Bitte.«

»Ich dachte, du hörst es gerne.«

»Das tue ich auch.« Sie schluchzte noch heftiger.

»Okay, okay.« Er strich ihr über die Haare und wischte ihr die Tränen mit dem Daumen fort.

»Ich will das mit dir nicht teilen, Jagger.«

»Mit wem teilst du es denn sonst?«

Sie brachte kaum einen Ton hervor. »Ich habe sonst niemanden.«

»Es tut mir leid, Mia Rose. Und es ist nicht Mitleid. Es tut mir einfach leid, okay?«

»Okay.« Die Hitze seines Körpers war fast zu viel für sie, aber sie konnte sich nicht von ihm lösen. Sie nickte, von Gefühlen überwältigt. »Okay.«

Eine Weile lagen sie stumm nebeneinander, bis sie wieder ruhig atmen konnte und ihre Tränen versiegt waren. Schließlich sagte Jagger: »Erzähl mir, was los ist.«

»Ich ... es hat nichts mit dir zu tun. Mit dir zusammen zu sein lässt mich an Dinge denken, die ich vergessen muss.«

»Was musst du denn vergessen, Baby?«

Mia holte tief Luft. Panik stieg in ihr auf.

»Ich muss vergessen, wie es ist ... für jemanden zu sorgen. Jemanden zu lieben und ihn dann zu verlieren. Die letzten Wochen, in denen ich mit dir zusammen war … sie haben alles hochkommen lassen, von dem ich geglaubt habe, es überwunden zu haben. Ich dachte, ich hätte mein Leben im Griff. Und du gehörtest nicht dazu.«

»Ich verstehe dich nicht, Mia Rose.«

»Es tut mir leid. Ich weiß, ich rede dummes Zeug.« Sie schwieg, dann holte sie erneut tief Luft und sagte sehr leise: »Ich habe einmal jemanden geliebt. Sein Name war Ben. Er war … er war so gut zu mir. Er ging so sorgsam mit mir um wie niemand sonst, von meiner Großmutter abgesehen. So, wie ich es nie von einem anderen Menschen erwartet hätte.«

»Das klingt, als ob er ein netter Mann wäre.«

»Er war es.« Sie sah ihn vor sich, seine lockigen braunen Haare, die blauen Augen, seine große, schlaksige Gestalt. Er hatte große Hände, lange, schlanke Finger, wie Jagger. »Er ist der Grund, warum ich … er hat mich mit meinem Fetisch in Berührung gebracht. Mit ihm war es wunderschön, weißt du?«

Jagger strich ihr übers Gesicht. »Ja, ich kann es mir vorstellen.«

»Ich war früh mit der High School fertig. Ich kam mit den anderen Kindern nicht zurecht, nachdem ich praktisch mit meiner Mutter auf der Straße gelebt hatte. Deshalb machte ich mit sechzehn mit staatlicher Sondergenehmigung Examen und begann noch im selben Jahr mit dem College. Dort habe ich Ben kennengelernt. Er war achtzehn. Mein erster richtiger

Freund. Er war der netteste Mensch, den ich je gekannt habe. Wir sind lange miteinander ausgegangen, bevor er mich zum ersten Mal geküsst hat. Er sagte immer, ich sei noch zu jung. Und er wollte nicht mit mir schlafen. Aber wir ... Gott, ich weiß gar nicht, ob du das überhaupt hören willst.«

»Ich will alles hören, was du mir erzählst. Du musst es mir erzählen, damit du es endlich los wirst. Ich glaube, du hast eine ganze Menge Mist in dir angesammelt.«

»Okay, okay.« Sie ergriff sein Handgelenk und hielt sich daran fest. »Ben war ... er war kreativ und dachte sich Wege aus, um mich zu befriedigen, ohne diese Grenze zu überschreiten. Eines Abends kam er mit einer Dose Sprühsahne an. Du weißt schon, dieses Instantzeug, was man so aufsprüht. Und er sprühte es mir auf die Brüste. Und dann ... dann leckte er es mir von der Haut ... Gott, so wie du es manchmal machst, Jagger. An jenem Abend hatte ich meinen ersten Orgasmus. Verstehst du? Jener Abend hat Essen für mich total sexualisiert. Und ich habe Jahre verbracht, Fetische zu studieren und dahinterzukommen. Mit ihm konnte ich es nämlich nicht mehr weiter erforschen. Und bis ich dich kennenlernte, habe ich es auch mit niemand anderem ausprobiert.«

»Was ist passiert? Habt ihr euch getrennt?«

Sie begann zu zittern. »Nein. Er ... ein paar Tage später hatte er einen Unfall. Er hatte ein Motorrad.

Ich habe ihn ständig ermahnt, seinen Helm zu tragen, aber er hasste das Ding. Er sagte immer, das nähme ihm das Gefühl von Freiheit. Ja ... und dann hatte er einen Unfall.« Sie schwieg einen Moment lang und holte tief Luft. Dann fuhr sie fort: »Und er ... er ist gestorben, Jagger.«

Sie sah ihre Großmutter vor sich, wie sie mit diesem Ausdruck im Gesicht in der Tür gestanden hatte. Sie hatte gespürt, dass etwas Schreckliches passiert sein musste, und hatte ihre Großmutter angefleht, es ihr nicht zu sagen. Aber natürlich hatte sie es sagen müssen. In der Erinnerung krampfte sich ihr Herz zusammen, aber in Jaggers Armen beruhigte sie sich.

»Jesus, Mia Rose. Es tut mir so leid, Baby. Es tut mir so leid, dass du so viel durchgemacht hast.«

»Das Schlimmste daran ist, dass er selber schuld war. Wenn er doch nur den verdammten Helm getragen hätte. Aber er hat ihn nicht aufgesetzt.«

»Das Schlimmste daran ist, dass du all die Jahre mit diesem Verlust leben musstest«, sagte Jagger ruhig.

»Ja, vielleicht.«

Unten auf der Straße rumpelte ein Bus vorbei, und sie blickte zum Fenster. Draußen warf der Mond sein silbriges Licht über den bewölkten Himmel. Und sie dachte nicht zum ersten Mal, wie klein und unbedeutend der Mensch angesichts der Weite des Universums war. Und doch fühlte sie sich zum ersten Mal sicher. Sicher bei Jagger, in seinem Zuhause, in seinen Armen.

»Ich bin mir im Klaren darüber, wie sehr mich mein seltsames Leben beschädigt hat, aber bis jetzt habe ich das einfach nur akzeptiert. Meine Mutter war drogenabhängig. Wir haben jahrelang im Auto gelebt. Hatten oft Hunger. Und dann hat sie mich verlassen. Mein Vater hatte mich schon verlassen, bevor ich überhaupt geboren war. Ich weiß, wie sehr mich das beschädigt hat. Warum habe ich also auf einmal das Bedürfnis, tiefer zu gehen? Ich versichere dir, ich will es eigentlich nicht, aber es ist beinahe, als würde ich gezwungen. Und ich glaube, es hat etwas mit dir zu tun.

Mir ist gerade klar geworden, dass ich meinen Fetisch deshalb noch nicht genauer angeschaut habe, weil er in meinem Kopf irgendwie mit Verlust verbunden ist. Und davor habe ich Angst, weil ich das nicht mehr erleben möchte.«

»Hör einfach auf, dagegen anzukämpfen, Mia Rose.«

»Das versuche ich ja.«

Er zog sie fester in die Arme. »Mehr kann ich doch nicht verlangen, oder? Aber ich würde es tun, wenn ich könnte.«

Sie schwiegen eine Zeit lang. Schließlich entspannte Mia sich und schob ihre Beine zwischen Jaggers, weil sie sein Gewicht auf sich spüren musste.

Es kam ihr maßlos vor, dass sie sich einfach von ihm nahm, was sie brauchte. Irgendwie schien es falsch zu sein. Und es machte ihr ein wenig Angst, denn was er ihr gab, konnte ihr auch leicht wieder weggenommen werden.

Aber heute Nacht wollte sie nicht mehr über Konsequenzen nachdenken. Das hatte sie ihr ganzes Leben lang getan. Heute wollte sie nur mit ihm zusammen sein und seine Nähe genießen. Und so tun, als ob ihr nicht bewusst wäre, was es für sie bedeutete.

Karalee saß in Gideons Auto. Sie spürte ihre nackten Beine und ihr unbedecktes Geschlecht unter dem Wollrock nur zu deutlich an dem kühlen Ledersitz. Ihr Höschen hatte sie zu Hause gelassen, weil er es so am liebsten hatte. Gideon saß neben ihr und lenkte mit seinen starken Händen den Wagen aus dem Parkplatz von Cliff House. Das alte Restaurant gehörte seit dem Ende des neunzehnten Jahrhunderts zur Geschichte von San Francisco. Sie hatten wundervoll zu Abend gegessen, an einem Tisch über dem dunklen, brausenden Pazifik, und danach hatten sie noch etwas getrunken, und er hatte sie mit Hilfe eines kühlen Suppenlöffels unter dem Tisch zu einem heftigen Höhepunkt gebracht.

Gideon bog auf den Great Highway ab und fuhr die gewundene Straße entlang. An der Point Lobos Avenue entfernten sie sich vom Meer. Karalee hatte keine Ahnung, wohin sie fuhren. Aber es war auch egal. Er fuhr oft mit ihr einfach irgendwohin und parkte am Straßenrand, so dass er sie im oder auf dem Auto ficken konnte.

»Karalee?«

»Ja?«

Erregung stieg in ihr auf, als er mit seiner tiefen, sexy Stimme ihren Namen sagte.

»Mach es mir mit dem Mund.«

Lächelnd beugte sie sich zu ihm, öffnete seine dunkle Hose und zog seinen prachtvollen Schwanz heraus. Er war schon fast halb erigiert, obwohl sie ihn kaum berührt hatte. Sie atmete tief seinen Duft ein und fuhr mit der Zunge über die Eichel.

»Nicht necken. Einfach nur saugen. Fest.«

»Ja, Sir.«

Er packte in ihre Haare und drückte ihren Kopf hinunter. »Tu es einfach.«

Sein Schaft wuchs noch, als sie ihn in den Mund nahm. Sie liebte seinen Geschmack, und sie liebte es, wie er sie ausfüllte, ob es nun ihr Mund, ihre Möse oder ihr Hintern war.

Sie nahm ihn tief in sich auf, bis sein Schwanz hinten an ihre Kehle stieß. Dann atmete sie tief durch die Nase, öffnete ihre Kehle und begann, an ihm zu saugen. Auf und ab glitten ihre Lippen, und als er immer härter wurde, wuchs ihre eigene Lust.

»Ich muss dich ficken, Karalee«, murmelte Gideon und hielt am Straßenrand. Sie schmolz dahin.

Es lag Macht darin, ihm zu erlauben, so mit ihr umzugehen. Einen Mann wie Gideon auf die Knie zu zwingen, und wenn es nur für wenige Momente war,

war ebenso erregend, wie ihm zu erlauben, sie in der Öffentlichkeit zu ficken.

»Ich muss dich einfach ficken, Karalee. Einfach in deinen hübschen Mund ficken … und dich ficken.« Er packte in ihre Haare. »Nur dich, Karalee.«

Ja …

Sie erschauerte, und ihr Geschlecht pochte. Dieses Gefühl, dass er sie ganz besaß, machte sogar alles noch besser. Zu wissen, dass er sie so wollte.

Sie musste es ihm sagen. Er stieß immer noch fest in ihren Mund hinein, und sie zitterte vor Lust. Kurz löste sie die Lippen von seinem Schwanz und flüsterte: »Gideon … ich gehöre dir. Dir …«

»Ja, mir … ah, Gott. Ich komme.«

Sie saugte ihn tief in ihre Kehle hinein. Stöhnend rammte er seinen Schwanz in sie. Er hielt ihre Schultern so fest gepackt, dass seine kurzgeschnittenen Nägel sich in ihre Haut drückten.

Karalee lächelte leise. Dass sie ihm gehörte, fühlte sich besser an, als sie sich jemals vorgestellt hätte.

Schließlich zog er ihr Gesicht hoch und küsste sie zärtlich. Sie liebte seinen Mund, wenn er so weich war wie jetzt. Beinahe wirkte er dann hilflos.

Beinahe.

Seine Zunge glitt zwischen ihre Lippen, auf denen sie noch sein salziges Sperma schmeckte. Erneut packte er in ihre Haare, drückte ihren Kopf zurück und gab ihr lauter kleine Küsse auf den Hals. Ah, sie liebte diese Kombination aus Zärtlichkeit und Brutalität. Am liebsten wäre sie vor diesem Mann auf die Knie gesunken und hätte ihm alles versprochen.

Er löste sich von ihr. Seine Augen glitzerten im Schein der Straßenlaterne.

»Komm mit mir, Karalee. Komm mit zu mir nach Hause.«

Ihr Herz machte einen Satz.

»Bist du sicher?«

Er schwieg einen Moment lang und blickte sie an.

Das Geräusch der Meeresbrandung ein paar Blocks entfernt wirkte auf einmal unnatürlich laut.

»Ja, ich bin sicher.«

Sie streichelte ihm über die Wange, etwas, das sie noch nie zuvor gewagt hatte. Nicht bei ihm. Aber plötzlich hatte sich alles geändert. Sie hatte Schmetterlinge im Bauch.

Alles hatte sich geändert.

Aber sie war endlich bereit dazu.

Natürlich war es keine gewöhnliche Romanze, aber das wäre für sie auch nicht richtig gewesen. Nein, sie brauchte jemanden, der so kraftvoll war wie Gideon. Jemand, der stark genug war, um sie zu beherrschen. Sexuell und auch emotional.

Sie ergriff seine Hand und verschränkte ihre Finger mit seinen. »Lass uns fahren.«

Gideon zog den Reißverschluss seiner Hose hoch und fuhr los. Er schien sich ausschließlich auf die

Straße zu konzentrieren, und Karalee wollte nichts sagen, um den Zauber des Augenblicks nicht zu zerstören. Sie hatte Angst, er könnte seine Meinung noch ändern.

Sie wusste, was es für ihn bedeutete, sie mit zu sich nach Hause zu nehmen. Als er in die Fulton Street einbog und am Golden Gate Park entlangfuhr, krampfte sich ihr Magen zusammen. War sie dazu bereit? Eben noch hatte sie geglaubt, diese Frage bejahen zu können, aber jetzt …

Sie blickte ihn an. Sein Profil war so stark. Er wandte sich zu ihr, lächelte sie an und ergriff ihre Hand. Da wusste sie, dass alles gut sein würde.

Sie kuschelte sich in ihren Sitz, und sie fuhren durch die Stadt. Die Fulton hinauf, um den Park herum und die Fell Street hinunter. Sie kamen an Reihen viktorianischer Häuser vorbei, manche heruntergekommen, andere restauriert und zu ihrer ursprünglichen Schönheit erwacht. Karalee dachte, dass diese Häuser Menschen ähnelten. Manchmal befand man sich in einem Zustand der Vernachlässigung, aber es brauchte nur die richtige Person zu kommen und einen zu neuem Leben zu erwecken.

Sie zu neuem Leben zu erwecken.

Ihr Herz raste. Aber sie wollte mit ihm fahren und bei ihm sein.

Bald schon fuhren sie durch die breiten Straßen des Portrero District. Gideon bog rechts ab und schaltete einen Gang herunter, als sie einen Hügel hinauffuhren. Er hielt vor einem dreistöckigen braunen Schindelhaus.

»Das ist es.«

Er wandte sich zu ihr, und auf einmal war sein Gesicht finster. Obwohl Karalee nervös war, lächelte sie ihn beruhigend an. Nach einem Moment entspannten sich seine Züge, und er erwiderte ihr Lächeln.

Er half ihr aus dem Wagen und führte sie über den schmalen Gehweg. Große Bananenpflanzen standen zu beiden Seiten der Haustür, ihre Blätter schimmerten dunkel und seidig im Licht der Veranda. Gideon schloss die Tür auf und führte sie hinein.

Sein Haus war genau so, wie sie es sich vorgestellt hatte. Hohe Fenster, die den Blick auf die Stadt und die San Francisco Bay mit den Lichtern der Bay Bridge freigaben. Dunkle Holzböden mit ein paar Webteppichen in dezenten Farben, Bücherregale neben dem Kamin. Ein großes braunes Ledersofa dominierte den Raum, und neben dem Kamin stand ein roter Ledersessel. Wirklich überrascht jedoch war Karalee von der Kunst an den Wänden. Kühne Farben und Formen, Gemälde, die sie mit atemloser Ehrfurcht sofort erkannte.

Sie trat zu einem Bild und streckte die Hand aus, um es zu berühren, zog sie jedoch sofort wieder zurück.

»Das ist ein Miró«, hauchte sie.

»Ja.«

»Und das hier sieht aus wie ein Kandinsky.«

Gideon nickte.

»Mein Gott, Gideon, weißt du, was diese Stücke wert sind? Wie schwer sie zu erwerben sind? Ja, natürlich weißt du es, blöde Frage. Ich wusste gar nicht, dass du sammelst.«

»Noch nicht lange. Den Miró habe ich erst kürzlich gekauft.«

»Sie sind wunderschön.« Karalee schüttelte den Kopf. »Das habe ich nicht von dir erwartet.«

Er trat zu ihr und schlang einen Arm um die Taille. »Warum? Weil ich so einen perversen Sexualgeschmack habe?«

Er begann ihre Brust zu kneten, und ihre Nippel wurden hart unter seinen Fingern.

»Ah, Gideon, du weißt einfach, wie du mich zum Schweigen bringst.«

Er knabberte an der zarten Haut ihres Halses. »Im Gegenteil. Ich habe vor, dich zum Schreien zu bringen, Karalee.«

Sie lachte, und die Spannung in ihrem Körper löste sich.

Er küsste sie leidenschaftlich, und sie presste sich an ihn. Sein Oberschenkel drückte sich zwischen ihre Beine, sie spürte seinen harten Schwanz an ihrem Bauch.

Seine Hände waren überall: Sie glitten unter ihre

Bluse, zogen ihren Rock herunter. Sie war klatschnass.

Sie löste sich von ihm. Sie keuchten beide, und Karalee flüsterte: »Du musst mich ficken, Gideon.«

»Das habe ich vor.« Seine Stimme war schwer vor Lust, ein tiefes Grollen.

Er zog Hemd und Hose aus und half ihr aus der Kleidung. Nur den Spitzenbüstenhalter ließ er an ihr. Dann packte er sie an den Schultern und drückte sie nach hinten, bis sie die Kante des Ledersofas in den Kniekehlen spürte. Er legte sich auf sie, und sie schlang die Beine um ihn. Stöhnend presste er seinen Schwanz gegen ihr schmerzendes Geschlecht.

»Du bist so verdammt nass, Karalee.«

»Ich brauche dich.« Sie hob die Hüften und rieb sich an ihm. »Geh mit mir ins Bett, Gideon. Ich möchte, dass du mich in deinem Bett fickst.«

Seine Hände wurden schlaff, und er hielt inne. Abrupt setzte er sich auf.

»Gideon? Was …?«

Er rieb sich mit den Händen übers Gesicht und durch die Haare. Dann sagte er mit harter Stimme: »Himmel, Karalee.«

»Was ist los?« Aber sie wusste es schon. Ihr Herz hämmerte so laut, dass sie es beinahe hören konnte.

Er schwieg lange Zeit. Zu lange. Und sie fühlte sich zu nackt, nur mit ihrem Büstenhalter bekleidet, auf dem Sofa. Unter ihren bloßen Schenkeln wurde das

Leder warm. Am liebsten hätte sie sich bedeckt, weil sie sich auf einmal so verletzlich fühlte.

Warum sagte er nichts?

Schließlich sagte er leise: »Ich kann das nicht, Karalee.«

Das war es. Keine Entschuldigung. Keine Erklärung. Nur eine einfache Aussage, die ihr das Herz abdrückte.

»Ich bringe dich jetzt nach Hause.«

Er stand auf und zog sich an, wobei er ihr den Rücken zuwandte. Karalee hatte das Gefühl zu zerbrechen, so angespannt war sie.

Es kam ihr nicht in den Sinn zu weinen. Das tat sie einfach nie. Ruhig zog sie sich an und trat aus der Tür. Sie konnte nicht fassen, was mit ihr geschah.

Auf der Eingangstreppe blickte sie ihn an und sagte: »Gideon? Können wir nicht reden? Einfach … über alles reden? Über das, was hier passiert?«

Er schüttelte den Kopf. Sein Gesicht war verschlossen, und seine Augen waren dunkel und unergründlich.

Seufzend beobachtete sie ihn einen Moment lang in der Hoffnung, dass sich sein Gesichtsausdruck änderte und er ihr sagte, dass alles wieder in Ordnung sei. Aber zugleich wusste sie, dass das nicht geschah.

»Vielleicht sollte ich mir ein Taxi rufen?«, schlug sie vor.

»Sei nicht albern. Ich fahre dich nach Hause.«

Die Kälte in seiner Stimme tat weh.

Sie nickte und folgte ihm zu seinem Wagen. Er öffnete ihr die Tür und machte eine Bewegung, als wollte er ihr beim Einsteigen helfen, aber sie drehte sich weg von seinem Arm. Sie konnte es nicht ertragen, wenn er sie jetzt anfasste.

Die Fahrt zu ihr schien ewig zu dauern. In der Stadt war es dunkel und still. Und in ihrem Kopf herrschte ein unerträglicher Druck, als ob ihr Schädel zermalmt würde. Sie verstand immer noch nicht ganz, was mit ihr passierte; auf jeden Fall empfand sie einen körperlichen Schmerz.

Als sie in ihrem Viertel ankamen, hatte sie heftige Kopfschmerzen. Ihr ganzer Kopf war brennend heiß, und dieses enge Gefühl wollte nicht weggehen. Es hatte sich auf ihren Brustkorb ausgedehnt und nahm ihr die Luft zum Atmen. Es kam ihr vor, als würde schwarzer Teer über sie ausgegossen.

Gideon hielt am Straßenrand vor ihrem Haus und fuhr nicht in ihre Einfahrt. Er kam um das Auto herum und hielt ihr die Tür auf. Wieder mied sie seine Hand und stieg ohne seine Hilfe aus. Als sie stand, stellte sie fest, wie schwach ihre Beine waren. Sie holte tief Luft, aber es half nicht.

Gideon schlug die Beifahrertür zu, stieg ohne ein Wort, ohne einen weiteren Blick wieder ins Auto und fuhr davon. Er ließ sie einfach auf dem Bürgersteig stehen.

Wind kam auf, als sie den Rücklichtern seines Wagens hinterherblickte, aber sie blieb stehen, als das Auto schon längst aus ihrem Blickfeld verschwunden war. Und da erst brach die Enge, die sie umfangen hielt, auf.

Ein lang gezogenes, lautes Schluchzen drang aus ihrem Mund. Erschrocken schlug sie sich die Hand vor den Mund, aber es war zu spät.

Zu spät!

Sie drückte ihre Tasche an die Brust und versuchte sich zu beherrschen, schluchzte jedoch immer weiter.

Sie konnte sich kaum noch auf den Beinen halten. Wie war das bloß passiert? Und warum gerade ihr?

Ungläubig schüttelte sie den Kopf. Ihr ganzer Körper tat ihr weh. Und am meisten schmerzte ihr Herz.

Sie taumelte zur Haustür, schloss auf und ging ins Haus. Kaum hatte sich die Tür hinter ihr geschlossen, gaben ihre Beine nach, und sie sank zu Boden.

15

Jagger zog Mia in seine Wohnung, einen Arm um ihre schlanke Taille gelegt. Es war eine Qual gewesen, das Seminar heute zu überstehen. Und es hatte auch wehgetan, sie heute früh aus seinem Bett aufstehen zu lassen, damit sie zur Arbeit gehen konnte. Er hatte ja gewusst, dass es unweigerlich Montag werden würde, aber er hatte nicht voraussehen können, wie schwer es ihm fallen würde, sie nach dem gemeinsamen Wochenende gehen zu lassen. Vor allem, nachdem sie sich ihm endlich geöffnet hatte.

Er hatte den ganzen Tag an sie gedacht und sich auf den Abend vorbereitet. Wenn sie seine Einladung abgelehnt hätte, hätte er nicht gewusst, was er tun sollte. Aber darüber brauchte er sich ja jetzt keine Sorgen mehr zu machen. Sie war ja hier.

Er schloss die Tür und drückte sie dagegen.

»Hey, meine Schöne.«

»Hey.«

Sie lächelte ihn an. Ihr Lächeln war so natürlich, so rein. An ihr war nichts Künstliches.

Er zog sie an sich, bis er jede ihrer Rundungen spürte. Er war jetzt schon hart, weil er ihr so nahe war und ihren Duft roch. Er küsste ihre weichen roten Lippen und spürte, wie sie sich entspannte. Ja.

»Ich habe heute Abend etwas Spezielles für dich geplant«, sagte er.

»Was denn?«

»Es ist eine Überraschung. Willst du nicht ausgiebig duschen, bis ich alles fertig habe?«

Sie ergriff seine Hand und zog daran. »Kommst du nicht mit? Ach, komm, Jagger!«

Oh, dieser flehende, sinnliche Tonfall. Er konnte kaum widerstehen. »Jetzt nicht. Ich komme dich holen, wenn ich fertig bin.«

»Oh, wir sind aber heute Abend geheimnisvoll, was?«

Er zog ihre Hand an die Lippen und küsste sie. »Keine Sorge, was ich vorhabe, wird dir gefallen. Und komm bloß nicht aus dem Badezimmer, bevor ich dich hole.«

Sie zuckte mit den Schultern. »Okay.«

Er wartete einen Moment lang, bis er sicher sein konnte, dass sie die Tür hinter sich geschlossen hatte. Dann ging er in die Küche.

Er holte die Platten aus dem Kühlschrank, die er früher am Tag vorbereitet hatte, Gefäße aus dem Küchenschrank und trug alles zum Esstisch. Anschließend zündete er die Kerzen an, die er überall in dem großen Raum verteilt hatte.

Er konnte es kaum erwarten, sie nackt in der Dusche zu sehen. Wenn er sich vorstellte, wie das Wasser über ihre blasse Haut floss, würde er am liebsten sofort zu ihr gehen, sich ausziehen und sich zu ihr unter die Dusche stellen.

Er musste sich zusammenreißen. Dafür war später noch Zeit. Dafür und für andere Dinge. Im Moment musste er sich auf seine Aufgabe konzentrieren. Heute ging es nur um sie.

Er dämpfte das Licht und bereitete das Szenario für den Abend vor. Er tat es für sie. Er würde alles für sie tun.

Eine kleine gemeine Stimme in seinem Hinterkopf erklärte ihm, dass es auf lange Sicht nicht funktionieren würde. Sie hatte viel zu viel Angst, war viel zu verschlossen. Und er trug sein Herz auf der Zunge wie ein Schuljunge, der zum ersten Mal verliebt war.

Aber für ihn fühlte es sich auch an wie das erste Mal.

Er konnte sich nicht von Mia Rose fernhalten. Hielt es nicht aus, sie nicht zu berühren und mit ihr zusammen zu sein. Und was er für sie empfand … er musste einfach hoffen, dass sie eines Tages seine Gefühle annehmen würde.

Aber jetzt noch nicht.

Nein, jetzt konnte er nur den Moment genießen.

Ein Schauer der Vorfreude lief ihm über den Rücken, als er begann, das Essen auf dem Tisch zu arrangieren. Oh ja, sie würde es lieben. Und er würde es ebenfalls lieben. Er sah ihr so gerne bei der Lust zu. Er hatte immer schon darauf geachtet, dass die Frau Lust empfand, aber seit er Mia Rose kannte, spielte kaum noch etwas anderes eine Rolle.

Er hielt inne bei seinen Vorbereitungen und lauschte auf das gedämpfte Plätschern der Dusche. Ja, es hatte ihn schwer erwischt.

Er liebte das Mädchen.

Sie zu lieben war eine körperliche Empfindung. Wie eine warme Welle schlug sie über ihm zusammen, nur dass das Gefühl von innen kam. Und plötzlich wusste er, dass er es ihr sagen musste. Vielleicht nicht heute Abend. Aber bald.

Er trat ans Sideboard, schenkte sich ein Glas Cabernet ein und trank einen Schluck. Er hatte keine Ahnung, wie sie es aufnehmen würde. Sie war keine gewöhnliche Frau. Sie ließ sich nicht völlig auf einen Mann ein. Er verstand das. Aber er wusste, dass sie etwas für ihn empfand. Wie weit ihre Gefühle gingen, blieb abzuwarten. Er konnte geduldig sein. Mia Rose Curry war eine Frau, auf die zu warten sich lohnte. Für sie lohnte sich alles.

Alles.

Wenn sie sich doch nur wirklich auf ihn einlassen würde. Er wusste, dass sie Schlimmes durchgemacht hatte, und verstand auch, warum sie sich emotional so zurückhielt. Aber sie hatte ihm ja ein paar Einblicke gegeben, und seitdem er das über sie wusste, fand er sie noch schöner und begehrenswerter als früher.

Tu es nicht. Nicht schon wieder.

Die hässliche kleine Stimme in seinem Kopf würde er zum Schweigen bringen müssen. Er war es leid, sich von seiner Vergangenheit vorschreiben zu lassen, wie er sich Frauen gegenüber zu verhalten hatte. Er war es leid, das Opfer zu sein und seine Wunden zu lecken. Zum Teufel, die Wunden waren verheilt. Und alles andere brauchte er nicht mehr. Er brauchte nur sie. Und wenn sie sich eine Weile von ihm lieben lassen würde, bevor sie sich von ihm trennte, dann wäre es auch gut.

Er ging zum Badezimmer, das Glas Wein in der Hand. Als er die Tür öffnete, wehte ihm Dampf entgegen. Es roch nach Seife und der feuchten Hitze aus der Dusche, die er so sehr liebte. Er stellte das Glas ab und rief: »Mia Rose! Es ist so weit!«

Er hatte sie mit zärtlicher Fürsorge abgetrocknet, sie in seinen weißen Frotteebademantel gewickelt, ihr einen Schluck Wein zu trinken gegeben und sie dann aus der dampfigen Wärme des Badezimmers geführt.

Es war schön, sich auf etwas freuen zu können, sich zu fragen, was er wohl vorbereitet haben mochte, was er mit ihr anstellen würde.

»Wohin gehen wir, Jagger?«

»Schscht. Du wirst schon sehen.«

Lächelnd nahm er ihr das Weinglas aus der Hand und dirigierte sie zum Esszimmer.

Mia stockte der Atem. Überall waren Kerzen, hohe Kandelaber standen auf dem Holzboden; dicke Säulenkerzen auf dem Sideboard, auf dem Weinkabinett. Aber völlig die Sprache verschlug es ihr beim Anblick des Esstischs.

Er hatte den gesamten Tisch wie eine gigantische Platte gedeckt. In der Mitte lag Folie. An allen vier Ecken waren kunstvoll Obststapel aufgetürmt: Ananas, Erdbeeren, Melonenscheiben. Dazwischen lagen kleinere Beeren. Dunkelbraune und weiße Schokoladensauce war über die Früchte geträufelt worden. Am hinteren Ende des Tischs waren winzige Trüffelpyramiden. Und hier und dort lagen Blumen: Stiefmütterchen, Kapuzinerkresse, hübsche, essbare Blüten.

»Oh Gott, Jagger …« Ihr versagte die Stimme. Die Knie wurden ihr weich, sie wurde feucht, und Verlangen stieg in ihr auf.

Sie konnte es nicht glauben, dass er das für sie vorbereitet hatte. Und sie wusste genau, was er als Nächstes tun würde. Allein bei dem Gedanken daran begann sie zu zittern.

Jagger zog ihr den Bademantel von den Schultern und ließ ihn zu Boden fallen, so dass sie nackt vor ihm stand.

»Ich … ich weiß nicht, ob ich das kann«, flüsterte sie.

»Natürlich kannst du es.«

Sie schüttelte den Kopf. »Weißt du, wie es ist, wenn deine tiefsten, dunkelsten Träume wahr werden?«

»Wahrscheinlich ein wenig überwältigend.«

Sie blickte ihn an, sein schönes Gesicht, seine sanften Augen. Dann nickte sie. Ihre Kehle war wie ausgedörrt.

»Komm, du kannst es, Mia Rose«, versicherte er ihr. »Und du weißt, dass du es möchtest.«

Sie schluckte. Lust breitete sich brennend in ihrem Körper aus und brachte ihn zum Summen. »Mehr als alles auf der Welt.«

Er ergriff ihren Arm und half ihr, über einen Stuhl auf den Tisch zu steigen, über die Früchtestapel und die Schokolade.

»Leg dich hin, Baby.«

»Gott, Jagger.«

Er hielt noch immer ihre Hand. Er zog sie an seine Lippen und drückte einen sanften Kuss darauf. »Es ist okay. Ich bin ja da. Es wird gut werden, so gut.«

Es war bereits gut. Sie ging auf die Knie und legte sich auf den Rücken, streckte die Beine aus. Die Folie war kühl an ihrer Haut, aber das trug nur noch zur Spannung bei. Der Duft der Früchte und der Süßigkeiten erfüllte ihre Sinne und berauschte sie. Sie war so nass wie noch nie in ihrem Leben.

»Entspann dich«, sagte Jagger zu ihr. »Ich mache schon alles. Gib dich mir einfach nur hin, Mia Rose.«

Ja, das tat sie ja bereits. Es war das, was ihr am schwersten fiel, aber bei Jagger konnte sie es seltsamerweise zulassen.

Lass es geschehen.

Sie hatte ja auch keine andere Wahl. Ihr Körper hatte die Führung übernommen und schrie mit jeder Pore *Ja.*

Jagger zog sein T-Shirt aus. Sie liebte den Anblick seines schlanken braunen Oberkörpers und der dunklen Stammestätowierungen um seine Oberarme. Liebte ihn dafür, dass er der Mann war, der sie mitnahm in das Herz ihrer Fantasien.

Er beugte sich über sie und küsste sie leicht auf die Lippen. Sie erschauerte. Die Hitze seines Mundes schoss ihr direkt in die Brüste und in ihr Geschlecht. Und dann glitten seine Hände über ihren Bauch und ihre Schenkel. Oh, sie waren zu gut, seine Hände, während sie dalag wie ein perverses Festmahl.

Pervers, ja, aber wundervoll. Das Gefühl war exquisit, wie sie hilflos dort lag, umgeben von den Objekten ihrer Obsession.

Jagger hob ein Glasgefäß, und sie roch den Honig, noch bevor er begann, ihn ihr auf die Haut zu tröpfeln. Zuerst auf ihre Schultern, dann drehte er ihre Handflächen nach oben, so dass die klebrige Flüssigkeit über die empfindliche Haut an den Innenseiten ihrer Arme lief. Es war ein unglaubliches Gefühl, ungeheuer erotisch und warm.

Als er bei ihren Brüsten angelangt war, war sie voller Verlangen, und ihr Geschlecht war geschwollen und nass. Sie hatten kaum angefangen, und sie wusste schon nicht mehr, wie viel sie noch ertragen konnte.

»Jagger …«

»Ja, es ist gut, Baby, oder?«, murmelte er.

Er war ganz bei der Sache. Er ergriff eine Schale mit warmer Schokoladensauce und goss sie über ihren Bauch und ihre Schenkel. Mit beiden Händen spreizte er ihre Beine. Als die duftende Flüssigkeit ihre Spalte traf, stieß Mia einen Schrei aus und bäumte sich auf. Überall duftete es nach Schokolade und Honig.

»Gott, Jagger, berühr mich.«

Lächelnd fuhr er mit einem Finger über ihre schokoladenbeschmierte Spalte.

»Ah!«

Aber schon machte er weiter, tröpfelte Schokolade auf ihre Waden, ihre Füße.

»Als Nächstes kommt Karamell, Baby.«

Ein weiteres Gefäß mit warmer, klebriger Flüssigkeit. Der scharfe Duft von verbranntem Zucker hing in der Luft, und die Karamellsauce auf ihrer Haut fühlte sich an wie der reine Sex. Sie brannte vor Lust, ihre Nippel waren hart und schmerzten, ihr Geschlecht war heiß und geschwollen. Sie konnte kaum stillhalten.

»Jagger, bitte. Bitte …«

»Ich habe noch etwas für dich, Mia Rose.«

Er nahm eine Dose mit Schlagsahne, und sie verlor beinahe den Verstand.

»Ja … ah, Gott.«

Er sprühte ein wenig auf seinen Finger und führte ihn an ihre Lippen. Sie leckte ihn ab, saugte an ihm. Die Sahne war süß, aber es steckte viel mehr dahinter. Ihr Körper erinnerte sich allzu gut daran. Hitze stieg in ihr auf, und sie wand sich keuchend.

Jagger beugte sich über sie. »Weißt du, wie schön du jetzt bist? Deine Augen sind groß und dunkel. Voller Verlangen. Und dein Mund … Himmel, ich halte es kaum aus, auf deinen Mund zu schauen. Ich bin ganz hart, Baby. Aber das hier ist nur für dich. Und das macht auch mich scharf.«

Erneut sprühte er sich Sahne auf die Finger und ließ sie noch einmal daran saugen. Zitternd vor Lust tat sie es.

Dann zog er die Hand weg und sagte sehr leise: »Und jetzt fangen wir an.«

Mia zog scharf die Luft ein, das Herz schlug ihr bis zum Hals. Seine Worte bedeuteten ihr so viel mehr als nur dieses Experiment. Ihr ganzer Körper löste sich auf in einem Meer von Duft und Geschmack.

Bald.

Jetzt.

Er beugte sich über sie, seine dunklen Augen schimmerten im Kerzenlicht. Dicht vor ihrem Gesicht flüsterte er: »So hast du es dir immer erträumt, Mia Rose.«

Ein Schauer durchrann sie. Dann lagen seine Lippen auf ihren, und sie schmeckte erneut die Schlagsahne. Aber seine Zunge war noch süßer. Jagger.

Er zog sich zurück und fuhr mit einem Finger in einer quälend langsamen Linie bis zur Mitte ihres Körpers hinunter, wobei er den Honig, die Schokolade und die Karamellsauce auf ihrer Haut verteilte. Dann begann er sie abzulecken, und die Hitze überflutete ihren Körper, ihre Brüste, ihr Geschlecht. Stöhnend wand sie sich.

Mit den Händen spreizte er ihre Schenkel und bewegte sich ganz langsam tiefer. Es war die reine Qual. Aber es sollte niemals enden, es war so schön.

Er hielt ihre Beine gespreizt, aber statt sich zu ihrer Spalte zu bewegen, leckte er weiter über ihren Bauch, bedeckte ihn mit kleinen Küssen. Die Schokolade tropfte über ihre schmerzende Möse.

»Jagger …«

Er hob den Kopf und lächelte sie an. Seine schönen weißen Zähne. An einem Mundwinkel hing ein Tropfen Schokoladensauce, und am liebsten hätte sie ihn abgeleckt.

Erneut hob er die Dose mit der Sahne, und ihr Geschlecht zog sich zusammen. Dann sprühte er die Sahne über ihre harten Nippel.

»Das willst du doch, Mia Rose, nicht wahr? Das willst du doch mehr als alles andere.«

»Ja«, hauchte sie.

Er berührte einen Sahnehügel mit der Fingerspitze und steckte ihn ihr in den Mund. Erneut nahm sie den Finger zwischen die Lippen, und die süße cremige Sahne wirkte auf sie wie ein Aphrodisiakum.

Als er sich über sie beugte und einen sahnebedeckten Nippel in den Mund nahm, durchfuhr sie ein sinnlicher Schock. Sie ließ seinen Finger nicht los und zog ihn noch tiefer in den Mund.

Seine Zunge wirbelte über ihren Nippel, und er saugte fester. Ihr Geschlecht prickelte vor Verlangen, und ein Stromschlag der Lust durchzuckte sie.

Sein Finger glitt aus ihrem Mund. »Ah, Jagger, bitte … Gott, ich kann nicht mehr warten!«

Er saugte fester, und der süße Duft von Schlagsahne hüllte sie ein. Die Erinnerung überwältigte sie, und sie kam und schrie auf, als sie explodierte. Lust hämmerte durch ihren Körper, sie wand sich schluchzend in reiner Ekstase.

Sie zitterte immer noch am ganzen Leib, als er sich von ihr löste und ihr Gesicht beobachtete. Ihr war egal, wie sie in diesem Moment aussah. Wichtig war nur, was mit ihr geschah.

»Du bist so schön, wenn du kommst, Mia Rose. Und das ist nur das erste Mal heute Abend. Ich werde dich immer wieder zum Orgasmus bringen. Ich möchte es sehen, spüren, wie dein Körper zittert. Dich mit meiner Zunge schmecken, wenn du kommst.«

Er fuhr mit seiner Zunge über ihren Oberschenkel,

und sie zuckte zusammen. Und obwohl die Wellen ihres Höhepunkts gerade erst verebbt waren, stand sie schon wieder kurz vor dem nächsten Orgasmus, als er über ihre schokoladenbeschmierte Spalte leckte.

Gütiger Himmel, es war zu gut. Sie bog ihre Hüften vor Lust und drückte sich jedem seiner Zungenschläge entgegen. Der Duft der Schokolade stieg ihr in die Nase, süß und scharf zugleich. Und dann seine Zunge. Mit den Fingern zog er ihre Schamlippen auseinander, seine nasse Zunge drang ein und leckte über ihr Fleisch. Sie wurde fast wahnsinnig vor Verlangen.

Sie keuchte atemlos, als sich ein weiterer Orgasmus aufbaute. Als sich seine Lippen um ihre Klitoris schlossen, schien sie in seinen Mund hinein anzuschwellen.

»Jagger! Bitte … hör nicht auf. Ich … ich brauche dich. Bitte … bitte …«

Die Spannung in ihrem Körper baute sich schnell auf, die Ekstase breitete sich überall aus. Und Jagger leckte und saugte immer weiter. Zusätzlich massierte er mit den Fingern ihre Schamlippen. Und erneut kam sie, von Hitze überflutet. Sie zitterte vor Lust.

»Oh … oh … Ja!«

Sie bäumte sich auf, stieß mit den Hüften, und ihre inneren Muskeln zogen sich zusammen. Tränen liefen über ihre Wangen. Tränen der Freude. Tränen des Schmerzes um das, was sie all die Jahre versäumt hatte.

Als sie wieder zu Atem gekommen war, hob Jagger den Kopf und wischte sich das Gesicht mit dem Arm ab. Als er sie küsste, konnte sie alles schmecken: die Schlagsahne, Schokolade und Karamell und den Honig, gemischt mit ihrem eigenen Ozeanduft, salzig und so süß.

Immer noch liefen kleine, bebende Lustwellen durch ihren Körper.

»Ja. Schnell und heftig«, sagte Jagger leise. »Das hast du gebraucht. Jetzt können wir uns Zeit lassen. Jetzt können wir wirklich spielen.«

Er fuhr mit einem Finger über ihre Haut, wischte ihn an seinen Lippen ab und küsste sie. Weiche, zuckersüße Küsse. Er löste sich von ihr und blickte sie an. Mia konnte keinen klaren Gedanken mehr fassen. Sie wollte nur, dass er sie noch einmal berührte.

Sie schwebte im seligen Nirwana und war sich doch jeder seiner Berührungen überdeutlich bewusst. Ihre Gliedmaßen lagen schwer auf dem Holztisch, als ob sie dort angewachsen wären.

Jagger zog sich mit langsamen Bewegungen aus. Als er wieder an den Tisch trat und sie seinen Schwanz sah, braun, hart und wunderschön, lief ihr buchstäblich das Wasser im Mund zusammen.

»Ich muss dich anfassen«, sagte sie mit bebender Stimme zu ihm.

Er zog einen Stuhl an den Tisch, kletterte von dort aus auf den Tisch und kniete sich über sie. Er ergriff ein Gefäß und goss sich den Inhalt über den Schwanz. Etwas von der immer noch warmen Flüssigkeit tropfte auf ihren Bauch. Sie holte tief Luft und atmete den verführerischen Duft von Frucht und karamellisiertem Zucker ein.

Jagger ergriff eine Erdbeere, fuhr damit über die Spitze seines Schwanzes, und sie sah, wie sein Schaft pulsierte. Er hob die Beere an ihre Lippen, sie öffnete den Mund und nahm sie zwischen die Zähne.

»Ja, Baby.«

Er hob die Hüften an, und sie nahm seinen dicken Schwanz in den Mund.

Sie schluckte ihn Zentimeter um Zentimeter und hatte beinahe das Gefühl, er würde in ihre Möse eindringen. Sie war nass, und schon wieder pochte die Lust in ihr. Er schob eine Hand hinter ihren Kopf und hielt ihn fest, damit er besser in ihren Mund hineinpumpen konnte. Als er gegen die hintere Wand ihrer Kehle stieß, füllten sich ihre Augen mit Wasser, aber sie zwang sich dazu, sich zu entspannen und ihn ganz aufzunehmen. Ihr Geschlecht prickelte vor Verlangen, und sie näherte sich erneut dem Höhepunkt.

»Ah, Mia Rose, du bist zu gut, Baby. Ich muss aufhören.«

Jagger zog sich aus ihrem Mund zurück, und sie hatte schlagartig ein Gefühl der Leere.

»Jagger, nein …«

Lächelnd beugte er sich über sie und küsste sie.

»Wir haben die ganze Nacht Zeit. Und ich muss mein Versprechen halten.«

Er legte sich auf sie, ergriff eine Scheibe frische Mango, hielt sie ihr an die Lippen und sagte: »Du darfst nur daran saugen, Mia Rose, nicht hineinbeißen.«

Gehorsam öffnete sie die Lippen, und er schob die Frucht in ihren Mund. Kühl und angenehm glitt sie über ihre Zunge, als er sie wieder herauszog. Es war fast so, als würde sie an einem kleinen Schwanz lutschen. Schauer liefen ihr über den Körper. Ihre Nippel und ihre Klitoris waren hart und schmerzten vor Verlangen. Aber sie konzentrierte sich auf die Frucht, die kühl und frisch in ihren Mund stieß, als würde sie sie ficken.

Jagger zog das Stück Mango heraus und küsste sie.

»So süß, meine Mia Rose«, murmelte er. Sein Gesicht war ganz entspannt vor Lust, und seine Lippen rosig und geschwollen, als er die Mango darüber rieb und daran saugte.

Mit einer Hand zog er ihre Schamlippen auseinander und ließ die Mango über ihre Spalte gleiten.

»Oh!«

»Das ist gut, was? Ich wusste, dass es dir gefällt.«

Unvermutet stieß er das Stück Mango in ihre feuchte Höhle.

»Ah, Gott, Jagger!«

Er begann sie damit zu stoßen, und sie keuchte und

schrie. Und als er die Mango schließlich herauszog, in den Mund steckte und verspeiste, verlor sie beinahe den Verstand.

Er beugte sich über sie, rieb seinen Schwanz an ihrem klebrigen Bauch. Mit einer Hand drückte er ihre Brüste zusammen und stieß seinen Schwanz dazwischen. Mit dem Daumen reizte er ihre Nippel. Mia reckte sich ihm entgegen.

»Jagger, bitte, ich brauche dich in mir. Bitte«, keuchte sie.

»Ich brauche dich auch, Baby.«

Er zog ihre Beine hoch, bis ihre Knie gegen seine Schultern drückten, so dass sie völlig offen vor ihm lag. Rasch zog er ein Kondom über seinen Schwanz, und dann stieß er tief in sie hinein.

Um sie herum war der Duft von warmem Zucker, und seine Haut war klebrig und schweißüberströmt zugleich. Er blickte sie unverwandt an, als er mit langen Stößen in sie eindrang.

Lust überwältigte sie, und bald schon war sie wieder am Höhepunkt angelangt. Jaggers graue Augen glitzerten, und als er innehielt und erstarrte, kam auch sie.

Und etwas in ihr öffnete sich und ergoss sich in einem warmen Strom.

Jaggers Hand hielt sie im Nacken, seine Finger krallten sich in ihre Haare, als er erschauerte und stöhnte. Und er blickte sie immer weiter unverwandt an, so dass sie seine Lust sehen konnte.

Keuchend lagen sie da. Mia hätte am liebsten geweint. Und doch hatte sie sich in ihrem ganzen Leben nie glücklicher gefühlt.

»Jagger … was ist das?«

Immer noch blickte er sie an. Er zog ihren Kopf zu sich heran und küsste sie.

»Liebe, Mia Rose. Es ist Liebe.«

16

Eiskalte Panik stieg in Mia auf.

Liebe.

Du lieber Himmel! Aber hatte sie diesen Gedanken nicht auch gerade gehabt? Das Gefühl war so natürlich gewesen, dass sie es nicht in Frage gestellt hatte. Wieso hatte sie dann jetzt auf einmal so schreckliche Angst, dass sie am ganzen Leib zitterte, obwohl sie unter Jaggers warmem Körper lag? Auf dem Tisch, auf dem er ihre geheimste Fantasie inszeniert hatte? Er hatte das für *sie* gemacht. Das hatte noch kein Mann für sie getan. Aber Jagger war eben anders als alle Männer, die sie bisher gekannt hatte.

Und bei ihm war auch sie anders.

Die Angst schnürte ihr die Kehle zu. Sie konnte nicht sprechen. Und dabei summte ihr Körper noch vor Lust.

Jagger küsste sie, überschüttete ihre Wange, ihr Kinn, ihre geschlossenen Augenlider mit winzigen Küssen. Sie konnte es nicht ertragen, ihm jetzt in die schönen grauen Augen zu blicken. Sie wusste, dass sie dort zu viel sehen würde. Und wenn sie ihn jetzt anschauen würde, würde sie sich unweigerlich in ihn verlieben.

Also hielt sie die Augen fest geschlossen. Aber seine Lippen, die so weich über ihre Haut glitten, schienen sich einen Weg direkt zu ihrem Herzen zu bahnen.

Nein, nein, nein!

Als er sie so zärtlich auf die Lippen küsste, dass ihr die Tränen in die Augen traten, wusste sie jedoch, dass es zu spät war.

»Gott, Jagger«, flüsterte sie. »Ich liebe dich.«

Seine Lippen waren so dicht an ihren, dass sie seinen warmen, duftenden Atem auf ihrem Gesicht spüren konnte. Sie öffnete die Augen und blickte ihn endlich durch einen Tränenschleier hindurch an.

»Baby, weine nicht. Es ist doch alles gut. Ich liebe dich, Mia Rose.«

Er umfasste ihr Gesicht mit beiden Händen, und allein diese Berührung war süßer als alles, was sie bisher in ihrem Leben empfunden hatte. Diese Berührung, sein Gesichtsausdruck, seine Stimme, so voller Liebe.

Sie hatte noch nie in ihrem Leben solche Angst gehabt.

»Ich … ich kann es nicht glauben«, stieß sie mit erstickter Stimme hervor.

»Alles ist gut, Baby.« Jagger streichelte ihr über die Wange.

Sie schüttelte den Kopf. Er half ihr, sich aufzusetzen, und führte sie in die Dusche. Schweigend standen sie dort, sie legte den Kopf an seine Brust und ließ sich von ihm waschen. So sanft, so zärtlich. Dann trocknete er sie mit einem dicken weißen Handtuch ab, zog ihr eins seiner Pyjamaoberteile an und schlüpfte selbst in die Pyjamahose. Dann ging er mit ihr ins Bett, legte sich neben sie und schlang die Arme um sie.

Mia versuchte sich zu entspannen, aber es gelang ihr nicht. Ihre Gedanken überstürzten sich.

Als er seine Hand auf ihre Brust legte, reagierte sie auf die Berührung wie immer: Sofort entzündete sich ein Feuer in ihrem Blut und entwickelte sich zu heftigem Verlangen. Aber jetzt wandte sie sich von ihm ab.

»Mia Rose, was ist los? Stimmt etwas nicht?«

»Ich weiß nicht, wie ich es erklären soll. Ich bin so … Ich habe so schreckliche Angst. Gott, ich kann das nicht. Ich kann es nicht.«

»Hat es etwas mit dem Altersunterschied zu tun? Mit dem Schüler-Lehrer-Verhältnis? Ich verlasse das Seminar. Ich kann auch einen Ferienkurs belegen. Ich habe das ganze Wochenende darüber nachgedacht.«

»Nein, das geht nicht. Das ist der letzte Schein, den du brauchst, um das Examen machen zu können. Du kannst doch nicht wegen mir alles hinschmeißen.«

»Das würde ich nicht deinetwegen tun, sondern wegen mir. Ich liebe dich, Baby. Und ich werde alles tun, damit wir zusammen sein können. Ich kann nicht mehr so tun, als würde es nie wieder passieren. Jetzt nicht mehr. Alles hat sich verändert.«

Er hatte recht. Alles hatte sich verändert. Aber sie wusste trotzdem nicht, ob sie damit umgehen konnte. Es war alles so viel einfacher, wenn sie nur zwei Menschen waren, die sich zueinander hingezogen fühlten und ihre sexuellen Fantasien erkundeten.

Und es gefiel ihr nicht, dass er seine Zukunft wegwarf. Vor allem nicht, wenn sie eine Beziehung miteinander hatten.

»Ich halte das für keine gute Idee, Jagger.«

»Ich kann ja trotzdem im Herbst in Berkeley anfangen.«

»Darum geht es nicht.«

Er schwieg einen Moment, dann drehte er sie zu sich und blickte ihr in die Augen.

»Worum geht es dann? Was willst du mir sagen?«

Sie biss sich auf die Lippe, um den scharfen Schmerz in ihrer Brust zu unterdrücken. »Ich ... will dir sagen, dass ich vielleicht nicht weiß, wie ich damit umgehen soll. Und ich halte es für dumm, wenn du jetzt eine Entscheidung triffst, die deine Zukunft beeinflussen kann. Ich glaube nicht, dass du im Moment ganz rational entscheiden kannst.«

»Liebe ist nicht rational, Mia Rose.«

»Mach bitte keine Witze darüber.«

»Ich mache keine Witze. Hast du überhaupt keine Ahnung, wie real das alles für mich ist? Ich gehe ein großes Risiko mit dir ein. Es ist so, als ob ich einen Teil von mir aufschlitze und offenbare. Aber ich muss es einfach tun. Ich bin vorher so sehr verletzt worden und wollte das eigentlich nie mehr erleben. Aber ich muss dich einfach lieben, ich kann nicht anders. Auch wenn es mich wieder vernichtet.«

»Das macht es sogar noch schlimmer!« Ihr Herz hämmerte, und ihr ganzer Körper tat ihr weh.

»Schlimmer?« Er stützte sich auf einen Ellbogen und blickte sie an. »Was ist so schlimm daran, wenn man sich liebt?«

Aber sie sah in seinen Augen, dass er diese Unsicherheit auch empfand.

Leise antwortete sie: »Ich glaube, du weißt ungefähr, wo das Problem liegt, Jagger. Ich … ich habe ein Defizit, was Beziehungen angeht. Ich lasse nicht wirklich jemanden an mich heran. Oh, ich habe es versucht. Mit Karalee. Mit dir. Aber es reicht nicht. Und du hast offensichtlich auch dein Päckchen zu tragen. Ich bin genau die Frau, die dich so verletzen könnte, dass du dich nie wieder davon erholst. Weil ich … weil ich nicht wirklich lieben kann. Nicht mehr.«

»Das habe ich von mir auch gedacht. Und dann bin ich dir begegnet. Mittlerweile habe ich begriffen, dass ich bei meinen früheren Beziehungen immer gedacht habe, sie seien auseinandergegangen, weil ich etwas falsch gemacht hätte. Vielleicht war es ja auch so, wer weiß das schon? Aber ich verschwende jetzt keine Zeit mehr damit, es zu analysieren. Jetzt denke ich nur noch, dass ich es mit dir richtig machen kann. Lass dich von deinen Ängsten nicht überwältigen, Mia Rose.«

Sie wurde rot vor Zorn. »Ich bin hier nicht die Einzige, die Angst hat.«

»Nein. Aber du bist diejenige, die weglaufen will.«

»Ich rede doch jetzt mit dir darüber.«

»Du kannst nicht so tun, als ob du mich nicht liebtest.«

Sie schüttelte den Kopf. Erneut traten ihr Tränen in die Augen. »Nein. Aber ich kann mir Zeit mit meiner Entscheidung lassen.«

»Scheiße.« Er warf sich auf den Rücken.

»Ich glaube, ich fahre jetzt besser nach Hause.«

Er schwieg lange Zeit. Dann rieb er sich mit der Hand übers Kinn. »Ja. Okay. Vielleicht ist das besser.«

Der Knoten in ihrem Magen zog sich zusammen; er schien tausend Pfund zu wiegen. Tausend Pfund an Schmerzen. Aber sie wusste nicht, was sie sonst tun sollte. Sie musste nachdenken, sich überlegen, was es für sie bedeutete, diesen Mann zu lieben.

»Jagger …« Sie streckte die Hand aus und berührte ihn am Arm. Als er zusammenzuckte, zog sie erschreckt die Hand weg. »Okay. Okay. Ich wollte nur sagen … das bedeutet nicht … das bedeutet nicht, dass ich nicht mit dir zusammen sein will. Ich weiß nur nicht, was es bedeutet.«

Er blickte sie an. Seine Augen waren dunkel und voller Emotionen. Sie kam sich schrecklich gemein vor.

»Sag mir Bescheid, wenn du dahintergekommen bist.«

Seine Stimme klang zornig. Sie konnte es ihm nicht verdenken.

Der Holzboden war kalt unter ihren nackten Füßen, als sie aufstand und sich im Mondlicht, das durch das Fenster drang, anzog. Sie ergriff ihre Tasche, hielt kurz inne und überlegte, ob sie noch einmal an das große Bett treten sollte, in dem Jagger lag. Aber sie hatte keine Ahnung, was sie ihm sagen sollte. Für heute Abend hatte sie schon alles gesagt. Wahrscheinlich sogar zu viel. Also öffnete sie die schwere Eingangstür und schlüpfte hinaus, wobei sie das Gefühl hatte, sich davonzustehlen. Sie kam sich vor wie ein Feigling. Aber sie musste gehen.

Als sie in ihr Auto stieg, liefen ihr die Tränen übers Gesicht. Sie blinzelte, damit sie überhaupt etwas sehen konnte.

Sie konnte es nicht glauben, dass sie ihn liebte.

Und sie konnte es nicht glauben, dass sie ihn liebte und trotzdem gegangen war.

Die Stadt war still, das heftige Pochen ihres Herzens war das einzige Geräusch, das sie hörte. Schließlich schluchzte sie so heftig, dass sie an den Straßenrand fahren und anhalten musste. Sie wusste nicht genau, wo sie war, aber es war ihr egal.

Du hast den Verstand verloren.

Nein, du hast dein Herz verloren.

Der Kloß in ihrem Hals wurde immer größer, dass sie keine Luft mehr bekam. Ihr drehte sich der Kopf, und sie wusste nicht mehr ein noch aus.

Wie sollte sie weiterleben? Es tat alles so schrecklich weh.

Erneut schluchzte sie, und ein paar Sekunden lang konnte sie nicht atmen. Wie Glasscherben brannte ihr Schluchzen im Hals, sie gab Laute wie ein verletztes Tier von sich. Sie empfand solche Schmerzen. Ihr ganzer Körper schrie. Und sie zitterte so sehr, dass ihre Zähne aufeinanderschlugen.

Bilder von Ben, ihrer Mutter, ihrer Großmutter tauchten vor ihrem inneren Auge auf. Und sie sah auch Jagger.

»Oh, Gott …«, flüsterte sie erstickt. »Ich habe ihn bereits verloren.«

Stöhnend setzte Karalee sich auf. Irgendwann war sie auf dem Sofa eingeschlafen. Jetzt war sie ganz steif, und ihr war kalt. Sie schlang sich die Decke, die über der Armlehne lag, um die Schultern. Es musste noch früh sein; es war noch fast dunkel. Als ihr Kopf klarer wurde, fiel ihr auf einmal ein, was sie hier tat, was gestern Abend passiert war.

Sie stand auf und trat ans Fenster im Wohnraum. Die kühle Morgenluft beruhigte sie.

Es war ein klassischer, nebliger Morgen in San Francisco. Sie hatte den Nebel immer geliebt. Er war der Grund gewesen, dass sie in dieses Viertel so nahe am Meer gezogen war. Aber der heutige Morgen war nur trüb.

So trüb, wie sie sich innerlich fühlte. Das Gefühl, das Gideon verursacht hatte.

Plötzlich wallte Wut in ihr auf, hell lodernde Wut, die den morgendlichen Nebel durchdrang.

Wie konnte er es wagen, ihr das anzutun? Er hatte sie doch an der Nase herumgeführt. Hatte ihr seinen Schmerz und seine Geheimnisse anvertraut und sie dann weggeschickt. Wie konnte er es wagen, einfach so auf ihrem Herzen herumzutrampeln?

Sie warf die Decke auf den Boden. Sie würde sich das nicht gefallen lassen, oh nein. Sie würde zu Gideons Haus fahren und ihm die Meinung sagen. So spielte kein Mann mit ihren Emotionen. Ihr Leben lang hatte sie tiefe Gefühle vermieden, und jetzt, da sie sie endlich einmal zugelassen hatte, passierte so etwas!

Sie marschierte den Flur entlang zu ihrem Schlafzimmer und zog sich Jeans und Pullover an. Gideon sah sie lieber im Rock. Aber dieses Mal machte sie sich nicht für ihn zurecht.

Dann ergriff sie ihre Tasche und ihre Schlüssel, lief zu ihrem Wagen und fuhr quer durch die Stadt an diesem stillen, grauen Morgen.

In Gideons Viertel war es noch stiller. Aber sie bemerkte es gar nicht. Sie lief zu seiner Haustür und klopfte energisch.

Er öffnete die Tür, zerzaust und verschlafen. Er trug immer noch die Kleidung vom Abend zuvor.

»Himmel, Karalee. Was tust du hier?«

»Ich muss mit dir reden.«

»Ich möchte auch mit dir reden.« Seine Stimme war rau. Sexy.

Das würde sie gar nicht erst zur Kenntnis nehmen.

»Du hast gestern Abend genug gesagt beziehungsweise gar nichts gesagt außer Lebewohl.«

»Ich weiß.« Er rieb sich über sein unrasiertes Kinn. »Komm herein.«

Sie kochte immer noch vor Wut, als sie an ihm vorbei durch die Tür ging. Als er sie anschaute, trat sie einen Schritt zurück und zwang sich, ruhig stehen zu bleiben. Am liebsten hätte sie ihn berührt.

»Okay.«

Gideon trat ans Fenster im Wohnraum und begann hin- und herzugehen. Sie blieb in der Tür stehen.

»Willst du dich nicht setzen, Karalee?«, fragte er. »Bitte«, fügte er hinzu, als sie sich nicht rührte.

Sie verschränkte die Arme und schüttelte den Kopf, trat aber zu der braunen Ledercouch.

»Okay, Gideon. Sprich. Sag, was du sagen willst.« Langsam verrauchte ihre Wut.

Erneut fuhr er sich mit der Hand übers Kinn, und sie sah, wie müde er wirkte. Seine Augen waren rot, und er schlurfte beim Gehen mit den nackten Füßen über den Holzboden. Ihn so zu sehen tat ihr weh, und sie biss sich auf die Lippe. Sie wollte kein Mitgefühl empfinden.

Schließlich blieb er stehen und blickte sie an.

»Es tut mir leid, Karalee.«

»Das ist schon mal ein guter Anfang. Was tut dir leid?«

»Dass ich dich verletzt habe.«

Seine Stimme klang so aufrichtig. Sie konnte es kaum ertragen. »Fahr fort.«

»Du musst das verstehen, Karalee. Gestern Abend war zum ersten Mal eine Frau in meinem Haus seit … seit meine Frau gestorben ist.«

»Das verstehe ich. Aber ich hatte angenommen, dass du mich hierhin mitnimmst, bedeutete deine Bereitschaft für … für mehr.« Sie strich sich die Haare aus der Stirn. »Bring mich nicht dazu, es auszusprechen, Gideon.«

Seine dunklen Augen glitzerten. Aber dieses Mal ging es nicht um Sex.

Mit zwei langen Schritten trat er zu ihr. »Ich dachte, ich wäre bereit. Ich dachte, ich könnte alles hinter mir lassen. Aber das Problem ist, dass man nicht einfach jemanden verlieren und darüber hinwegkommen kann. Nicht ganz jedenfalls. Dieser Verlust wird immer ein Teil von mir sein. Das musst du akzeptieren. Und dazu musst du mich an dich heranlassen. Und ich weiß nicht, ob du dazu bereit bist.«

Sie schlang die Arme um ihren Körper, als müsste sie sich festhalten. »Ich weiß, was du verloren hast. Ich habe mich nie auf eine Beziehung eingelassen und bewege mich deshalb auf unsicherem Boden. Das musst du akzeptieren, Gideon. Was ich für dich empfinde, ist für mich völlig neu. Ich will dich ja an mich heranlassen, aber ich habe keine Ahnung, wozu ich fähig bin.«

»Mit jeder Beziehung geht man ein Risiko ein.«

»Ist das, was wir haben, eine Beziehung?«

»Etwa nicht? Wären wir denn hier, wenn es keine wäre?«

»Das musst du mir sagen, Gideon.« Sie zitterte am ganzen Körper. »Du musst die Worte sagen.«

Er nickte, trat näher und zog sie hoch, so dass sie sich Auge in Auge gegenüberstanden.

Sie spürte die Wärme seiner Hände sogar durch ihren Pullover hindurch. Und sie konnte ihn jetzt riechen, seinen nachtdunklen Duft.

»Karalee.« Seine Stimme war rau, dunkel wie sein Duft. »Ich verliebe mich in dich.«

Nur langsam begriff sie, was er gerade gesagt hatte. Dann nickte sie. Sie hatte einen Kloß im Hals.

»Liebst du mich, Karalee?«

Sie nickte. »Ja. Ich liebe dich.«

Wie fremd diese Worte klangen. Aber sie waren die Wahrheit. Und sie hatte sie ausgesprochen. Jetzt konnte sie es nicht mehr leugnen.

Er schaute sie an, und dann küsste er sie zärtlich. Ihre Arme schlangen sich wie von selbst um seinen Hals.

Sie hätte am liebsten geweint. Aber sie hatte genug Tränen vergossen.

Als sie sich voneinander lösten, fragte sie: »Und was passiert jetzt?«

»Jetzt probieren wir es aus. Wir nehmen jeden Tag so, wie er kommt, und lernen uns zu lieben.«

Erneut nickte sie. »Ja, ich hätte es gerne so einfach.«

»Ich auch.«

Er schaute sie aus seinen braunen Augen aufmerksam an. Er war so schön, und allein bei seinem Anblick wurde ihr heiß. Sie ergriff seine Hände und legte sie auf ihre Brüste.

»Schlaf mit mir, Gideon.«

Er sagte kein Wort, als er sie entkleidete. Und als sie nackt war, zog er sich ebenfalls aus, hob sie hoch und trug sie in sein Schlafzimmer im ersten Stock.

Er legte sie auf sein breites Bett und bedeckte ihren Körper mit seinem. Karalee blinzelte zu den Dachfenstern in der Gewölbedecke. Wunderschön. Tief atmete sie seinen Duft ein. Sie fühlte sich so sicher wie noch nie in ihrem Leben. Und zum ersten Mal brauchte sie es. Sie brauchte einen anderen Menschen. Sie brauchte *ihn.*

Er begann sie zu küssen, und seine Lippen glitten warm über ihre Haut. Sie zog ihn enger an sich heran und spreizte die Beine, um seinen Schwanz zu ihrem nassen, bereiten Geschlecht zu führen.

»Ich will dich in mir spüren, Gideon.«

»Ja …«

»Nein, du verstehst mich nicht. Ich *brauche* dich …«

Er hielt inne und blickte ihr in die Augen. Seine Stimme war rau. »Ich verstehe genau, was du meinst, Karalee. Ich verstehe dich.«

Ganz langsam drang er in sie ein, und Lust überflutete sie wie eine warme Welle. Als er tief in ihr war, hielt er einen Moment lang ganz still, stützte sich auf die Ellbogen und blickte ihr in die Augen. Das Gefühl, das sie durchströmte, machte sie atemlos.

Kein Mann hatte ihr je beim Sex in die Augen geblickt.

Kein Mann hatte jemals wirklich Liebe mit ihr gemacht.

So ist das also.

Es war so gut, ihn tief in ihrem Körper zu spüren. Auf unerklärliche Weise ging es weit über den körperlichen Akt hinaus. Sie ließ es einfach geschehen, und die Lust hüllte sie beide ein.

Seine Lippen auf ihren, sein keuchender Atem, seine Zunge in ihrem Mund und sein Schwanz, der in einem stetigen Rhythmus in sie hineinstieß, alles war zu gut. Spannung baute sich auf, und sie begann zu zittern.

»Gideon … Gideon …«

Sie packte in seine Haare und atmete tief seinen Duft ein.

Er trieb seinen Schaft in sie hinein, und als sie kam, überwältigte sie der Orgasmus wie eine endlose Welle mit so intensiver Lust, dass sie beinahe das Bewusstsein verlor. Sie sah nur noch seine dunklen Augen und seinen Mund, und dann kam auch er und rief ihren Namen.

Sie verstand jetzt, dass sie dies ihr ganzes Leben lang gewollt hatte. Sie hatte einfach nie zu hoffen gewagt, dass es Wirklichkeit werden könnte. Aber jetzt, da sie wusste, wie die Liebe sein konnte, gab es kein Zurück mehr. Und sie wollte es auch gar nicht.

17

Mia zog sich den schweren Quilt eng um ihren zitternden Körper. Er war feucht von Tränen. Hatte sie überhaupt geschlafen?

Sie blickte auf den Wecker auf ihrem Nachttisch. Es war schon fünf Uhr nachmittags. Nach ihrer langen Nacht hatte sie in der Schule angerufen und sich krankgemeldet. Dann war sie wieder ins Bett gekrochen und hatte versucht zu schlafen. Aber ihre Gedanken kamen nicht zur Ruhe. Selbst unter mehreren Decken und dem dicken Quilt fror sie. Vielleicht würde eine heiße Dusche ja helfen?

Nichts wird helfen.

Sie stand auf, schlüpfte in ihren dicken Veloursmorgenmantel und ihre Pantoffeln und ging in die Küche. Wie eine Blinde füllte sie Wasser in den Kessel, setzte ihn auf und gab einen Teebeutel in einen Becher. Sie konnte nichts anderes denken oder fühlen als den Schmerz, der ihren Körper und ihr Herz erfüllte.

Plötzlich hatte sie das Gefühl, dringend mit jemandem sprechen zu müssen. Mit einer Freundin, einer Vertrauten.

Sie verdrängte den Gedanken zunächst und bereitete sich ihren Tee zu. Sie gab einen Löffel Honig hinein und ließ ihn einen Moment lang ziehen. Aber dann ergriff sie das Telefon, das auf der Küchentheke lag, und nahm es mit an den Tisch.

Sie blickte aus dem Fenster und versuchte, sich auf die Rosen ihrer Großmutter zu konzentrieren, aber der Nachmittag war viel zu grau. Und sie konnte es nicht ertragen, jetzt an ihre Großmutter zu denken. Entschlossen wählte sie die Nummer.

»Hallo?«

»Karalee? Ich bin es, Mia.«

»Mia, du klingst ja schrecklich. Bist du krank?«

»Nein, nicht krank. Mir … mir geht es nicht so gut, Karalee. Ich bin … Gott, ich kann noch nicht einmal sprechen. Kannst du zu mir kommen? Bitte.«

»Natürlich. Ich komme so schnell wie möglich. Äh … ich brauche deine Adresse. Ich war noch nie bei dir zu Hause.«

»Oh, natürlich. Ich wohne Sloat 1135. Direkt gegenüber vom Stern Grove, die Straße am Zoo hinauf.«

»Ich finde es schon. Bin schon auf dem Weg.«

»Okay. Okay.«

Sie legte auf und saß da wie erstarrt. Sie trank ihren Tee, wartete und versuchte, nicht die Minuten zu zählen, bis Karalee da war. Jetzt, wo sie sich eingestanden hatte, dass sie unbedingt mit jemandem reden musste, war das Bedürfnis überwältigend. Sie hielt das Warten kaum aus.

Die Zeit schien sich endlos zu dehnen, bis Karalee schließlich an ihre Tür klopfte. Erleichtert öffnete Mia ihr.

Ihre *Freundin* war da.

»Du lieber Himmel, Mia.« Karalee trat ein und nahm Mia in den Arm. »Du musst dich hinsetzen.«

Sie führte sie in die Küche, weil sie anscheinend wusste, dass das Mias Lieblingsraum im Haus war.

Sie setzten sich an den kleinen Küchentisch. Mia hielt ihre mittlerweile leere Teetasse mit beiden Händen umklammert.

»Und? Was ist los?«, fragte Karalee. »Erzähl es mir.«

Mia schüttelte den Kopf. »Ich weiß nicht, wo ich anfangen soll. Ich … ich bin so froh, dich zu sehen …« Sie brach ab. Tränen traten ihr in die Augen. »Ich kann so etwas nicht gut, Karalee. Ich weiß nicht, wie ich es machen soll.«

»Ist schon gut.« Karalee legte ihr die Hand auf den Arm. »Es geht um Jagger, oder?«

Mia nickte. Sie konnte das Mitgefühl in Karalees Blick kaum ertragen. »Ich habe es vermasselt. Ich hatte … zu viel Angst und bin weggelaufen. Und ich habe immer noch zu viel Angst, um zurückzugehen. Ich kann nicht.«

»Warum nicht?«

»Du weißt doch, dass mein Vater uns verlassen hat,

als ich noch ein Baby war. Ich habe ihn nie gekannt. Weißt du, wie das ist, gar keine Erinnerung an den Mann zu haben, der dich gezeugt hat? Es ist eine leere Stelle im Herzen, die nie gefüllt werden kann. Eine Art ultimativer Verrat. Und die Wut darüber vergeht nie. Und als meine Mutter mich verlassen hat, hat das alle Ängste nur bestätigt. Ich habe immer gewusst, dass sie mich eines Tages auch verlassen würde. Dass ich sie vertreiben würde.«

»Mia, hast du mir nicht erzählt, dass deine Mutter drogenabhängig war? Wieso denkst du, dass du daran schuld bist?«

»Ich weiß nicht! Mir ist gerade klar geworden, dass ich mir selbst die Schuld dafür gebe, dass meine Eltern mich verlassen haben. Jetzt, in diesem Moment. Ich meine, auf einer intellektuellen Ebene habe ich es vage immer schon gewusst. Aber es auch emotional zu verstehen … das ist etwas ganz anderes. Gott.«

Sie vergrub ihr Gesicht in den Händen. Wie hatte ihr entgehen können, dass dies die Grundlage für ihre Ängste war?

»Oh Liebes.«

Karalee drückte ihr den Arm. Und diese Wärme, dieses Mitgefühl, erinnerte Mia an ihre Großmutter. Niemand sonst hatte sich je so um sie gekümmert. Niemand außer Jagger. Und Ben. Sie wusste, dass sie ihn endlich gehen lassen musste. Aber selbst dann hatte sie noch eine Menge zu bewältigen.

Mia hob den Kopf und blickte Karalee an. Draußen ging die Sonne unter. »Ich fühle mich so bizarr. So als ob mein Gehirn nicht richtig funktioniert, ich aber trotzdem über ganz viele Dinge nachdenken muss. Über dich, dass du meine Freundin bist und ich erst lernen muss, wie das geht. Und über Jagger. Ob ich ihn in mein Leben lassen kann.«

»Ich kann verstehen, dass dir das Angst macht, Mia. Ich habe Ähnliches mit Gideon erlebt. Und ihm geht es nicht anders. Aber wir arbeiten daran. Und das kannst du auch.«

»Ich weiß nicht, ob ich dazu den Mut habe. Ein Teil von mir ist eigentlich überzeugt, dass ich ihn verjage. Das klingt jetzt blöd …«

»Nein. Das ist nur deine Angst. Das kann ich dir nicht verdenken.«

»Ich … ich weiß einfach nicht, ob ich in der Lage bin, eine gesunde Beziehung aufzubauen, Karalee. So zu sein, wie er es verdient hat.«

»Und deshalb läufst du lieber vor ihm davon.«

»Ja.« Der Schmerz war wieder da und schnürte ihr die Kehle zu.

»Du kannst aber auch die Entscheidung treffen, wieder zurückzugehen.«

»Ja«, flüsterte Mia.

»Alles ist deine Entscheidung, Mia. Du musst entscheiden, ob du das Risiko eingehen willst, dass du verletzt werden kannst. Wenn du das nicht tust, entgeht dir einiges. Ich lerne es ja selbst gerade erst. Du musst dir einfach die Frage stellen, ob sich das Risiko lohnt. Denn, ehrlich, du siehst jetzt schon so aus, als wärst du durch die Hölle gegangen. Ich glaube nicht, dass es noch schlimmer werden könnte. Und du magst dich ja beschissen fühlen, aber du atmest noch. Willst du es nicht wenigstens mal versuchen?«

»Ja!« Mia traten Tränen in die Augen. »Ich habe nur Angst, dass ich alles vermasselt habe. Ich habe ihn verletzt. Er ist wütend auf mich, und dazu hat er auch jedes Recht. Ich weiß nicht, ob er mich überhaupt noch einmal sehen will.«

»Ach Mia, das weißt du erst, wenn du mit ihm gesprochen hast. Aber ruf ihn nicht an. Du musst zu ihm gehen und ihm in die Augen sehen.«

»Du hast recht. Ich weiß, dass du recht hast. Und deshalb habe ich dich auch so sehr gebraucht. Du musstest mir sagen, was ich tun soll, obwohl ich es eigentlich selbst wusste. Ich traue mich nur nicht.« Sie zitterte.

»Atme tief durch. Du kannst es. Am besten duschst du erst einmal und versuchst, dich ein bisschen zu beruhigen.«

»Okay. Okay. Das mache ich, Karalee, danke. Dass du hergekommen bist. Danke, dass du meine Freundin bist, obwohl ich so schlecht darin bin.«

»Für jemanden mit so wenig Erfahrung bist du eigentlich ziemlich gut darin. Komm her.«

Die beiden Frauen umarmten einander, und Mia fühlte sich gestärkt und getröstet. Es war ein wundervolles Gefühl.

Wenn sie lernte, eine Freundin zu haben und eine Freundin zu sein, konnte sie vielleicht auch lernen, Jagger zu lieben und seine Liebe anzunehmen.

Sie würde es herausfinden. Das hoffte sie auf jeden Fall. Ihr war klar, dass sie Schaden zu bewältigen hatte, aber sie begann bereits zu heilen. Und daran hatte Jagger einen großen Anteil. Vielleicht fand sie ja einen Weg, wie sie auch die Beziehung zwischen ihnen beiden heilen konnte. Hoffentlich ließ er es zu.

Jagger öffnete auf das laute Klopfen hin, und Jean trat ein.

»Wo ist Leilani? Ich dachte, sie kommt auch.«

»Sie macht einen Mittagsschlaf. Du könntest auch ein wenig Ruhe vertragen. Du siehst beschissen aus.« Jean rauschte in die Wohnung. »Mach die Tür zu, Jagger.«

»Was? Oh ja.«

Er schloss die Tür und folgte Jean in seine Küche. Sie nahm ein Weinglas aus dem Schrank und bediente sich aus der Flasche Cabernet, die Jagger immer auf der Küchentheke stehen hatte. Dann reichte sie ihm das Glas.

»Willst du keinen?«

»Später vielleicht. Du bist jetzt der Einzige, der einen Schluck braucht, Jagger.«

»Ja. Vielleicht.«

»Komm, wir setzen uns, und dann kannst du mir erzählen, was los ist. Du hast am Telefon wirklich seltsam geklungen. Hast du irgendwas geraucht?«

»Ich? Nein, natürlich nicht. Ich stehe nicht auf so was.«

»Ach komm, du weißt doch, dass ich nur einen Scherz gemacht habe.« Jean setzte sich auf die große grüne Couch und streckte ihre langen Beine aus. Jagger setzte sich neben sie. »Also, rede mit mir.«

Er trank einen Schluck Wein und drehte das Glas in den Fingern. »Die Situation ist echt verkorkst.«

»Mit Mia? Was hast du getan?«

»Ich habe gar nichts getan! Entschuldigung. Ich habe … ich glaube nicht, dass ich etwas getan habe.« Er trank noch einen Schluck Wein. »Ich habe ihr letzte Nacht gesagt, dass ich sie liebe. Und sie ist ausgerastet. Eine Weile hat sie es noch ganz gut verborgen, aber dann kam alles heraus … Himmel, ich kapiere es einfach nicht. Ich wusste ja, dass sie eine schlimme Vergangenheit hat. Aber haben wir nicht alle unsere Probleme? Sind wir nicht tief im Innern alle verlassen und einsam?«

»Klar. Aber manche Leute werden eben nicht so gut damit fertig. Und sie hören das Wort Liebe nicht gerne.«

»Ja. So war es wohl bei ihr auch.« Erneut trank er einen Schluck, um das kalte Gefühl, das er seit gestern empfand, zu betäuben. »Was soll ich denn tun?«

Jean ergriff sein Weinglas, trank einen Schluck und reichte es ihm wieder. »Wenn du die sanfte, nette Version hören willst, wartest du besser, bis Leilani wach ist.«

»Ich kann es aushalten. Sag es mir einfach.«

»Fahr zu ihr. Warte nicht zu lange. Sie hat Angst, und alle möglichen blöden Gedanken gehen ihr durch den Kopf. Geh und rede mit ihr. Sofort.«

»Jetzt? Heute Abend?«

»Ja, heute Abend. Du musst noch einiges über Frauen lernen, Jagger. Wir lieben es nicht, wenn man uns warten lässt. Und je länger wir warten, auf desto dümmere Gedanken kommen wir. Also los. Vergeude deine Zeit nicht damit, mit mir zu reden.«

»Das ist keine vergeudete Zeit, Jean.«

Sie senkte die Stimme. »Du weißt genau, was ich meine. Warum zögerst du es hinaus?«

Ja, warum? Er blickte durch die Fenster in die Dunkelheit. Das vertraute Neonlicht von den Straßen unten tröstete ihn normalerweise, weil seine Wohnung dann so heimelig wirkte. Aber heute Abend schien es nur zu betonen, wie leer sich sein Zuhause ohne Mia Rose anfühlte.

Er reichte Jean sein Weinglas und erhob sich. »Ich mache mich auf den Weg.«

»Gut. Sorg dafür, dass sie dir nicht entwischt, Jagger.«

»Nein, ich passe schon auf. Danke, Jean.«

Sie zuckte mit den Schultern. »Ich habe gar nichts gemacht. Ich habe dir lediglich gesagt, was du eigentlich schon wusstest.«

»Trotzdem danke.«

»Na los. Rede mit ihr.«

Er ergriff seine Jacke und seine Schlüssel. Auf einmal konnte er es nicht mehr erwarten, zu Mia Rose zu fahren.

Jean hatte recht: Er musste mit ihr reden und ihr ins Gesicht sagen, dass er sie liebte. Und er musste hören, dass sie ihn auch liebte.

Mia trocknete sich ab und schlüpfte in ihren Morgenmantel. Karalee hatte sich nicht geirrt: Die Dusche hatte sie gewärmt und beruhigt. Ihr Puls ging immer noch schnell, aber mittlerweile konnte sie zumindest Luft holen, ohne dass ihr Brustkorb schmerzte.

Plötzlich klopfte es an der Tür. Sie zuckte zusammen. Karalee hatte bestimmt etwas vergessen. Sie lief zur Haustür und öffnete sie.

Draußen stand Jagger. Sie zog scharf die Luft ein. Erneut überwältigte sie der Kummer. Kummer, Liebe und ein so heftiges Verlangen, dass sie kaum atmen konnte.

»Mia Rose.«

Er trat ein, schlug die Tür mit dem Fuß zu und nahm sie in die Arme.

»Gott, Jagger.«

»Baby, Baby«, flüsterte er und küsste sie. Ihre Knie wurden weich vor Verlangen, und ihr Herz tat weh.

Sein Kuss wurde leidenschaftlicher, aber sie löste sich von ihm, bevor ihr Verlangen sie davontrug. Zuerst mussten sie miteinander sprechen. »Jagger, wir müssen reden.«

»Jetzt?«

»Ja, jetzt.«

»Ich will nur bei dir sein.«

»Ich muss dir ein paar Dinge sagen, Jagger.«

»Ich weiß genug.« Er streckte die Hand aus, um ihr über die Haare zu streicheln, aber sie wich zurück.

Verletzt blickte er sie an. »Es tut mir leid«, entschuldigte sie sich. »Ich weiß, dass ich alles falsch mache, aber es gibt ein paar Dinge, die du verstehen musst.«

»Ich liebe dich, Mia Rose. Was muss ich denn sonst noch wissen?«

»Dass ich … Ich habe es vermasselt. Und vielleicht passiert es mir noch einmal. Es gibt Gründe, warum ich so bin, Gründe, an denen ich arbeite, aber ich habe noch einen langen Weg vor mir. Und ich weiß nicht, ob es fair ist, dir das zuzumuten.«

»Wir haben alle unsere Probleme.«

»Aber ich habe mehr als die meisten Leute.« Sie rang die Hände. »Mit dir zusammen zu sein, hat mir Dinge über mich, über mein Leben klargemacht, die ich vorher nicht gesehen habe. Und es geht nicht nur um meinen Fetisch, obwohl das auch dazugehört. Ich war gezwungen, mir meine Vergangenheit, mich als Person genau anzuschauen. Es ist beinahe so, als hättest du die Büchse der Pandora geöffnet. Aber sie enthält eben nicht nur schöne Dinge.«

»Das ist doch auch nicht nötig. Ich liebe dich trotzdem. Keiner von uns ist im Inneren nur schön. Denk an diesen ganzen verdrehten Mist, den ich wegen meiner früheren Beziehungen mit mir herumschleppe. Ich habe geglaubt, nicht lieben zu können, nur weil eine andere Frau mir wehgetan hat. Aber ich habe begriffen, dass es nur an mir liegt, ob ich dich lieben will oder nicht. Und ich habe mich in dich verliebt, obwohl ich mich davor schützen wollte.«

»Ich weiß nicht, ob ich stark genug bin. Ich weiß nicht, ob ich mir trauen kann. Wenn ich …«

»Was?«

Sie presste die Hände so fest zusammen, dass es wehtat. Aber sie brauchte diesen kleinen Schmerz, damit sie sagen konnte, was sie sagen musste.

»Ich weiß nicht, was ich tun soll, Jagger. Ich möchte mit dir zusammen sein, das weißt du doch. Aber es spielen eben auch noch andere Probleme hinein.«

»Probleme wie unser Altersunterschied?«

»Nein. Daran habe ich kaum noch gedacht, seitdem wir uns kennengelernt haben.«

»Dann geht es um das Seminar?«

»Jagger, ich finde nicht, dass du im letzten Semester aufhören solltest. Du stehst doch kurz vor dem Examen. Das kann ich nicht zulassen.«

»Das ist meine Entscheidung.« Er ergriff ihre Hände. »Ich kann nicht bis zum Ende des Semesters warten, um mit dir zusammen sein zu können. Ich werde mich morgen aus dem Seminar abmelden. Dann mache ich eben einen Ferienkurs.«

»Ich halte das für eine dumme Entscheidung.«

»Du hältst mich für dumm?«

Er ließ ihre Hände los, und Mia wurde es kalt.

»Nein, ich halte dich nicht für dumm. Das habe ich doch gar nicht gesagt.«

»Was hast du denn gesagt?« Seine Stimme klang kalt.

»Ich wollte nur … ich …« Sie schüttelte den Kopf, weil ihr die richtigen Worte fehlten.

»Du traust mir nicht zu, eigenständig eine gute Entscheidung zu treffen, oder?«, fragte er ruhig. »Wegen Ben. Weil er ohne Helm gefahren und deshalb ums Leben gekommen ist.«

»Bitte, lass Ben aus dem Spiel.«

»Ben wird immer ein Teil von dir sein, Mia Rose.« Jagger fuhr sich mit der Hand durch die Haare. »Du hast Ben verloren, weil er eine dumme Entscheidung getroffen hat. Aber ich bin nicht wie er.«

»Das weiß ich, Jagger. Ich habe gelernt, dir zu vertrauen. Aber es ist schwer für mich. Es hat nichts mit dir zu tun. Aber das ist genau das, was ich gemeint habe, als ich von meinen Problemen gesprochen habe.« Je mehr sie versuchte, es ihm zu erklären, desto größer wurde der Kloß in ihrem Hals. Und sie hatte solche Angst, ihn zu verletzen. Vielleicht machten all ihre Erklärungen ja überhaupt keinen Sinn. Sie war so müde. So traurig. Sie verlor ihn, und es war ihre eigene Schuld. »Gott, ich will dir nicht wehtun, Jagger, ganz bestimmt nicht. Wie kannst du mich überhaupt lieben?«

Wieder kamen die Tränen und liefen heiß über ihre Wangen. Sie hatte das Gefühl, ersticken zu müssen. Sie konnte nicht atmen, ihre Beine gaben nach. Sie brach einfach so zusammen. Jagger fing sie zum Glück noch rechtzeitig auf und hielt sie in den Armen. Hielt sie fest, während sie weinte.

»Schscht, Baby. Ist es das? Glaubst du, du bist nicht liebenswert? Glaubst du das, weil alle Leute, die du geliebt hast, dich verlassen haben? Das stimmt doch nicht. Ich liebe dich. Und ich gehe nicht weg, das schwöre ich dir. Alles wird gut, du musst es nur zulassen. Sei mit mir zusammen. Liebe mich. Lass dich von mir lieben.«

»Ich will es nicht falsch machen.«

Er zog sie noch fester an seine Brust. »Das wirst du nicht. Wir arbeiten beide daran. Und es wird schon funktionieren. Weil wir einander lieben. Du liebst mich doch, Mia Rose, oder?«

»Ja, ich liebe dich.«

Er umfasste ihr Gesicht mit den Händen und wischte ihr mit den Daumen die Tränen weg. »Dann wird auch alles gut.«

Eine warme Flut der Erleichterung durchströmte ihren Körper, langsam und süß wie Honig. Und mit ihr kam reine Liebe.

Jagger küsste sie auf die Stirn und auf die Wange. Und als sie ihr Gesicht zu ihm hob und ihn anschaute, küsste er sie auf den Mund.

Zuerst waren seine Lippen weich und süß, aber dann wurde sein Kuss fordernder und leidenschaftlicher. Und auch sie empfand auf einmal das drängende Verlangen, das sie bei ihm spürte.

Sie presste sich an ihn, und ihr Geschlecht wurde nass, als er stöhnte und sie um die Taille packte.

Zuletzt gab es keine Zärtlichkeit mehr, nur noch gierigen Hunger und loderndes Verlangen. Er schob ihr den Morgenmantel von den Schultern, umfasste ihre Brüste und streichelte ihre Nippel. Dann beugte er sich darüber und zog einen Nippel in den Mund. Sie stöhnte, und Hitze stieg in ihr auf.

»Ah, Jagger, ich kann nicht mehr warten. Ich kann keinen Moment länger mehr warten. Bitte.«

Er ergriff ihre Hand und wandte sich zur Küche, aber sie hielt ihn auf.

»Nein. Das brauche ich jetzt nicht.«

»Bist du sicher?« Seine Stimme war rau vor Verlangen.

»Ja, ich bin sicher. Ich will es ein anderes Mal sicher wieder, aber jetzt brauche ich nur dich.«

Er nickte lächelnd. Er küsste sie und drückte sie dabei aufs Sofa. Er zog sich aus, dann kniete er über ihr und spreizte grob ihre Schenkel. Sie brauchte das jetzt, sie brauchte kein sanftes Vorspiel, sie war bereit und konnte es kaum erwarten, dass er in ihre nasse Höhle eindrang.

»Oh, Mia Rose, ich muss in dir sein. Sofort, Baby.«

»Ja ...«

Er umfasste ihren Hinterkopf mit einer Hand, und mit der anderen führte er seinen Schwanz in ihr nasses Loch ein. Heiß und scharf schoss die Lust in ihr empor. Und als er seinen Schaft mit einem langen Stoß in sie hineintrieb, schrie sie auf.

Sie schlang die Beine um seinen Rücken.

»Mehr«, flüsterte sie.

»Für dich gibt es immer mehr.« Seine Stimme war leise und rau. »Immer, Baby. *Mein* Baby.«

Immer tiefer stieß er in sie hinein.

»Mehr«, bat sie erneut.

Er streichelte ihre Wange, ihr Kinn, seine Fingerspitzen strichen über ihre Lippen, während er immer härter in sie hineinpumpte. Lust baute sich auf, erreichte den Gipfel, und Mia zögerte es so lange wie möglich hinaus. Es war zu schön, sich dort oben treiben zu lassen.

»Ich … oh Gott, ich komme, Jagger.«

»Komm für mich, Baby.«

»Oh Gott …«

»Ich liebe dich, Mia Rose.« Immer härter und fester stieß er zu. »Ich liebe dich … ich liebe dich … ah!«

Er erstarrte, und auch sie stürzte sich in die Wogen ihres Orgasmus. Lust überflutete sie, sie war blind vor Lust, blind vor Liebe.

Keuchend und seufzend lagen sie da.

»Ich liebe dich, Jagger«, flüsterte sie, als sie wieder zu Atem gekommen war. Er streifte ihre Haare mit den Lippen.

So etwas hatte sie noch nie erlebt. Es war so viel mehr, als sie jemals erwartet hätte. Er hatte sie geöffnet, und ganz gleich, was er in ihrem Inneren vorgefunden hatte, wie viel Angst, wie viel Hässlichkeit – er fand sie schön. Wert, geliebt zu werden.

»Jagger …«

»Ja, Baby.«

»Habe ich dir je von meiner Großmutter erzählt?«

»Nein, nicht viel. Aber wir haben alle Zeit der Welt. Du kannst mir alles erzählen, was du willst.«

Ja, es stimmte. Wenn sie es zuließ, hatten sie tatsächlich alle Zeit der Welt. Wenn sie es zuließ, dass sie sich liebten. Sie lernte es. Und Jagger brachte es ihr bei.

Es war unmöglich. Und doch waren sie hier zusammen. Irgendwie hatte sie ihn gefunden. Und hatte bei ihm Freude und Erlösung gefunden.

Sie hatte die Liebe gefunden.

Danksagungen

Danke den anderen Musketierchen Crystal Jordan, Lillian Feisty und R. G. Alexander, für ihr Brainstorming bei dieser Geschichte und die stundenlangen Telefonate, ohne die ich nicht leben könnte.

Danke an den hervorragenden Koch Lee Koenig, meinen Koch- und Rezepteberater, für seine fabelhaften Rezepte und seine inspirierende Liebe zum Essen. Sie müssen die Augen aufhalten, weil bald sein Kochbuch und Beziehungsratgeber für Männer erscheint – *And He Can Cook*.

Ich weiß, dass ich es schon einmal erwähnt habe, aber die Chat-Room-Diven sind eine ständige Inspiration – eine lange Liste wundervoller, hilfreicher Autorinnen, die sich jeden Tag aufs Neue anfeuern. Ihr seid wirklich wundervoll – danke!

Und ein Dankeschön natürlich auch an meine Kritikerin Gemma Halliday für ihre konstante Bereitschaft, alles zu lesen, was ich schreibe. Sie kennt meine Stimme und vertraut ihr.